Marcus Hünnebeck

Muttertränen

Thriller

Über den Autor:

Marcus Hünnebeck wurde 1971 in Bochum geboren und lebt inzwischen als freier Autor in Leipzig. Er studierte an der Ruhr-Universität Bochum Wirtschaftswissenschaften.
Im März 2001 erschien mit *Verräterisches Profil* sein erster Thriller, 2003 und 2004 folgten *Wenn jede Minute zählt* und *Im Visier des Stalkers*.
Dank der Möglichkeiten, die das E-Book-Publishing bietet, veröffentlichte er im Jahr 2013 seine alten Thriller als überarbeitete E-Books. *Im Visier des Stalkers* erhielt aus rechtlichen Gründen den Namen *Die Rache des Stalkers* und schaffte im Juli 2013 den Sprung in die Top 10 der Amazon-Bestseller-Charts. Dem Roman *Verräterisches Profil* gelang dies im Dezember 2013. *Wenn jede Minute zählt* erreichte im Juni 2014 die Spitzenposition der Kindle-Charts und gehörte 2014 zu den zehn meist verkauften E-Books bei Amazon. Die Fortsetzung um den Kommissar Peter Stenzel erschien im Juni 2015 (*Stumme Vergeltung*).
Als Erstausgabe erschien im Juni 2014 *Kainsmal* bei Amazon Publishing. Mit *Die Drahtzieherin* führte er die Serie um Oberkommissarin Katharina Rosenberg fort. Die Trilogie schloss der Roman *Tödlicher Komplize* ab.
Im September 2015 veröffentlichte Egmont-Lyx den ersten Band einer neuen Reihe, der den Titel *Im Auge des Mörders* trägt. Im Mittelpunkt dieser Serie stehen die Journalistin Eva Haller und der Leibwächter Stefan Trapp.
Der zweite Band folgte im September 2016 und heißt *Abschaum*.
In *Sommers Tod* taucht zum ersten Mal Oberkommissar Lukas Sommer auf. *Sommers Schuld* ist sein zweiter Solo-Fall.
Die Namen des Todes bildet den Auftakt einer neuen Serie um den BKA-Kriminalkommissar Robert Drosten und sein Team. *Schuld vergibt man nie* ist der Folgeband. Die Romane sind genau wie der dritte Teil *Rudelfänger* und der vierte Teil *Rudeljagd* unabhängig voneinander zu lesen.
In *Die Todestherapie* ermitteln Lukas Sommer und Robet Drosten zum ersten Mal für eine neue Polizeibehörde namens KEG (Kriminalermittlungstaktische Einsatzgruppe). *Der Wundennäher*, *Der Schädelbrecher*, *Blut und Zorn* und *Die TodesApp* setzen diese Zusammenarbeit fort.

Außerdem ist Hünnebeck noch als Autor mit dem ersten Band *Rampensau* an der ersten Staffel der vierteiligen Serie *Mordkommission Leipzig* beteiligt und ebenso mit dem ersten Band *Blender* an der zweiten Staffel.
Der Thriller Der Wundennäher war 2018 Finalist beim Kindle Storyteller Award.

Über das Buch:

Melanie Drosten läuft besorgt übers Schulgelände und ruft Danas Namen. Doch sie entdeckt ihre Pflegetochter nirgendwo. Dabei hatte sie das Mädchen nur kurz unbeobachtet gelassen, um mit einer Lehrerin zu reden. Ihr Mann Robert stößt hinzu, aber auch nach einer intensiven Suche finden sie keine Spur. Niemand hat etwas gesehen. Ist Dana verschwunden, weil sie wegen des Lehrergesprächs Ärger befürchtet hat? Zu Hause erfahren die Drostens die grausame Wahrheit. Ein Mann hat das Mädchen verschleppt und stellt seine Forderungen. Sie werden zu Gefangenen im eigenen Haus. Der Entführer zwingt sie, neun Tage ohne Kontakt zur Außenwelt durchzuhalten. Danach verspricht er ihnen die wohlbehaltene Rückkehr des Kindes. Robert ahnt jedoch, dass der Unbekannte ein viel schrecklicheres Ziel verfolgt. Er sieht nur eine Chance, seine Familie zu retten. Dank einer List schickt er Lukas Sommer heimlich eine Nachricht. Während Sommer im Alleingang das Schlimmste verhindern will, spielt der Entführer die Ehepartner brutal gegeneinander aus. Und die Zeit, die für ihre Rettung bleibt, tickt erbarmungslos herunter.

Marcus Hünnebeck

Muttertränen

Thriller

Impressum

Mutterträne n

1. Auflage, Februar 2019

Covergestaltung: © Artwize
(mit Stock Image von unsplash.com
und einem Bild von Markus Spiske - cc-zero Lizenz
https://unsplash.com/photos/IoYWpFqCfBo)

Lektorat: Ruggero Leò
Korrektorat: Kirsten Wendt

Herausgeber:
Marcus Hünnebeck
Hegelstraße 11, 40789 Monheim

ISBN: 978-1795334655

1

Verärgert schaute Robert Drosten auf die frisch eingetroffene Termineinladung.

»Das ist nicht sein Ernst«, brummte er.

Karlsen bestellte Sommer und ihn um fünfzehn Uhr zu einer angeblich dringenden Besprechung. Ausgerechnet heute, wo am frühen Nachmittag in der Schule seines Pflegekinds Dana ein Fest stattfand.

Er hatte Melanie versprochen, rechtzeitig zu Hause zu sein, damit sie als Familie dort auftreten konnten. Melanie und Dana redeten seit Tagen von nichts anderem. Falls er kurzfristig abspringen müsste, wäre er der Buhmann. Das würde die Stimmung zwischen ihm und seiner Frau garantiert nicht verbessern.

Er griff zum Telefon und wählte Karlsens interne Durchwahl.

»Hallo, Herr Drosten«, begrüßte ihn der Polizeirat. »Ich hoffe, der Termin zerstört nicht Ihre Freitagnachmittagpläne?« Bevor Drosten etwas erwidern konnte, fuhr sein Vorgesetzter fort. »Ich habe heute nämlich sehr unangenehme Informationen erhalten. Da ich in den nächsten zwei Wochen in den Vereinigten Staaten bin, müssen wir beraten, wie wir damit umgehen.«

»Warum treffen wir uns nicht sofort?«, fragte Drosten. »An der Schule meiner Pflegetochter findet nachher ein Fest statt, bei dem ich gern ...«

»Ich nehme in einer Viertelstunde an einer Telefonkonferenz mit den Staatssekretären des Bundes und der Landesinnenminister teil. Das dauert im Regelfall mehrere Stunden. Vor fünfzehn Uhr schaffe ich es unter keinen Umständen.«

Melanie wird mich umbringen, dachte er verzweifelt. »Worum geht es denn?«

»Um den Fall Ihres ehemaligen Partners Johannes Haupt.«

Haupts Namen zu hören, weckte Drostens Neugier. Der Mann war bei einem Feuergefecht von der Polizei erschossen worden, nachdem er Anhänger um sich versammelt und mindestens einen Mord begangen hatte. Fast wie eine moderne Variante von Charles Manson. Zu allem Überfluss war Haupt für die Tat vor Gericht freigesprochen worden, weil ihm der Richter die Notwehrgeschichte abgekauft hatte.

»Haupt ist tot«, sagte Drosten. »Was ist so wichtig, dass es nicht bis nach Ihrem Urlaub warten kann?«

»Zwei ehemalige Unterstützer Haupts bringen zur Frankfurter Buchmesse ein Buch über die damaligen Vorgänge heraus.«

»Welche Unterstützer?«

»Nick Harzmann und Andreas Mai.«

Drosten erinnerte sich an die beiden. »Sollen sie doch!«, entgegnete er lapidar.

»Die Veröffentlichung wurde vom Verlag bislang nicht groß beworben. Das hat sich gestern geändert. Das Buch wird ein Spitzentitel, in dem die Polizeibehörde nicht gut wegkommt. Wir gehen davon aus, dass es einer Anklageschrift gleicht. Außerdem vermuten wir, dass der Herausgeber bislang bewusst unter unserem Radar geblieben ist. Wahrscheinlich will er Maßnahmen unsererseits unterbinden.«

»Worüber wollen wir nachher reden? Die Veröffentlichung können wir nicht verhindern.«

»Wir müssen mit vermehrten Presseanfragen rechnen. Dabei werden Sie zwangsläufig in den Fokus rücken. Denn Sie haben damals für das BKA die Ermittlungen geleitet.«

»Normalerweise fängt die Pressestelle solche Anfragen ab«, wandte Drosten ein. »Können wir nicht erst abwarten, ob ...«

»Nein«, widersprach Karlsen. »Das muss vor meinem Urlaub vom Tisch. Und ich fliege schon heute Nacht nach New York.«

»Dieses Schulfest ist meiner Familie sehr wichtig.«

»Tut mir leid. Sie kriegen das bestimmt geregelt. Ich kenne Ihre Frau, die hat garantiert Verständnis. Wir sehen uns nachher in meinem Büro.«

»Vielen Dank für gar nichts«, brummte Drosten, nachdem er aufgelegt hatte.

Fünf Minuten später erreichte Drosten Melanie am Telefon.

»Machst du dich schon auf den Weg?«, fragte sie.

Mit schlechtem Gewissen erinnerte er sich an sein beim Frühstück abgegebenes Versprechen, die Arbeitswoche zeitig zu beenden. »Karlsen hat mich zu einer dringenden Besprechung einbestellt.«

»Wann?« In dem einen Wort schwang ihr ganzes Misstrauen mit.

»Fünfzehn Uhr.«

»Heute?«

»Es tut mir leid, Melanie. Ich hab versucht, ihn umzustimmen. Oder den Termin vorzuverlegen. Eventuell dauert es ja nicht lang. Dann komm ich einfach später.«

»M-hm«, brummte sie.

»Was soll ich denn dran ändern?«

»Das kann ich dir nicht beantworten. Vielleicht musst du über deine Prioritäten nachdenken. Dana freut sich darauf, mit uns beiden hinzugehen. Hat sich darauf gefreut.«

»Bis wann geht das Fest?«

»Achtzehn Uhr.«

»Ich komme nach. Versprochen!«

»Du hast mir heute Morgen schon ein Versprechen gegeben. Bis später.«

In diesem Moment betrat Sommer das Büro. »Hast du Karlsens Einladung gesehen?«

***

Melanie versuchte, ihren Ärger zu vergessen. Sie hatte sich immer ein Kind gewünscht. Nicht zuletzt deshalb, um mit ihm all die Sachen zu machen, die ihr in ihrer Kindheit gefallen hatten. Schulfeste gehörten dazu. Leider hatte das Schicksal ihr eigene Kinder verwehrt, ihr jedoch mit der elfjährigen Dana zu einem unerwarteten Happy End verholfen.

»Bleibst du die ganze Zeit bei mir?«, fragte Dana.

Melanie drehte sich zu ihrer Pflegetochter um, die noch auf der Rückbank des Autos saß, und lächelte. »Wo soll ich sonst hingehen?«

Danas besorgter Gesichtsausdruck wich einem Lächeln. Die beiden stiegen aus, und das Mädchen griff sofort nach Melanies Hand.

»Geht's dir gut?«

»Ja«, behauptete die Kleine.

Wenn Melanie ihre Tochter nach der Schule abholte, erzählte die oft von den Erlebnissen des Tages oder vom aktuell durchgenommenen Unterrichtsstoff. Meistens klang sie dabei fröhlich. Nun hingegen wirkte sie verschüchtert. Gab es dafür einen Grund?

***

Zu allem Überfluss verschob Karlsen die Besprechung kurzfristig um eine Viertelstunde nach hinten. Als Drosten und Sommer endlich sein Büro betreten durften, begrüßte er sie ohne jede Entschuldigung oder erklärende Worte.

Die beiden Hauptkommissare setzten sich an den runden Tisch, auf dem bereits ein paar ausgedruckte Blätter lagen.

»Schauen Sie sich das schon mal an«, sagte Karlsen. »Ich bin gleich bei Ihnen.« Er tippte etwas in seinen Computer ein.

Drosten griff zu einem der Zettel. Es handelte sich um die Druckvorschau aus einem Verlagsprogramm. Im reißerischen Tonfall pries der Text das Werk mit dem Titel *Die Haupt-Familie* an. Angeblich warf es einen ehrlichen Blick auf die Ereignisse rund um Johannes Haupt und dessen Anhänger. Der Vorschautext erwähnte explizit, dass auch die hinterlistigen Machenschaften der Polizei näher beleuchtet würden, die am tragischen Ausgang einen großen Anteil trug.

Drosten legte den Zettel zurück auf den Tisch. Er verstand nicht, warum Karlsen wegen der Veröffentlichung besorgt war.

Der Polizeirat erhob sich, kam zu ihnen und nahm seufzend am Tisch Platz. »Es ist sogar schlimmer als befürchtet. Die Medien stürzen sich auf die beiden Autoren.« Er betonte das letzte Wort besonders verächtlich. »Nach dem Skandal um den Verfassungsschutzpräsidenten vor einigen Monaten sind anscheinend alle erpicht darauf, neue Vorwürfe gegen staatliche Behörden vorzubringen. Harzmann und Mai werden bis zur Buchmesse mehrere TV-Auftritte haben. Einer wird heute Abend ausgestrahlt. Ein Interview. Zum Glück nur in einem Spartensender.«

»Warum interessiert uns das?«, fragte Sommer.

»Ist das Ihr Ernst? Sie sind meine Aushängeschilder der KEG. Wenn jetzt ausgerechnet Sie ins Kreuzfeuer der Kritik geraten, wirft das kein gutes Bild auf uns. Dafür müssen wir gewappnet sein. Nicht, dass uns sonst eine Schließung des Projekts droht, wo es so vielversprechend anläuft.«

Drosten fragte sich, wieso Karlsen den Teufel an die Wand malte. Normalerweise verfolgte er Presseberichte eher desinteressiert. »Ich verstehe Ihre Aufregung nicht. Selbst wenn es schlechte Presse geben sollte, darf uns das nicht tangieren.«

»Das sieht der Staatssekretär des Bundesinnenministers leider anders. Er hat mir unverhohlen damit gedroht, dass ich im Notfall als Bauernopfer enden könnte. Ausgerechnet jetzt, wo ich zwei Wochen in Amerika entspannen will. Meine Frau wird begeistert sein!«

Daher wehte also der Wind. Karlsen hatte Angst um seinen Job. »Was sollen wir dagegen tun?«, fragte Drosten.

»Erzählen Sie mir von den Männern«, bat Karlsen. »Ich will sie einschätzen können. Wie haben Sie die beiden Haupt-Jünger in Erinnerung?«

Drosten stöhnte innerlich. Der Termin würde länger dauern als befürchtet. Doch er kannte Karlsen gut genug. Sein Vorgesetzter gäbe erst Ruhe, sobald sein Wissensdurst gestillt wäre.

***

Das Schulfest entwickelte sich anders als gedacht. Melanie hatte immer geglaubt, die Eltern würden bei einem solchen Fest beisammenstehen und über ihre Sprösslinge reden. Man würde einander kennenlernen und am Ende vielleicht sogar Kontakte knüpfen, die in Freundschaften endeten. Stattdessen fühlte sie sich ausgegrenzt. Egal, wo sie mit Dana hinging, die betreffenden Eltern lächelten allenfalls pflichtschuldig und wandten sich dann ab. Und die Mädchen, die Dana als Freundinnen bezeichnete, zeigten keinerlei Interesse an der Elfjährigen.

Umso mehr störte sie Roberts Fehlen. Doch sie versuchte, ihre Frustration zu unterdrücken.

Melanie schaute sich auf dem großen Pausenhof um. Eine Hüpfburg war für die Kinder aufgeblasen worden, außerdem gab es wegen des guten Wetters auch einen Kuchenstand vor dem Schulgebäude.

»Sollen wir uns Kuchen holen?«, fragte sie ihre Pflegetochter.

»Ich möchte einen Muffin.«

»Dann lass uns gucken, wo wir den bekommen.«

Sie steuerten den Kuchenverkaufsstand an. Unvermittelt fiel Melanie auf, dass die Klassenlehrerin sie nicht darum gebeten hatte, einen Kuchen beizusteuern. Auch hatte niemand gefragt, ob sie als ehrenamtliche Helferin beim Schulfest einspringen könnte. Hatte die Lehrerin sie noch gar nicht auf dem Schirm?

Ein paar Schritte vom Kuchenstand entfernt, bemerkte Melanie drei kichernde Jungen, die zu ihr zeigten.

»Dana, Rama, spuckt wie ein Lama«, rief einer von ihnen. Lachend liefen sie davon.

Melanie sah zu Dana, die offensichtlich gegen die Tränen ankämpfte.

»Sind diese Blödmänner in deiner Klasse?«, fragte sie.

Dana verzog die Lippen zu einem Schmollmund und nickte.

»Ärgern die dich öfter?«

»Immer«, antwortete Dana leise.

»Wieso?« Womöglich war etwas zwischen ihnen vorgefallen.

»Weil ich aus dem Heim komme«, erklärte sie und begann zu weinen.

»Ach, Schatz.« Melanie nahm das Mädchen in den Arm.

»Können wir nach Hause? Ich find's doof hier«, schluchzte Dana.

Melanie verstand den Wunsch ihrer Pflegetochter. Doch je eher sie das Problem bei der Klassenlehrerin anspräche, desto früher konnte die es abstellen. Nach dem Schulfest hätte die Schule wegen der Ferien zwei Wochen geschlossen. Sie hatte Danas Klassenlehrerin vor einer halben Stunde in der Aula an einem Stand gesehen. »Ich würde gern mit Frau Tenner sprechen, bevor wir gehen.«

»Worüber?«

»Hast du in den letzten Wochen einen Brief mitbekommen, in dem die Eltern um Hilfe beim Schulfest gebeten wurden?«

»Nein«, antwortete sie.

»Haben die anderen Kinder so etwas bekommen?«

Diesmal überlegte Dana länger. »Ich glaube schon.«

»Darüber will ich sie informieren. Außerdem soll sie dafür sorgen, dass du nicht in der Klasse geärgert wirst.«

»Bitte nicht, Melanie. Das ist doof.«

»Du willst bei dem Gespräch nicht dabei sein?«

»Nein!« Dana schüttelte heftig den Kopf.

Melanie konnte das zwar gut nachempfinden, wollte die Sache aber trotzdem nicht auf die lange Bank schieben. Sie schaute sich um und entdeckte an den Schaukeln ein paar Mädchen, mit denen sich Dana gelegentlich in ihrer Freizeit traf.

»Ich mach dir einen Vorschlag. Du gehst zu Johanna und Marie rüber und wartest an den Schaukeln auf mich. Ich rede ganz kurz mit Frau Tenner. Das dauert nicht lang, versprochen.«

»Danach fahren wir?«

»Ja.«

»Okay.« Dana ließ ihre Hand los und ging zu den Schaukeln.

Melanie sah ihr kurz nach, dann steuerte sie entschlossen die Aula an.

Zehn Minuten später ärgerte Melanie sich über die Ignoranz der Lehrerin.

»Das waren drei Jungen aus ihrer Klasse. Dana sagte, die ärgern sie regelmäßig wegen ihrer Heimherkunft.«

»Das stimmt nicht«, behauptete die Lehrerin. »Haben Sie außer Dana noch andere Kinder?«

»Nein.«

Die Lehrerin nickte, als sei damit alles geklärt. »Anderenfalls wüssten Sie, dass Jungs in dem Alter gerne Mädchen ärgern.«

»Wegen ihrer Herkunft?«

»Wegen allem. Das ist normal. Wir haben keine auffälligen Probleme in der Klasse.«

»Ist es auch normal, dass ich als Mutter, als Pflegemutter, keinen Brief bekomme, in dem Sie mich um Hilfe für das Schulfest bitten? Ich hätte Ihnen gern einen Kuchen gebacken oder mich auf andere Weise eingebracht.«

»Äh, was?«

»Ich möchte, dass Dana wie ein vollwertiges Mitglied der Klassengemeinschaft behandelt wird. Sie hat jetzt Mutter und Vater.«

Die Lehrerin verzog das Gesicht. »Sie sind die Pflegeeltern. Man weiß nie ...«

»O doch! Ich versichere Ihnen, Dana wird viele Jahre bei uns bleiben. Ob Ihnen das passt oder nicht.«

»Frau Drosten, Sie verstehen das nicht, in unserer Schule gibt es immer wieder Probleme mit solchen Pflegegeschichten. Man baut ein Vertrauensverhältnis zu den Pflegeeltern auf, und plötzlich müssen die Kinder aus den unterschiedlichsten Gründen zurück ins Heim. Das ist belastend für alle Beteiligten.«

»Diesmal nicht!«, widersprach Melanie energisch. »Und wenn ich nach den Ferien weiterhin das Gefühl habe, dass Sie Dana oder uns nicht ernst nehmen, suche ich das Gespräch mit dem Direktor.«

Die Lehrerin verschränkte die Arme vor der Brust. »Machen Sie das! Obwohl es haltlose Vorwürfe sind. Und ich verspreche Ihnen, beim nächsten Fest dürfen Sie so viele Kuchen für uns backen, wie Sie wollen. Jetzt entschuldigen Sie mich bitte.« Die Lehrerin wandte sich ab.

Melanie war versucht, sie an der Schulter zu packen und umzudrehen, damit das Gespräch nicht so jäh endete. Doch sie widerstand dem Impuls. Trotzdem gab es keinen Grund, sich bei der arroganten Lehrerin zu entschuldigen.

Melanie lief zum Ausgang. Bevor sie Dana einsammelte, musste sie ihrem Ärger Luft machen. Sie holte das Handy aus der Handtasche. Robert hatte sich bislang nicht gemeldet. Steckte er noch in der Besprechung? An einem Freitagnachmittag, den er ursprünglich freihalten wollte? Sie öffnete das Chatprogramm und tippte hastig eine Nachricht ein.

Hi, Robert! Du kannst dir den Weg in Danas Schule sparen. Ich fahre mit unserer Kleinen schon nach Hause. Wir sehen uns dort. Ich hab dir viel zu erzählen. Danas Klassenlehrerin ist eine arrogante Mistkuh.

Melanie schickte die Nachricht ab. Als sie den Text anschließend noch einmal durchlas, grinste sie wegen ihrer Wortwahl. Vielleicht hätte sie ein paar Minuten warten sollen, ehe sie die Mitteilung verfasst hatte. Andererseits hatte Robert es verdient, ihren Ärger ungefiltert abzubekommen. Wer wusste, wie das Fest verlaufen wäre, wenn er sein Versprechen eingehalten hätte.

Im Flur vor der Aula entdeckte sie die Jungen, die Dana geärgert hatten. Die schienen sie ebenfalls wiederzuerkennen, denn einer von ihnen zeigte zu ihr, woraufhin die drei Rabauken das Weite suchten.

Melanie verließ das Schulgebäude und schlenderte zu den Schaukeln. Bereits aus einiger Entfernung bemerkte sie, dass sich Dana nicht dort aufhielt.

2

Verwundert schaute Melanie sich um. Wo steckte das Mädchen?

Johanna und Marie waren ebenfalls nicht mehr bei den Schaukeln, dafür ein paar Schülerinnen, die Melanie nicht kannte.

»Habt ihr meine Tochter Dana gesehen?«, fragte sie.

»Wer ist das?«, antwortete eins der Mädchen.

»Eine Elfjährige, die hier zur Schule geht.«

»Wir sind nicht von hier.«

Melanie drehte sich um. Warum hatte sich Dana nicht an die Abmachung gehalten? Hatte ihr das Gespräch mit der Lehrerin zu lang gedauert, oder war sie bloß gedankenverloren Johanna und Marie gefolgt? Manchmal war Dana rastlos.

Sie ging ein paar Schritte auf das Schulgebäude zu. Ihr Blick schweifte umher, und sie seufzte tief. Seltsam! Normalerweise hielt Dana trotz ihrer Anflüge von Ungeduld zuverlässig Absprachen ein. Man merkte es eher an ihrer Körperhaltung oder der Wortkargheit, wenn sie sich langweilte.

Wohin könnte es ihre Tochter verschlagen haben? Hatte sie Taschengeld eingesteckt, um sich einen Muffin oder andere Leckereien zu kaufen? Heimkinder waren früh darin geübt, selbst über ihr kleines Vermögen zu verfügen.

Doch am Stand auf dem Schulhof entdeckte Melanie sie nicht. Ein ungutes Gefühl stieg in ihr auf.

»Dana?«, rief sie.

Einige Besucher schauten neugierig zu ihr, doch ihr Ruf blieb unerhört.

Ob ihre Tochter ins Schulgebäude gegangen war? Vielleicht sogar in die Aula? Möglicherweise hatten sie sich knapp verpasst, weil sie unterschiedliche Zugänge benutzt hatten. Nach einem letzten Rundblick über den Schulhof steuerte Melanie schnellen Schritts den Schuleingang an. Hoffentlich entpuppte sich ihr Rundgang durch das verwinkelte Gebäude mit den vielen Gängen nicht als Suche nach der Nadel im Heuhaufen.

Von links hörte sie plötzlich trotz des Lärmpegels eine vertraute Stimme. Rasch fuhr sie herum.

***

Im Flur vor Karlsens Büro holte Drosten das Smartphone aus der Hosentasche. Es hatte während der Besprechung einmal vibriert, doch er hatte nicht nachgesehen, von wem die Nachricht stammte.

»Du musst jetzt direkt los?«, fragte Sommer.

»Vermutlich. Warte kurz.«

Er blieb stehen, um die vor einer knappen Viertelstunde eingetroffene Nachricht zu lesen.

Hi, Robert! Du kannst dir den Weg in Danas Schule sparen. Ich fahre mit unserer Kleinen schon nach Hause. Wir sehen uns dort. Ich hab dir viel zu erzählen. Danas Klassenlehrerin ist eine arrogante Mistkuh.

Das klang gar nicht gut. Doch zumindest verschaffte es ihm die Gelegenheit, mit Sommer das hinter ihnen liegende Gespräch zu analysieren.

»Fünf Minuten hab ich noch. Gehen wir in dein Büro und schließen die Tür, falls er zufällig vorbeikommt.«

***

»Johanna!«, rief Melanie den Namen des Mädchens.

Danas Freundin verharrte mitten in der Bewegung. Sie war weder in Begleitung von Marie noch von Dana. Stattdessen stand ein deutlich jüngeres Kind neben ihr und sah ebenfalls zu Melanie hoch. Die Familienähnlichkeit zu Johanna war unverkennbar.

»Hi«, sagte Melanie. »Ich suche Dana. Sie sollte eigentlich bei euch an den Schaukeln auf mich warten. Aber da ist sie nicht mehr.«

»Wir sind gegangen, als Benjamin und Adrian uns geärgert haben. Außerdem wollte meine Mutter, dass ich mich um Sina kümmere.«

»Weißt du, wo Dana hingegangen ist?«

»Sie ist vor den Blödmännern weggelaufen.«

»In welche Richtung?«

Johanna zuckte mit den Schultern. »Darauf hab ich nicht geachtet.«

»Danke!«

Johanna lächelte ihr zu, nahm ihre Schwester bei der Hand und lief davon.

Na super!, dachte Melanie. Wo sollte sie ihre Tochter ohne jeden Anhaltspunkt finden?

Zuerst probierte sie es in der Aula. Bald darauf stellte sie fest, dass ihr Kind nicht dort war.

***

»Wieso hat Karlsen Sorgen wegen der Veröffentlichung?«, wunderte sich Sommer.

»Er übertreibt. Wahrscheinlich nervt es ihn bloß, dass er die nächsten zwei Wochen in Amerika weilt und nichts gegen schlechte Presse unternehmen kann. Er hat mir mal erzählt, dass seine Frau ihn bei gemeinsamen Urlauben zwingt, Handy und Laptop ausgeschaltet zu lassen.«

Sommer lächelte amüsiert. »Eigentlich vernünftig.«

»Aber für einen Strippenzieher wie Karlsen die reinste Hölle.«

»Gab es in der Sache unangenehme Details?«, fragte Sommer.

»Nicht, wenn sie bei der Wahrheit bleiben. Wir haben dich undercover in die Gruppe eingeschleust. Das ist normales polizeiliches Vorgehen. Den

Schusswechsel, bei dem Haupt gestorben ist, hat er selbst provoziert.«

»Schaust du dir die Talkshow mit Mai und Harzmann an?«

»Wahrscheinlich nicht. Ich muss gleich kleine Brötchen backen. Wäre schlecht, wenn ich mich stattdessen vor den Fernseher verziehe.«

»Dann übernehm ich das«, beschloss Sommer. »Ich zeichne es vorsichtshalber auf.«

Bevor Drosten etwas erwidern konnte, klingelte sein Handy. Er zog es erneut aus der Tasche. »Das ist Melanie. Hallo, Schatz«, begrüßte er seine Ehefrau.

»Dana ist verschwunden«, drang ihm ihre hektische Stimme ins Ohr.

»Was heißt verschwunden?«

»Sie ist nicht da! Weg! Ich find sie nicht!«

So aufgeregt hatte er Melanie schon lange nicht mehr erlebt. »Seid ihr zu Hause?«

»Hörst du mir nicht zu?« Ihre Stimme überschlug sich. »Ich finde sie nirgendwo. Wir wollten gerade vom Schulfest aufbrechen.«

Drosten setzte sich und bemerkte Sommers argwöhnischen Blick. »Erklär mir genau, was passiert ist.«

»Ich musste kurz mit Frau Tenner reden. Dana sollte bei ihren Freundinnen Johanna und Marie an den Schaukeln warten. Aber dann sind ein paar Rabauken gekommen und haben sie vertrieben. Die Mädchen sind in unterschiedliche Richtungen gerannt. Marie konnte sich daran erinnern, dass Dana an den Rand des Schulhofs geflohen ist. Mehr wusste sie nicht. Johanna hat gar nichts gesehen.«

Drosten vermutete, dass seiner Pflegetochter vorerst keine Gefahr drohte. Bestimmt versteckte sie sich bloß eine Weile vor den Jungen. »Ich komme jetzt zur Schule und bin in spätestens zwanzig Minuten bei euch. Schick mir eine Nachricht, wenn du sie findest.«

»Wo treffen wir uns?«

»Am Haupteingang.«

»Okay. Dann mache ich mich wieder auf die Suche.«

»Bis gleich!« Er beendete das Telefonat.

»Das klang nicht gut«, meinte Sommer. »Hab ich es richtig verstanden? Dana ist unauffindbar?«

»Ich schätze, Melanie reagiert zu panisch. Sie sind in Danas Schule bei einem Herbstfest. Was soll da passieren?« Zu seiner Überraschung sah Drosten Besorgnis in Sommers Blick. »Woran denkst du?«, fragte er, obwohl er die Antwort kannte.

»Carla und Simon«, sagte Sommer wie zur Bestätigung. Er bezog sich auf einen Entführungsfall, der einige Jahre zurücklag und sein Leben komplett umgekrempelt hatte.

»Die sind nicht von einem Schulhof verschwunden.«

»Aber von einem öffentlichen Platz. Der Schützenplatz war wegen der bevorstehenden Zirkusveranstaltung gut besucht. Eigentlich hätte es dort niemandem gelingen dürfen, zwei Kinder zu verschleppen. Wenn du willst, komme ich mit und helfe bei der Suche.«

Drosten überlegte nur kurz. »Das ist lieb. Danke! Trotzdem besser nicht. Wenn Melanie dich sieht, verfällt sie in Panik. Vielleicht hatte Dana keine Lust mehr und ist nach Hause gelaufen, ohne auf Melanie zu warten.«

»Sie hat noch kein Handy?«

»Doch. Meistens liegt das in ihrem Zimmer, weil Melanie das so will. Ich schätze nicht, dass sie es dabeihat. Wobei ich das eben prüfen könnte. Schmeißt du mal deinen PC an?«

Dana hatte von ihnen zum Einzug ein neues Handy geschenkt bekommen. Drosten hatte die Funktion aktiviert, es bei Verlust jederzeit orten zu können.

Sommer räumte ihm den Platz an der Tastatur. Drosten rief die Homepage des Handyherstellers auf. Nach wenigen Klicks und der Eingabe seiner Nutzer-ID hatte er die Bestätigung. Danas Telefon lag bei ihnen zu Hause.

»Wie erwartet. Ich fahr jetzt zur Schule. Bestimmt bekomme ich zwischendurch eine Nachricht von Melanie.«

»Wenn du meine Hilfe brauchst, weißt du, wie du mich erreichst.«

***

Wider Erwarten erhielt Drosten unterwegs keine Entwarnung. Unmittelbar vor ihm wurde eine Parkbucht vor dem Schulgebäude frei, und er lenkte seinen Wagen hinein. Dann stieg er aus und wählte Melanies Nummer.

»Hast du sie?«, fragte seine Frau hektisch.

»Nein. Wo find ich dich? Ich bin gerade angekommen.«

»Vor der Aula. Du gehst durch den Haupteingang und dann nach rechts. Wir haben alles mehrfach abgesucht, Robert. Sie ist weg!«

»Ich bin gleich bei dir.« Er verfiel in einen Trab, wich einigen Schulfestbesuchern aus, die sich offenbar auf den Heimweg begaben, und betrat das Gebäude.

Melanie kam ihm entgegen. In ihrem Schlepptau befanden sich zwei weitere Mütter mit ihren Kindern. Melanie hatte rote Flecken im Gesicht. »Robert, ich flippe aus.«

»Hallo, Schatz.« Er nickte den anderen zu.

»Wir haben dreimal das ganze Gelände abgesucht, in jeder Toilette nachgesehen und jeden Lehrer angesprochen, bei dem Dana Unterricht hat. Niemand hat sie gesehen. Sie ist fort!«

»Vielleicht ist sie schon nach Hause gegangen.«

»Das vermute ich auch«, sagte eine der helfenden Mütter. »Ehemalige Heimkinder wie Dana sind doch viel eigenständiger. Das merke ich jedes Mal, wenn Ihre Tochter bei uns zu Besuch ist. Bestimmt wartet sie in ihrem Zimmer.«

Melanie seufzte. »Ich glaube das nicht.«

»Wenn ihr alles abgesucht habt, ist das die einzige logische Erklärung. Zumal der Heimweg nur zwei Kilometer lang ist. Gehen wir sie suchen.« Drosten wandte sich an die Frauen. »Sind Sie noch eine Weile hier?«

Eine von ihnen nickte. »Ich hab versprochen, beim Abbau zu helfen.«

»Sollten Sie Dana finden, halten Sie sie bitte bei sich und rufen uns an. Wir kommen sie abholen.«

Die Frau nickte erneut, und auch Melanie schien der Vorschlag zu gefallen.

»Du hast ja meine Nummer«, murmelte sie der Frau zu.

Gemeinsam verließen sie das Schulgebäude. »Deiner Nachricht zufolge seid ihr mit dem Auto hier?«, fragte er.

»Ja«, antwortete Melanie. »Wir waren spät dran, und ich wollte den Beginn des Festes nicht verpassen. Dana hatte nicht so große Lust. Ich musste sie mehrfach anhalten, einen Zahn zuzulegen.«

»Es gibt ja nur zwei Wege, die sie genommen haben kann«, sagte Drosten. »Fahren wir beide im Schritttempo ab.«

»Ich nehm unsere übliche Strecke, okay?«

Er nickte. »Mach dir keine Sorgen.« Er gab seiner Frau einen Kuss, den sie flüchtig erwiderte.

Langsam fuhr Drosten den Weg ab. Zweimal näherten sich von hinten Autofahrer. Jedes Mal hielt er an und schaltete den Warnblinker ein, um sie an ihm vorbeizulotsen. Da Dana einen großen Vorsprung hatte, vermutete er sie in ihrem Zimmer. Doch hatte sie nicht auf seinen Anruf auf die Festnetznummer reagiert.

Da er die weitere Strecke zurücklegte und ihn dreimal rote Ampeln aufhielten, erreichte er nach seiner Frau die Stelle, an der beide Wege zusammenliefen.

Melanie hatte bereits am Straßenrand geparkt und war ausgestiegen.

Sie rannte zu ihm, den Blick in seinen Wagen gerichtet. »Nichts?«, fragte sie verzweifelt.

»Bestimmt ist sie zu Hause.«

»Ich lass das Auto hier stehen. Bevor ich noch jemanden überfahre. Vorhin hab ich einem Mopedfahrer die Vorfahrt genommen. Da hätte es fast geknallt!«

Drosten packte seine Arbeitstasche vom Beifahrersitz auf die Rückbank. »Steig ein!«

Als sie angeschnallt war, folgte er der Straße und bog kurz darauf rechts ab. Nach wie vor fuhr er im Schritttempo.

»Was machen wir, wenn sie nicht zu Hause ist?«

Drosten fehlte eine passende Antwort. »Malen wir nicht zu schwarz.«

Rund dreihundert Meter von ihrem Haus entfernt, bremste er abrupt.

»Siehst du sie?« Melanie schaute sich hektisch um.

Doch Robert deutete nach vorn. »Warum steht vor unserem Haus ein Lieferwagen?«

Melanie bemerkte den weißen Transportwagen ebenfalls. »Ob das mit Dana zu tun hat?«

Drosten fuhr langsam an. Nun überwog auch bei ihm das schlechte Gefühl. Vor allem, weil an dem Lieferwagen ein Mann stand, der grimmig dreinschaute. Drosten hatte seine Dienstwaffe am frühen Morgen nicht mit ins Büro genommen, sondern zu Hause im Waffenschrank gelassen. Würde er das noch bereuen?

»Warte!«, rief er, als Melanie den Gurt ablegte und den Türgriff umklammerte. »Du bleibst erst mal im Auto.«

»Wieso?«

»Ich will wissen, was der Kerl da zu suchen hat.«

»Glaubst du, er ...«

»Das werden wir sehen. Bleib hier und warte auf mein Zeichen.«

Er löste den Gurt und stieg aus.

3

Der Moderator saß seinen beiden Gästen an einem schmucklosen Tisch gegenüber. Bei dem Sendungsformat sollte nichts vom Inhalt der Gespräche ablenken. Deshalb wurde das Programm in einem kleinen Studio ohne Publikum aufgezeichnet.

»Heute freue ich mich auf die beiden Autoren Nick Harzmann und Andreas Mai. Herzlich willkommen.«

Der Moderator lächelte ihnen zu. Andreas erwiderte das Lächeln gequält. Nick hingegen strahlte ungekünstelt, wie es seine Art war. Er wirkte offen und sympathisch. »Hallo«, sagte er. »Es ist eine Ehre, bei Ihnen zu sein.«

»In wenigen Tagen erscheint pünktlich zur Frankfurter Buchmesse Ihr Buch *Die Haupt-Familie*. Darin berichten Sie von Ihrem Zusammenleben mit Johannes Haupt, einem ehemaligen BKA-Kommissar.«

»Ein BKA-Kommissar, der die Seiten gewechselt und sich einem Projekt gewidmet hat, in dem es um die Schattenseiten der deutschen Polizeibehörden ging«, konkretisierte Nick.

»Das jedoch nie umgesetzt wurde, weil Johannes Haupt zunächst in einem Mordprozess angeklagt ...«

»... und freigesprochen wurde«, warf Andreas ein. »Er hat in Notwehr sein Leben verteidigt, wobei die Angreiferin bedauerlicherweise starb.«

»Bei der Toten handelte es sich um die Halbschwester einer BKA-Beamtin«, sagte der Moderator.

»Das ist richtig«, erwiderte Nick. »Sie war die erste Person, die das BKA eingeschleust hatte, um Johannes zu diskreditieren. Allerdings beileibe nicht die letzte. Aber das hat der Polizeibehörde nicht gereicht. Sie war erst zufrieden, als er bei der Stürmung seines Anwesens ums Leben kam.«

»Erzählen Sie mir bitte von Herrn Haupt. Die Ereignisse liegen nun ja schon zwei Jahre zurück. In einer schnelllebigen Zeit wie unserer erinnern sich viele Zuschauer vielleicht gar nicht mehr an ihn. Was für ein Mensch war er?«

»Ein Menschenfänger«, sagte Nick. »Er war der charmanteste Mann, der mir jemals begegnet ist.«

»Also vergleichbar mit dem Ex-Präsidenten Obama?«

Nick lächelte bei dem Vergleich. »Ziemlich zutreffend, nur dass Johannes kein Politiker war und immer die Wahrheit sagte. Genau das war ja dem BKA ein Dorn im Auge.«

»Ich durfte Passagen Ihres Buchs vorab lesen«, erklärte der Moderator. »Sie haben es in drei sehr lesenswerte Abschnitte aufgeteilt, in die Zeit vor dem Prozess, während des Prozesses und nach dem Freispruch.«

»Genau«, bestätigte Andreas.

»Ich möchte mehr über Ihre Motivation erfahren, das Buch zu schreiben. Befürchten Sie nicht, selbst ins Visier des BKA zu geraten?«

»Wäre nicht das erste Mal«, antwortete Nick. »Johannes hatte damals eine Vision. Er suchte Mitstreiter, um ein wichtiges Projekt zu realisieren. Für mich war er wie ein Whistleblower, also vergleichbar mit Edward Snowden und anderen mutigen Menschen. Er wollte dem Land vor Augen führen, welche Verbrechen die Polizeibehörden begehen, die eigentlich dazu verpflichtet sind, solche Vergehen aufzuklären. Unter dem Pseudonym Peter Schmidt hatte er bereits mehrere True-Crime-Bücher verfasst, die es in die Bestsellerlisten geschafft hatten. Aber sein neuestes Projekt sollte viel umfangreicher werden und sich nicht bloß zwischen zwei Buchdeckel zwängen. Deshalb veranstaltete er ein Gewinnspiel ...«

»Moment«, unterbrach ihn der Moderator. »Ein Gewinnspiel?«

»Genau«, sagte Andreas. »Über Facebook lud er Teilnehmer ein, sich daran zu beteiligen. Die acht Gewinner bekamen ein Wochenende in einem Hotel spendiert, in dem er zunächst Vorträge über Serienmörder hielt.«

»Wie sich später herausstellte, hatte Johannes eine Gewinnerin ausgelost, die die Halbschwester einer BKA-Kommissarin war. Sie sollte dem BKA alles über die Veranstaltung mitteilen«, fuhr Nick fort.

»Warum interessierte sich das BKA dafür?«, hakte der Moderator nach.

»Weil sie Johannes vorwarfen, einige Wochen zuvor eine Fahndung torpediert zu haben. Ein lächerlicher, nicht zu beweisender Vorwurf«, erklärte Andreas.

»Die Gewinnerin zeigte Anzeichen psychischer Labilität. Mir als ehemaligem Psychologiestudenten fiel das sofort auf«, sagte Nick. »Ich schätze, ihre Halbschwester hatte ein wenig zu viel Druck auf sie ausgeübt. Im Verlauf des Wochenendes bekannte sie, Johannes ans BKA verraten zu haben. Der fürchtete daraufhin, dass das BKA das Hotel stürmen und alle festnehmen würde. Oder sogar Schlimmeres. Deshalb brach er das Seminar ab. Er bot den Teilnehmern an, mit ihm zu seinem Anwesen zu fahren, um dort eine Weile zusammenzuleben und zu arbeiten. Sechs der acht Gewinner nahmen das Angebot an. Wir begleiteten ihn, um sein Lebenswerk voranzubringen. Die Halbschwester der BKA-Kommissarin, deren Namen wir übrigens aus rechtlichen Gründen nicht erwähnen und im Buch schwärzen mussten, verliebte sich in Johannes. Nun kam zu ihrer ohnehin spürbaren psychischen Labilität noch grundlose Eifersucht hinzu. Das Ganze endete in dem Versuch, Johannes zu töten. Dem gelang es zum Glück, ihr das Messer zu entwinden. Aber bei dem Gerangel erlitt er eine schwere Stichwunde.«

»Und er erstach die Angreiferin«, fasste der Moderator seine Erkenntnisse zusammen.

»Das BKA verhaftete ihn, die Staatsanwaltschaft klagte ihn wegen Mordes an«, sagte Andreas.

»Das Gericht urteilte auf Notwehr.«

»Ein kleiner Triumph, der uns bewies, dass die Justiz zumindest gelegentlich unabhängige Urteile fällt«, analysierte Nick.

»Was geschah in der Zeit während des Prozesses?«, fragte der Moderator.

»Es versammelten sich zahlreiche Unterstützer, die Johannes Haupts Freilassung forderten. Die meisten von ihnen tummelten sich im Internet. Aber eine erstaunlich große Anzahl reiste zu dem Anwesen, wo wir dann gemeinsam in einer friedlichen Kommune zusammenlebten.«

»Kommune ist das passende Wort«, nahm der Moderator den neuen Faden auf. »Ihre Schilderung des Zusammenlebens erinnerte mich stellenweise an eine Hippiekommune in den Sechzigerjahren.«

»Nur ohne Sex und Drogen«, erwiderte Andreas.

Der Moderator schmunzelte. »Das klingt bedauernd«.

»Drogen hätte ich nicht gebraucht«, sagte Andreas.

»Wie kam es zu den dramatischen Ereignissen, bei denen Johannes Haupt den Tod fand?«

Nick berichtete in den Folgeminuten ausführlich davon.

»Wow«, sagte der Moderator, als Nick fertig war. »Das klingt fast nach Wild-West-Methoden.«

»So war es«, bestätigte der ehemalige Psychologiestudent. »Der BKA-Hauptkommissar Robert D. hatte es sich zu seiner Lebensaufgabe gemacht, Johannes Leben zu zerstören, und es ist ihm gelungen. Unterstützung erhielt er dabei von Lukas S., der sich unter einem Decknamen in die Familie eingeschleust hatte, um sie von innen zu zersetzen.«

»Ich vermute, Sie dürfen die Namen ebenfalls aus rechtlichen Gründen nicht komplett nennen?«

»Der Verlag hat uns davon abgeraten«, bestätigte Andreas. »Ansonsten wäre es den Polizeibehörden möglich, das Buch vom Markt nehmen zu lassen.«

»Aber wissen Sie, worin der eigentliche Skandal liegt?«, fragte Nick den Moderator.

»Sie werden es den Zuschauern und mir bestimmt mitteilen.«

»Robert D. und Lukas S. wurden anschließend befördert. Sie sind mittlerweile die führenden Beamten einer bundesweit tätigen, neu gegründeten Polizeibehörde.«

»Die eine sehr hohe Aufklärungsquote vorweisen kann. Ich habe das recherchiert.«

»Offiziell stimmt das«, sagte Nick.

»Offiziell?«

»Einige der mutmaßlichen Täter starben bei den Verhaftungen. Es würde mich nicht wundern, wenn dadurch vorhandene Zweifel an ihrer Schuld von vornherein unter den Teppich gekehrt wurden. Johannes wusste aus seiner aktiven Zeit beim BKA viel über diese Methoden.«

»Das BKA tötet Verdächtige, deren Schuld nicht einwandfrei bewiesen ist?« Der Moderator klang nicht überzeugt.

»So hat es Johannes beim BKA erlebt«, beharrte Nick.

»Ich möchte noch einmal auf die Frage nach Ihrer Motivation zurückkommen. Da sind Sie mir vorhin ein bisschen ausgewichen. Wieso haben Sie dieses Buch geschrieben? Wollen Sie sich damit an Robert D. und Lukas S. rächen?«

»Nein!«, behauptete Nick. »Nichts liegt uns ferner. Robert D. soll gemeinsam mit seiner Familie in Ruhe weiterleben. Ich schätze, manchmal erinnert er sich an seine Vergehen. Mich würde interessieren, ob er deshalb ein schlechtes Gewissen hat.«

»Für Lukas gilt dasselbe«, sagte Andreas.

»Dann wollen Sie aus Ihrer damaligen Zeit Profit schlagen?«, fragte der Moderator.

»Ganz im Gegenteil!«, widersprach Nick. »Uns geht es ...«

»Ist es nicht so, dass Sie schon vor anderthalb Jahren eine Homepage eingerichtet haben, über die Sie Johannes-Haupt-Fanartikel verkaufen?«

»Das stimmt«, gab Nick zu. »Ist ja schließlich kein Verbrechen. T-Shirts mit dem Konterfei von Charles Manson sind auf Rockfestivals und anderswo Alltag. Wir würden gern die Erinnerung an Johannes hochhalten. Denn im Gegensatz zu Manson hat er keine Verbrechen begangen.«

»Also wollen Sie mit dem Buch Haupts Namen reinwaschen?«

»Unter anderem«, bestätigte Andreas. »Er hat nichts verbrochen.«

»In erster Linie geht es uns um etwas anderes«, verkündete Nick.

»Das Publikum hört gespannt zu.«

»Dank der Homepage, die wir in Gedenken an Johannes und unsere Familie programmiert haben, erhalten wir viele Zuschriften von damaligen Unterstützern. Unser Buch richtet sich an die Fans. Wäre es nicht an der Zeit, die Familie wieder zusammenzuführen und Johannes' Ziele erneut in Angriff zu nehmen?«

»Sie wollen die Haupt-Familie wiederauferstehen lassen?«

»Das ist mein Wunsch. Seit Johannes' Ermordung durch die Polizei sind die Zeiten noch finsterer geworden. Wir sollten uns dringend organisieren und unser Wissen in die Welt hinausrufen. Das sind wir Johannes schuldig. Nur die Wahrheit kann die Menschheit retten.«

»Also ein Comeback der Haupt-Familie ohne das Oberhaupt, wenn Sie mir dieses Wortspiel gestatten. Warum muss ich bloß an die Kelly Family denken?« Der Moderator schmunzelte.

»Das ist ein ziemlich guter Vergleich«, lobte Nick, ebenfalls lächelnd. »Denn die Kelly Family erreichte die größten Chartserfolge ohne ihren Vater.«

»Sie haben neben der Buchveröffentlichung im Internet eine Spendenaktion eingerichtet, ein sogenanntes Crowdfunding.«

»Richtig.«

»Was versprechen Sie sich davon?«

»Wenn die Haupt-Familie erneut zusammenkommt, müssen wir zunächst ein passendes Grundstück samt Haus kaufen. Außerdem wären weitere Anschaffungen notwendig.«

»Bei dem Crowdfundingprojekt kann man sich mit einer Spende oberhalb von zwanzigtausend Euro einen garantierten Platz in dem noch zu erwerbenden Anwesen sichern.«

»So ist es.«

»Das klingt jetzt aber weniger nach einer Hippiekommune, sondern eher nach knallhartem Geschäft.«

Nick wollte widersprechen, doch der Moderator hob die Hand.

»Leider ist unsere Sendung am Ende angelangt. Ich danke meinen Gästen Nick Harzmann und Andreas Mai für dieses hochspannende Gespräch am Freitagabend.«

4

Der Mann an dem Lieferwagen war schätzungsweise dreißig Jahre alt. Seine dunkelblonden Haare waren raspelkurz rasiert. Er trug eine Brille mit breitem, schwarzen Rand, die in dem Gesicht sehr dominant wirkte. Der Kerl rauchte eine Zigarette und musterte den sich nähernden Drosten eingehend. Zu den halbhohen Schuhen, einer Jeans und einem Jeanshemd trug der Mann eine Daunenweste.

»Wer sind Sie?«, fragte Drosten unfreundlich.

Der Mann nahm ein Klemmbrett zur Hand. »Sind Sie Robert Drosten? Dann hab ich nämlich eine Lieferung für Sie und warte bereits seit einer Viertelstunde. Ich hab übrigens längst Feierabend.« Seine Stimme klang vorwurfsvoll. »Wäre schön gewesen, Sie früher anzutreffen.«

»Ich bin *Kriminalhauptkommissar* Robert Drosten.«

»Ihr Beruf ist mir ziemlich egal. Ich möchte bloß gern nach Hause. Sonst kriege ich Ärger. Meine Frau und mein Baby erwarten mich.«

»Warum haben Sie die Lieferung nicht bei Nachbarn abgegeben?«

Erneut schaute der Mann auf das Klemmbrett. »Hier steht, dass der Auftraggeber extra dafür bezahlt hat, damit es persönlich übergeben wird. Also durfte ich es nicht einfach bei Nachbarn abgeben, sondern musste warten.«

»Wie heißen Sie?«

»Was spielt das für eine Rolle?«

Drosten griff in seine Anzugtasche, holte den Dienstausweis hervor, klappte ihn auf und hielt ihn dem Mann dicht vor die Nase. »Wie heißen Sie?«, wiederholte er.

»Herrje. Jonas Becker. Meinen Namen muss ich normalerweise nicht nennen.«

»Eventuell sind Sie in ein Verbrechen involviert.«

»Was?« Die gelassene Attitüde fiel von ihm ab. »Das kann nicht sein! Ich hab nichts getan. Hören Sie, ich bin, nein, das darf nicht wahr sein.«

Warum reagierte der Kerl plötzlich so panisch? Die Antwort lieferte er Sekunden später selbst. »Ich hab Bewährung und diesmal nichts falsch gemacht. Wenn mein Chef mir sagt, welche Touren ich übernehme, mach ich das. Ohne nachzufragen. Du Chef, ich nix. So läuft es bei uns.« Er rang sich ein gekünsteltes Lachen ab.

»Weswegen Bewährung?«

»Drogenverkauf.«

»Sie dealen?«

»Früher, jetzt nicht mehr, ich hab aus meinen Fehlern gelernt. Außerdem bin ich vor ein paar Monaten Vater geworden.«

»Öffnen Sie die Türen des Lieferwagens. Ich will sehen, was Sie dabeihaben.«

»Drei große Kartons«, antwortete Becker. Er drehte sich um und folgte der Anweisung.

Im Wageninneren standen tatsächlich drei braune Kartons. Hatte jemand Dana in drei Teile zerstückelt? Das Mädchen wurde noch keine zwei Stunden vermisst, insofern erschien das Drosten unwahrscheinlich. »Wann haben Sie den Auftrag bekommen?«

»Die Kartons wurden uns am Siebzehnten gebracht.«

»Vor sieben Tagen?«, wunderte sich Drosten. »Wieso werden die erst heute zugestellt?«

»Das wollte der Auftraggeber so. Er hat uns die Kartons geliefert und angewiesen, dass sie Ihnen erst zugestellt werden, wenn er sein Okay dazu gibt. Auch dafür hat er eine Extragebühr bezahlt. Deswegen war ich mir ja sicher, Sie gleich anzutreffen.«

Hatte der Unbekannte ein kleines, lokal ansässiges Unternehmen ausgesucht, weil bei den üblichen Lieferunternehmen solche Extras nicht möglich gewesen wären? »Wie hat der Auftraggeber ausgesehen?«

»Das weiß ich nicht. Den Auftrag hat mein Chef entgegengenommen.«

»Rufen Sie ihn an!«

Mürrisch griff Becker zu seinem Handy, das in der linken Westentasche steckte. Er drückte eine Taste. Sekunden später erklang aus dem Telefon eine Anrufbeantworterstimme.

»Hab ich befürchtet«, brummte Becker. »Der Chef hat schon Wochenende. Er ist nicht mehr im Büro.«

»Sie haben bestimmt eine private Handynummer von ihm.«

»Die darf ich nur in Notfällen anrufen.«

»Glauben Sie mir, das *ist* ein Notfall.«

Becker stöhnte, doch er scrollte durch seine Telefonkontakte, bis er die Nummer gefunden hatte. »Geht nicht ran«, sagte er eine halbe Minute später.

Drosten betrachtete die Kartons genauer. Den Chef des Unternehmens könnte er jederzeit befragen. Ihm fiel ein Brief an einem Paket auf.

»Holen Sie mir den Karton da«, befahl er dem Fahrer.

Der kletterte ins Innere und schob den Brief über die Ladefläche bis zum Rand.

»Haben Sie etwas, um das Paket aufzuritzen?«, fragte Drosten.

»Ein Teppichmesser«, antwortete Becker. Er holte das Werkzeug aus der rechten Westentasche, fuhr die Klinge aus und ritzte den Karton auf. »Kameras. Mehrere. Außerdem Mikrofone und mindestens ein Lautsprecher. Sieht nach einer coolen Lieferung aus.«

»Geben Sie mir den Brief.«

Becker tat ihm den Gefallen. Drosten öffnete den Umschlag und holte das Schreiben heraus.

Hallo, Robert.

Bevor du weiterliest, solltest du den Fahrer wegschicken. Die Fortsetzung meiner Anweisungen findest du in einem der Kartons. Wenn du – außer deiner Frau – jemanden hinzuziehst, hätte das für Dana fürchterliche Konsequenzen.

»Scheiße«, murmelte Drosten entsetzt.

»Schlechte Nachrichten?«, fragte Becker.

Drosten klappte den Zettel zusammen, damit der neugierige Fahrer keine Zeile zu lesen bekam.

»Stellen Sie die Kartons bitte vor die Haustür. Danach können Sie verschwinden.«

Becker runzelte die Stirn, dann nickte er. »Mach ich, Chef!«

Nacheinander trug der Mann die Lieferung bis vor die Tür. Unterdessen drehte sich Drosten zu seiner noch immer im Wagen wartenden Frau um, die besorgt zu ihm schaute. Er signalisierte ihr, dass sie warten sollte.

»Dann bekomme ich hier eine Unterschrift.« Becker hielt ihm das Klemmbrett entgegen.

Drosten quittierte den Empfang der Pakete. »Schönen Feierabend«, murmelte er.

»Dito. Sind wir uns einig, dass ich nichts Unrechtes getan habe?«

»Ja«, erwiderte Drosten kurz angebunden.

Der Mann stieg erleichtert in den Transporter, startete den Motor und fuhr davon.

»Was ist hier los?«, rief Melanie, die es nicht länger im Wagen aushielt.

Drosten winkte sie herbei. »Wir haben ein Problem«, flüsterte er und reichte ihr den Zettel. »Lass dir bitte nichts anmerken.«

Entsetzt schlug sie sich die Hand vor den Mund. »Dana«, wisperte sie.

»Gehen wir rein und öffnen die anderen Kartons. In einem davon muss der zweite Zettel stecken.«

Er nahm Melanie bei der Hand und ging entschlossen zur Tür. Äußerlich gelassen führte er den Schlüssel ins Schloss und entriegelte es. Zunächst trug er den bereits geöffneten Karton in den Flur. Danach eines der verschlossenen Pakete. Unterdessen löste sich Melanie aus ihrer Schockstarre und brachte den dritten Karton herein.

»Mach die Tür zu!«, bat er. Er griff zum Schlüsselbund und ritzte mit einem Schlüssel die Klebefolie auf. Drosten erwischte auf Anhieb das richtige Paket. »Hier liegt ein Zettel drin! Und noch mehr Kameras. An mindestens einer brennt ein rotes Lämpchen.« Er hob zwei weitere Geräte an. »Nein, an mehreren.«

»Was hat das zu bedeuten?«

»Ich weiß es nicht«, behauptete er. Doch so ganz stimmte das nicht. Drosten ahnte, was die brennenden Lämpchen bedeuteten.

Er holte den Zettel heraus.

Ich hoffe, du hast dich an die erste Anweisung gehalten. Wie du vielleicht bemerkt hast, sind die Kameras bereits eingeschaltet. Die Mikrofone und Lautsprecher ebenfalls. Sie sind alle akkubetrieben. Ich bekomme genau mit, was du unternimmst. Wenn du deine Kollegen informierst, hat Dana kein langes Leben mehr vor sich. Es hilft dir übrigens auch nicht, dich aus der Reichweite der Kameras zu entfernen. Sobald ich dich nach dem ersten Öffnen der Kartons im Bild habe, werte ich jede Abwesenheit von dir wie einen Versuch, mich auszutricksen. Dann töte ich Dana, und du trägst daran die Schuld.

Du wirst sofort jeden Raum deines Hauses mit einer Kamera und einem Mikrofon ausstatten. Außerdem packst du die Lautsprecher in die Küche, in euer Elternschlafzimmer, dein Arbeitszimmer, das Wohnzimmer und Danas Kinderzimmer. Ich will in der Lage sein, jederzeit mit euch zu kommunizieren.

Sobald das erledigt ist, melde ich mich bei euch. So reden wir in den nächsten Tagen miteinander. Per Lautsprecher und Mikrofon.

Beeil dich lieber, denn du hast nicht ewig Zeit! Ich hoffe, Danas Leben ist dir diese kleine Unannehmlichkeit wert.

Fassungslos ließ Drosten die Hand mit dem Brief sinken.

»Was steht drin?«, fragte Melanie.

Er reichte ihr den Zettel und beobachtete, wie ihre Augen über die Zeilen glitten.

»Nein!«, flüsterte sie und hob dann die Stimme. »Nein!«

»Wir müssen tun, was er verlangt«, sagte Drosten.

»Natürlich! Was denn sonst? Wehe, du überlegst dir einen Trick!«

Die Feindseligkeit in ihrem Tonfall und Blick überraschte ihn. »Wie käme ich dazu? Mir ist Danas Wohlergehen genauso wichtig wie dir.«

»Sicher? Wo warst du denn heute? Wärst du bei dem Fest gewesen, hätte er sie nicht entführen können. Aber wieder einmal war dir die Arbeit ...«

Er packte sie an den Oberarmen. »Das hier war von langer Hand geplant.«

»Das kannst du nicht wissen!«

»O doch! Jemand hat der Transportfirma vor sieben Tagen die Pakete zur Verfügung gestellt und darauf bestanden, dass sie erst ausgeliefert werden, wenn der Auftraggeber Bescheid sagt. Vor sieben Tagen! Das hat mir der Fahrer gesagt. Der Entführer hat heute eine Gelegenheit gesehen und zugegriffen. Ansonsten hätte er die nächstmögliche Situation abgepasst. Wir hätten Dana niemals beschützen können! Schon gar nicht in den kommenden Ferien. Bei gutem Wetter wäre sie auch mal allein nach draußen gegangen oder mit Rocky unterwegs gewesen.«

»Rocky hätte sie beschützt!«

»Oder wäre dabei getötet worden.«

In seinen Ohren klang das richtig – und befreite ihn zugleich von seinem schlechten Gewissen.

Melanie schaute zu Boden. »Wieso Dana? Was hat sie ihm getan?«

Drosten fürchtete, Dana könnte bloß Mittel zum Zweck sein, um ihn zu erpressen. Gleichwohl schreckte er davor zurück, es laut auszusprechen. Nicht zuletzt deshalb, weil der Entführer mithörte. »Ich hab keine Ahnung.«

Irgendwann würde seine Frau von allein den Zusammenhang erkennen. Je später das geschah, desto besser für ihn.

»Was sollen wir jetzt machen?«, fragte sie.

»Er hat uns eine unmissverständliche Aufgabe gestellt. Fangen wir an.«

Nach und nach holte Drosten aus dem Karton vier Kameras, drei Mikrofone und einen Lautsprecher. Die Kameras wogen jeweils mindestens anderthalb Kilo. Lagen deswegen so viele Dübel und Schrauben in dem Paket, damit er sie trotz des Gewichts sicher anbringen konnte?

»Ich brauche die Bohrmaschine. Keine Ahnung, wie ich die Kameras anbringen soll.« Er schnaubte unschlüssig.

»So, dass sie den jeweiligen Raum komplett erfassen«, erklang plötzlich eine männliche Stimme aus dem Lautsprecher.

Melanie schrie auf, und auch Robert sackte das Herz in die Hose. Unwillkürlich musste er an den letzten Fall denken, den er mit Sommer gelöst hatte. Ob sich die Opfer so gefühlt hatten, als der Mörder die Kontrolle über deren Computer übernommen hatte?

5

Gebannt warteten die Drostens ab, ob die Stimme weitere Anweisungen gäbe. Doch vorläufig blieb sie stumm.

»Reden Sie mit uns!«, forderte Robert.

Leider hielt der Mann es für unnötig, sich erneut zu äußern.

Fieberhaft überlegte Drosten, ob ihm der Klang der Stimme vertraut vorgekommen war. Er hatte einen osteuropäischen Akzent herausgehört, der jedoch vorgetäuscht sein konnte. Er dachte an die Mordermittlungen zurück, die Sommer und ihn damals nach Baden-Baden geführt hatten. Der Mörder war verhaftet und wartete in einer Gefängniszelle auf seinen Prozess. Er konnte nichts damit zu tun haben. Oder unterstützte ihn ein Komplize?

»Was sollen wir jetzt machen?«, flüsterte Melanie.

Nicht flüstern, dachte Drosten. *Zumindest nicht, solange wir in unmittelbarer Nähe von Mikrofonen stehen.*

»Wir folgen der Anweisung«, antwortete er in normaler Lautstärke. »Du hältst die ganze Zeit eine Kamera in der Hand und bleibst dicht hinter mir, egal, wohin ich gehe. Ich überleg mir, wo ich die anderen jeweils anbringe.«

»Respekt!«, dröhnte es aus dem Lautsprecher. »Du hast den Ernst der Lage erkannt.«

Wieder erschrak Melanie. Drosten hingegen hatte nur darauf gewartet, dass der Erpresser sich melden würde, und versuchte, die Stimme zuzuordnen, sie mit seiner Vergangenheit abzugleichen. Doch sie kam ihm nach wie vor fremd vor. Sie lieferte ihm keinen Hinweis auf einen Ermittlungsansatz.

Er nahm eine der Kameras und reichte sie Melanie. »Wie gesagt, bleib dicht hinter mir.«

»Ja! Hab ich kapiert!«, fauchte sie.

Am liebsten hätte er sie darauf hingewiesen, wie unklug es war, sich gegenseitig anzufahren. Denn so spielten sie dem Unbekannten in die Hände. Da er jedoch nicht einschätzen konnte, wie seine Frau reagieren würde, sagte er stattdessen: »Gehen wir in die Abstellkammer. Ich hol den Bohrer heraus. Danach bringen wir die Kameras an.«

Wie konnte das sein?, fragte sich Drosten eine Stunde später. *War das bloß ein merkwürdiger Zufall?*

In den drei Kartons waren genau so viele Kameras und Mikrofone gewesen, dass jeder Raum im Haus überwacht werden konnte. Selbst die große Abstellkammer. Lediglich ein Raum blieb ohne Kamera: die kleine Kammer, in der sie ausschließlich Sachen für Rocky sowie einige Weinflaschen aufbewahrten.

»Wir haben eine Kamera zu wenig. Hier ist noch eine Abstellkammer, in der wir Hundezeug und Wein aufbewahren.«

Rocky war ihnen in der vergangenen Stunde wegen Bohrmaschinenlärms aus dem Weg gegangen. Nun kam er näher und beobachtete seine Herrchen neugierig. Beiläufig streichelte Drosten ihm den Kopf.

»Die Kammer interessiert mich nicht«, sagte die Stimme.

»Wir haben Ihre Forderungen erfüllt und wollen Dana zurück. Wo ist sie?«

Der Mann lachte hämisch. »Du hast die erste Forderung erfüllt. Als kluger Bulle glaubst du wohl kaum, dass die Sache damit erledigt ist.«

Das hatte Drosten tatsächlich nicht geglaubt. Doch er wollte den Mann am Reden halten, während er gleichzeitig überlegte, was er tun könnte.

Melanie war den Tränen nahe. »Wie geht es meiner Kleinen?«

Drosten nahm ihre Hand. Der Erpresser sollte erkennen, dass sie zusammenhielten.

»Bislang sehr gut«, behauptete der Entführer. »Soll es so bleiben?«

»Natürlich!«, rief Melanie flehend.

»Dann hört mir zu.«

Der Mann legte eine theatralische Pause ein. Drosten drückte Melanies Hand, um ihr zu signalisieren, den Mann ausreden zu lassen. Sie erwiderte den Druck.

»Aus Gründen, die ich nicht näher erläutern kann, muss ich euch bis Sonntag in einer Woche aus dem Verkehr ziehen.«

»Was?«, entfuhr es Drosten.

»Natürlich hat das mit deinem Job zu tun, Robert. Aber das ist wohl kein großes Geheimnis.«

Melanie entzog ihm ihre Hand. Allerdings bemerkte Drosten das kaum. Seine Gedanken überschlugen sich. In den nächsten Tagen stand nichts Wichtiges auf der Tagesordnung. Er steckte in keiner aktuellen Ermittlung. Was hatte es mit dieser Frist auf sich?

»Ab sofort werdet ihr das Haus nicht mehr verlassen und mit niemandem sprechen. Wenn ihr euch daran haltet, bekommt ihr Dana morgen in neun Tagen wohlbehalten zurück, also in der Nacht von Sonntag zu Montag.«

»Ausgeschlossen! Ich muss zur Arbeit!«, widersprach Drosten.

»Du nimmst dir am Montag frei!«

»Mein Chef fliegt heute Nacht in die Vereinigten Staaten und macht Urlaub. Ich erreiche ihn am Montag überhaupt nicht. Er ist der Einzige, der das entscheiden darf.«

Der Erpresser schwieg. Offenbar dachte er über die Konsequenzen nach. »Dann ruf ihn umgehend an!«, sagte er nach einer Weile.

»Jetzt?«

»Sobald er im Flieger sitzt, erreichst du ihn ja nicht mehr.«

»Und wie soll ich meinen Urlaubswunsch erklären?«

»Dir fällt schon etwas ein.«

Drosten dachte fieberhaft nach. Würde Karlsen einen verschlüsselten Hinweis verstehen, oder war er bereits zu sehr in Urlaubsstimmung? »Ich habe eine Idee«, verkündete Drosten schließlich. »Weiß aber nicht, ob sie funktioniert.«

»Das sollte sie besser, denn du wirst am Montag keinesfalls zur Arbeit fahren.«

Drosten griff zu seinem Handy.

»Stell dich so nah an die Kamera, dass ich sehen kann, wen du anrufst.«

Er trat an das Kameraauge in der Ecke neben dem Wohnzimmerschrank und hielt das Telefon so, dass die Linse es erfasste. Umständlich suchte er Karlsens Nummer heraus.

»Okay!«, sagte die Stimme. »Bau beim Telefonat keinen Mist!«

Drosten drückte sich das Smartphone ans Ohr. Das Freizeichen erklang. Ob sein Chef den Anruf überhaupt annähme? Als Drosten bereits befürchtete, auf der Mailbox zu landen, hörte er endlich Karlsens Namen.

»Ich bin's. Robert Drosten.«

»Womit kann ich Ihnen helfen? Ich dachte, wir hätten vorhin alles besprochen.«

»Mir ist eine Möglichkeit eingefallen, wie wir Presseanfragen elegant ins Leere laufen lassen können. Sie wissen schon, wegen der Buchveröffentlichung.«

»Jetzt machen Sie mich neugierig.«

»Ich nehm mir einfach eine Woche Urlaub. Nach der Buchmesse dürfte der Spuk schnell vorbei sein. Überstunden hab ich genug angesammelt, daran scheitert es nicht.«

»Hm. Und Sommer?«

»Wenn Sie damit einverstanden sind, sag ich ihm Bescheid, dass er ebenfalls eine Woche freinimmt.«

»Puh, puh, puh.« Offenbar war Karlsen von dem Vorschlag nicht begeistert, doch nach einigen Sekunden Bedenkzeit fügte er hinzu: »Warum eigentlich nicht? Ist nicht die schlechteste Idee. Die Pressestelle bügelt so etwas besser ab als Sie.«

»Ich schalte vorsichtshalber mein Handy für eine Woche aus, was halten Sie davon?«

»Sehr gut! So machen wir das. Informieren Sie Sommer?«

»Natürlich!«

»Okay, dann wünsche ich Ihnen eine erholsame Zeit.«

»Viel Spaß in den Staaten!«

Drosten beendete das Telefonat.

»Respekt«, lobte die Stimme ihn.

Drosten fiel auf, dass der Erpresser sich nicht danach erkundigte, um welche Buchveröffentlichung es ging.

»Wir haben noch ein anderes Problem«, mischte sich Melanie ein. Sie näherte sich ihrem Mann, Rocky trottete neben ihr her. »Wir müssen mehrmals täglich mit unserem Hund raus«, erklärte sie. »Schon jetzt ist die nächste Gassirunde überfällig.«

»Ihr könnt ihn in den Garten lassen.«

»Das reicht nicht! Rocky braucht Bewegung«, widersprach Drosten.

»Pech für ihn. Er wird es wohl neun Tage aushalten.«

»Wissen Sie, was Sie ihm damit antun?«, fragte Melanie.

»Vielleicht hab ich auch dafür eine Lösung«, warf Drosten ein. Er dachte an die Hundesitterin Theresa Fill, die sie in Anspruch nahmen, seit die Nachbarsfamilie Lehmann weggezogen war.

»Welche?«

»In Urlauben nutzen wir eine zuverlässige Hundesitterin. Ich könnte sie anrufen und behaupten, wir hätten uns zu einer spontanen Reise entschlossen. Sie würde uns Rocky garantiert für neun Tage abnehmen.«

»Meinetwegen«, stimmte der Entführer zu. »Das Telefonat läuft genau wie vorhin.«

***

Zwei Stunden später klingelte es an der Haustür der Drostens.

»Das wird die Hundesitterin sein«, sagte Melanie. »Normalerweise begrüßen wir sie beide an der Tür.«

Rockys Bellen untermalte ihre Aussage. Er hatte sich in der Zwischenzeit damit begnügen müssen, kurz im Garten zu verschwinden, und wirkte bereits jetzt unausgeglichen.

»Geht!«, befahl die Stimme. »Aber denkt daran: Ich bekomme alles mit.«

»Rocky, das ist Theresa!«, sagte Drosten.

Der Hund, der den Namen kannte, begann freudig zu bellen. Er fühlte sich bei der Sitterin wohl, da sie stets mit den Hunden der aktuellen Kunden ausufernde Gemeinschaftsspaziergänge unternahm. Rocky rannte zur Haustür. Schwanzwedelnd wartete er darauf, dass jemand Theresa öffnete. Drosten erfüllte ihm den Wunsch.

»Hi«, begrüßte er die Enddreißigerin, die ungefähr vier Kilometer entfernt wohnte.

Die bückte sich sofort zu dem Hund, der ihr aufgeregt um die Beine strich.

»Hallo, Robert. Melanie!« Theresa stutzte beim Anblick der beiden. »Stimmt was nicht?«

»Nein, alles in Ordnung«, behauptete Drosten.

»Wir haben uns gestritten«, sagte Melanie im gleichen Atemzug.

»Oh.« Theresa wirkte überrumpelt.

»Ich arbeite noch immer zu viel, obwohl Dana inzwischen bei uns lebt und ich etwas anderes versprochen habe. Darum ging's.«

»Wo ist die Kleine?«, fragte die Hundesitterin.

»Sitzt in ihrem Zimmer und hört ein Hörspiel.« Melanie machte eine Geste, die Kopfhörer andeuteten.

»Wir haben beschlossen, die Herbstferien für einen spontanen Urlaub zu nutzen. Ohne Rocky finden wir leichter eine Unterkunft«, führte Drosten aus.

»Überhaupt kein Problem. Bis wann seid ihr weg?«

»Wir kommen Montag in einer Woche wieder.« Drosten drehte sich um und nahm Rockys Leine und Halsband vom Garderobenhaken. Dann bückte er sich, presste dem Hund zum Abschied die Nase ins Fell und legte ihm das Halsband um. »Mach's gut.«

Auch Melanie verabschiedete sich auf ähnliche Weise von dem Tier.

»Ruft einfach an, wenn ihr wieder da seid. Grüßt mir Dana!«

Theresa hakte die Leine ein, drehte sich um und ging. Bevor Drosten in Versuchung geraten konnte, eine Dummheit zu begehen, schloss er rasch die Haustür.

»Wunderbar!«, höhnte der Entführer. »Damit ist auch das Problem aus der Welt geschafft. Ihr stellt euch jetzt unter die nächste Kamera und schaltet in meinem Beisein eure Handys aus.«

Sie folgten der Aufforderung.

»Wie kümmern Sie sich um Dana?«, fragte Melanie. »Seien Sie bitte gut zu ihr. Sie hat es im Leben schwer genug gehabt. Bitte!«

»Ich verspreche dir, dass ich ihr kein Haar krümme. Wenn ihr euch an meine Forderungen haltet, passiert ihr nichts. Genau deshalb empfehle ich mich jetzt. Es ist Zeit für ihr Abendbrot.«

Drosten wartete mit angehaltenem Atem ab, ob sich der Erpresser mit einer Gemeinheit verabschiedete. Doch aus keinem der Lautsprecher drang noch ein Wort. Offenbar würde sich der Entführer vorerst damit begnügen, sie zu beobachten.

»Was machen wir jetzt?«, fragte Melanie.

»Abwarten«, sagte Drosten.

Eventuell hatte der Erpresser einen Fehler gemacht. Karlsen hatte Drosten aufgefordert, Sommer anzurufen, um ihn eine Woche in den Urlaub zu schicken. Durch Melanies Hinweis, dass Rocky regelmäßig nach draußen müsste, war das in Vergessenheit geraten. So blieb Drosten mehr Zeit zu überlegen, wie er eine Botschaft in das Telefonat mit seinem Kollegen einbauen konnte.

Er glaubte nicht, dass der Entführer Dana einfach nach neun Tagen zurück nach Hause brächte. Niemand betrieb einen solchen Aufwand, bloß um in der Zwischenzeit ein krummes Ding zu drehen. Dana könnte ihn vermutlich identifizieren und wäre somit eine Belastungszeugin. Drosten ahnte, dass es ihnen irgendwie gelingen musste, die Entführung vor Ablauf des Ultimatums zu beenden. Dabei wäre er auf Sommer angewiesen.

»Ich trink einen Wein. Kommst du mit?«

Drosten nickte. Doch er nahm sich vor, höchstens daran zu nippen. Er musste einen klaren Kopf bewahren. Am Küchentisch ließ er die letzten Stunden Revue passieren. Wieso hatte der Entführer nicht gefragt, um welche Buchveröffentlichung es im Gespräch mit Karlsen ging? Woher hatte er gewusst, wie viele Räume in ihrem Haus mit Kameras auszustatten waren? Bei passender Gelegenheit müsste er Melanie fragen, ob sie in letzter Zeit jemandem die Tür geöffnet hatte, der sich in aller Ruhe hätte umsehen können. Denn wenn das nicht der Fall wäre, blieb nur eine logische Erklärung übrig. Dann hätte Dana die Information an jemanden weitergegeben. Doch warum?

6

Dana verstand die Welt nicht mehr. Natürlich war es dumm gewesen, dem unbekannten Mann zu vertrauen und in sein Auto zu steigen. Doch er hatte behauptet, er sei ein Kollege von Robert. Er hatte ihr sogar einen Dienstausweis gezeigt, der genauso aussah wie der ihres Pflegevaters. Als sie erwidert hatte, sie müsse auf ihre Mutter warten, weil die gerade mit der Klassenlehrerin sprach, hatte der Mann zu einem fiesen Trick gegriffen. Er hatte gesagt, Melanie sei sehr böse auf ihre Pflegetochter. Die Lehrerin habe ihr erzählt, dass sich ihre Tochter in der Klasse nicht benehmen würde. Zwar stimmte das nicht, jedoch wäre es nicht das erste Mal, dass eine Lehrerin Lügen verbreitete. Das alles nur wegen ihrer Heimherkunft. Lehrer konnten Heimkinder nicht ausstehen. Der Mann hatte darauf hingewiesen, dass Melanie Robert angerufen und ihm aufgetragen hätte, sich um Dana zu kümmern. Der wiederum hätte die Aufgabe aus Zeitgründen dem Kollegen übertragen, weil der gerade in der Nähe der Schule gewesen sei.

Verschüchtert war sie in den Wagen eingestiegen, kurz davor, wegen der Ungerechtigkeit der Lehrerin in Tränen auszubrechen. Der Mann war losgefahren, hatte jedoch kurz darauf angehalten und sich zu ihr herübergebeugt. Er hatte behauptet, ihr Gurt wäre nicht richtig eingerastet. Sie erinnerte sich noch an einen schlimmen Geruch. Danach an nichts mehr. Aufgewacht war sie in einem Bett und hatte zunächst geglaubt, sie sei in ihrem Zimmer bei den Drostens.

Bis ihr Unstimmigkeiten aufgefallen waren. Aber wie konnte das sein?

Ungefähr die Hälfte des Raumes sah aus wie ihr richtiges Zimmer. Das Bett, die Farbe und die Poster an der Wand, der Teppich. Alles stimmte überein. Die andere Hälfte jedoch war weiß und kahl. In der oberen Ecke hing eine Kamera, an der permanent ein rotes Lämpchen brannte.

Träumte sie bloß?

Dana kniff sich. Es tat weh und änderte nichts an der seltsamen Umgebung. Noch einmal zwickte sie sich in die Haut. Sie wachte einfach nicht auf. Tränen liefen ihr übers Gesicht.

***

Der Mann saß in seinem Multimediaraum. Sechzehn kleine Monitore standen vor ihm. Vierzehn davon übertrugen Bilder aus dem Haus der Drostens, eins zeigte ihm Danas Gefängnis. Der letzte Bildschirm war derzeit ausgeschaltet. Darauf könnte er die digital gespeicherten Aufnahmen sichten. Er steuerte die Monitore über ein Bedienfeld mit unzähligen Knöpfen. Es hatte Tage gedauert, bis er die vielen Funktionen auswendig beherrscht hatte.

Bislang lief alles wie am Schnürchen. Die lange Vorbereitung machte sich schon am ersten Tag bezahlt.

Die Drostens saßen in der Küche und tranken schweigend Wein. Solange seine Unterstützerin nicht vor Ort wäre, fühlte er sich nicht wohl bei dem Gedanken, zu Dana in den Keller zu gehen. Doch die Monitore zeichneten alles auf, insofern konnte er sich später ansehen, was bei den Drostens passiert war und ob sie rebellierten.

Mit einem letzten Blick auf das stumme Ehepaar erhob er sich. Aus einem Küchenschrank holte er ein Tablett. Darauf stapelte er ein paar Scheiben Toast, Nutella, Wurst, Käse, Butter und ein Plastikmesser. Eine Flasche Apfelsaft und ein halber Liter Wasser rundeten das Abendbrot ab.

Er ging in den Keller. Von außen steckte ein Schlüssel, den er zuerst herumdrehte.

»Ich komme jetzt rein!«, rief er durch die verschlossene Tür. »Bleib sitzen!«

Sollte Dana versuchen, sich an ihm vorbeizuzwängen, würde er nicht zaudern, sie gewaltsam aufzuhalten. Es lag in ihrer Hand, ob sie die nächsten Tage ohne Schmerzen erlebte.

Er öffnete die Kellertür. Dana schaute ihn mit

schreckensgeweiteten Augen an.

»Hallo, Kleine.«

Sie reagierte nicht.

Er warf die Tür zu und stellte das Tablett auf den Boden. »Du zeigst gefälligst Manieren!«, blaffte er sie an. »Hallo, Kleine.«

»Hallo«, murmelte sie kaum hörbar.

»Na also! Warum nicht gleich?«

»Ich hab Ihnen nichts getan!«

»Umso besser. *Ich* habe *dir* nämlich bislang auch nichts getan. Wobei sich das jederzeit ändern kann, falls du mir nicht gehorchst.«

Das Mädchen schluchzte leise.

»Stopp!«, schrie er sie an. »Du benimmst dich! Kein Geflenne, kein Geschrei. Verstanden? Sonst gebe ich dir einen echten Grund zu heulen.«

Sie nickte und wischte sich die Tränen weg. Er deutete zu der Vorrichtung, an der er Kamera, Mikrofon und Lautsprecher angebracht hatte.

»Ich sehe jederzeit, was du machst, ich höre, was du sagst, und kann immer mit dir sprechen. In ungefähr einer Stunde komme ich noch einmal zurück und bringe dich zum Klo. Oder musst du jetzt schon?«

Sie schüttelte den Kopf.

»Wenn du dir ins Höschen machst, ist das dein Pech. Dann bleibst du im Nassen sitzen.« Er wandte sich um und verließ den Raum.

Im Kellerflur stand ein Schrank, den er kurz öffnete. Darin lagen Wechselkleidung, ein Schlafanzug, ein Zahnbecher samt Zahnbürste, außerdem ein

Kuscheltier, das sie jedoch frühestens übermorgen bekommen würde. Es war alles vorbereitet für ihre neuntägige Gefangenschaft.

Pfeifend kehrte er in den Multimediaraum zurück. Die Drostens saßen noch in der Küche. Mit routinierten Eingaben rief er die Aufzeichnung der letzten Minuten auf und sichtete sie auf dem bislang unbenutzten Monitor. Die Kamera hatte lediglich einen kurzen Dialog aufgezeichnet.

»Sollen wir ins Wohnzimmer, Melanie? Uns vor dem Fernseher ablenken?«

»Ich will mich nicht ablenken.«

Drostens Weinglas war noch immer halb voll, seine Frau hingegen drehte sich zum Kühlschrank um, holte die Flasche heraus und schenkte sich nach. Drosten streichelte ihren Handrücken. »Wir schaffen das«, versprach er ihr.

Danach herrschte erneut eisernes Schweigen zwischen ihnen.

»Leider irrst du dich, mein lieber Robert«, sagte der Mann leise. »Ihr schafft es nicht.«

Sein Plan war einfach und genial. In den nächsten Tagen würde er für Spannungen zwischen den Eheleuten sorgen. Schon die Gefangenschaft und die Angst um Danas Wohlergehen würden automatisch dazu führen. Doch er würde die beiden zusätzlich zum Streit provozieren, stets von den Kameras gefilmt. Nächsten Samstag brächte er den Deal über die Bühne, bei dem ihn niemand vom BKA stören dürfte. Dafür steckte zu viel Geld in der Geschichte. Den ganzen Sonntag – und damit dem vermeintlich letzten Tag der Gefangenschaft – würde er Material zusammenschneiden, um einen missverständlichen Film zu produzieren. Danach würde er mit Dana zum Haus der Drostens fahren. Dana töten, Melanie töten, Robert hinrichten. Von seinem Account aus den Film ins Internet hochladen. Einen Abschiedsbrief am PC hinterlassen. Die Familientragödie würde wie ein erweiterter Suizid wirken – wegen Spannungen in der Ehe. Die Ermittler würden hinterher sogar herausfinden, dass Drosten die Kameras bestellt hatte – unter einer Scheinidentität, die man auf ihn zurückführen konnte. Kameras, mit denen er seine Familie lückenlos überwacht hatte.

Das tragische Ende des Robert Drosten. Überfordert von den ständigen Streitereien mit seiner Frau und traumatisiert von den Verbrechen, mit denen er tagtäglich zu tun hatte. Die Polizisten würden die Ermittlungsakte rasch schließen, um Drostens Andenken nicht zu besudeln.

Der Mann überdachte jeden einzelnen Schritt der nächsten Tage. Er durfte keine Flüchtigkeitsfehler begehen, damit die Ermittler nicht an der einfachen Lösung zweifelten. Doch ehe er auch nur über den kommenden Tag hinausgedacht hatte, klingelte das Telefon.

Er schaute auf die Armbanduhr. Wie vereinbart meldete sie sich pünktlich.

»Hallo, Schatz«, begrüßte er sie.

»Hallo, mein Liebster«, erklang ihre melodische Stimme. »Hat es diesmal geklappt?«

Die beiden hielten momentan eine Art Kontaktverbot ein, das sie nur abends zu einer festgelegten Uhrzeit telefonisch brachen.

»Ich hab sie«, erklärte er triumphierend.

»Wirklich?« Sie kreischte vor Freude. »Erzähl!«

»Während des Festes hat sich eine Gelegenheit ergeben. Danach hab ich sie hergebracht und das Equipment liefern lassen.«

»Wie hat Familie D reagiert?«

»Sie kooperieren, seit der erste Schreck überwunden ist.«

»Ich wusste es. MD hängt sehr an der Kleinen. Haben sie alle Zimmer ausgestattet?«

»Dir ist leider ein Fehler unterlaufen.«

Für ein paar Sekunden blieb es still am anderen Ende der Leitung. »Welcher?«, fragte die Frau schließlich besorgt. Offenbar fürchtete sie sich vor seiner Reaktion.

»Du hast eine Abstellkammer übersehen.«

»Nein!«, widersprach sie. »Die hab ich in der Liste aufgeführt. Das weiß ich genau.«

»Sie haben noch eine zusätzliche kleine Kammer. In der bewahren sie angeblich bloß Hundekram und Wein auf. Behaupten sie zumindest.«

»Scheiße. Das tut mir leid.«

Er war in der Stimmung, ihr großzügig zu verzeihen. »Macht nichts. Dafür hast du ganze Arbeit bei dem Zimmer der Kleinen geleistet. Auf dem Bildausschnitt sieht es wirklich genauso aus, als säße sie in ihrem eigenen Zimmer.«

»Das klingt gut. Was ist mit dem Hund?«

»Das lief besser als geplant. Sie haben darum gebeten, den Köter einer Hundesitterin zu überlassen. Der ist aus dem Spiel.«

»Und die Frau hat nichts bemerkt?«

»Sie hat die schlechte Stimmung zwischen den beiden registriert. MD hat einen Ehestreit vorgeschoben. Wenn die Bullen die Hundesitterin nach der Tragödie befragen, wird sie ein Mosaikstück sein, das unsere Geschichte glaubhaft erscheinen lässt.«

Sie erkundigte sich, ob Drosten schon das Arbeitsproblem gelöst hätte. Haarklein berichtete er von dem Telefonat zwischen Drosten und dessen Chef.

»Sein Partner soll sich übrigens auch die ganze Woche freinehmen. D soll ihn darüber informieren. Hat er bislang nicht getan, und ich erinnere ihn frühestens morgen im Laufe des Tages daran. Die Sache mit dem Köter kam dazwischen, außerdem hoffe ich, dass er morgen oder übermorgen weniger aufgewühlt klingt. Sein Partner hat durch ihre Zusammenarbeit bestimmt feine Antennen, was Ds Stimmung anbelangt. Wahrscheinlich wird er hinterher am meisten an der Selbstmordtheorie zweifeln.«

»Dann packe ich meine Sachen und komm jetzt gleich zu dir.«

»Du fährst direkt in die Garage«, erinnerte er sie. »Niemand soll deinen Wagen vor der Tür sehen.«

»Alles klar. Ich schick dir eine Nachricht, sobald ich hier losfahre.«

Er beendete das Telefonat. Sie würde frühestens in

einer Dreiviertelstunde bei ihm eintreffen. Zeit genug, die Drostens zu beobachten und ihren Umgang miteinander zu analysieren. Der erste Tag entwickelte sich erfreulich gut. Sein ursprünglicher Plan hatte vorgesehen, den Hund ebenfalls zu erschießen. Nichts, was ihm einen Gewissenskonflikt bescherte. Doch manchmal konnten Hunde gefährliche Gegner sein. Er war froh über den Wegfall der Komplikation.

7

Wie sollte Drosten bei dem Gedanken einschlafen, dass eine Kamera auf ihn gerichtet war? Das brennende rote Lämpchen erinnerte ihn unangenehm daran. Er wusste nicht, ob die Geräte in der Lage waren, in der Nacht das fehlende Licht zu kompensieren. Doch selbst wenn nicht, blieb dem Entführer das Mikrofon, das jedes Wort aufzeichnete.

Als hätte Melanie seine Gedanken gelesen, regte sie sich im Bett und veränderte ihre Schlafposition. »Ich hab solche Angst.«

Er tastete nach ihrer Hand und streichelte sie. »Alles wird gut«, wisperte er.

Drosten befürchtete, sie könnte weitersprechen und dem Entführer unbewusst Munition liefern. Stattdessen spürte er, dass ihr wie immer ziemlich kalter Fuß unter sein Bein glitt. Im Gegensatz zu früheren Gelegenheiten genoss er diesmal die spezielle Art der

Kontaktaufnahme. Sie mussten in den Folgetagen eine Einheit bilden, um die Sache heil zu überstehen.

Während er auf den Schlaf wartete, spielte er gedanklich Möglichkeiten durch, wie er Lukas bei ihrem Telefonat eine Botschaft zukommen lassen könnte. Das war die einzige Chance, jemanden von außen einzuweihen. Falls Sommer sich auf die Suche nach dem Strippenzieher begäbe, könnte sich das Blatt zu ihren Gunsten wenden.

Als Drosten endlich glaubte, einen Weg gefunden zu haben, überwältigte ihn bleierne Müdigkeit. Hoffentlich besaß Lukas ein gutes Namensgedächtnis und würde den subtilen Hinweis verstehen.

***

Am Samstagmorgen wachte Lukas Sommer bereits gegen sieben Uhr auf. Neben ihm lag seine schlafende Ehefrau Jennifer, die am Vortag erst kurz vor Mitternacht von ihrer Spätschicht aus dem Krankenhaus heimgekehrt war. Er versuchte, möglichst reglos dazuliegen, um sie nicht zu wecken.

Sommer dachte an seinen Freund Robert. Warum hatte der keine Entwarnung mehr gegeben und ihn darüber informiert, dass er und seine Frau Dana wohlbehalten wiedergefunden hatten? Diese Unaufmerksamkeit entsprach nicht Drostens üblichem Verhalten.

Trotzdem wollte Sommer nicht gleich schwarzmalen. Nur weil sein Leben durch eine doppelte Kindesentführung eine dramatische Wende genommen hatte, musste Danas Verschwinden nichts Schlimmes bedeuten. Wobei es zweifellos seltsam war, dass Roberts Handy seit gestern plötzlich offline war. Normalerweise schalteten sie ihre Handys nie aus. Dienstliche Anrufe besaßen stets Priorität. Hatten Robert und Melanie sich gestritten? Oder hatte er das Telefon etwa wegen der Buchveröffentlichung der Haupt-Jünger ausgeschaltet? Waren schon Presseanfragen eingetrudelt?

Sommer kratzte sich den Dreitagebart.

Hätte Robert ihm nicht in beiden Fällen Bescheid gegeben? Um ihn vorzuwarnen, dass er mit Anrufen rechnen musste? Oder um seine Hilfe zu erbitten?

Normalerweise schon. Es sei denn, der Haussegen hing total schief, weil er sein Versprechen wegen des Schulfestes gebrochen hatte.

»Wieso starrst du am frühen Morgen nachdenklich an die Decke?«, erklang Jennifers verschlafene Stimme neben ihm. »Was hast du verbrochen?«

»Guten Morgen.« Er drehte sich zu seiner Frau um und küsste sie. »Hab ich dich geweckt?«

»Höchstens deine grüblerische Aura. Was ist los?«

»Ich muss an Robert denken.«

»Was ist mit ihm?«

Sommer erzählte ihr von den gestrigen Ereignissen.

»Er hat dir nicht Bescheid gegeben, dass sie ihr Mädchen wiedergefunden haben, obwohl du besorgter warst als er? Versteh ich das richtig?«

Sommer nickte.

»Wieso hast du dich nicht ans Telefon geklemmt und bei ihm angerufen?«

»Sein Handy war plötzlich ausgeschaltet.«

»Ich bin mir ziemlich sicher, dass wir ihre Festnetznummer haben.«

Jennifer richtete sich auf. Sie schien dieselben Bedenken zu hegen wie er. Trotzdem konnte er eine mögliche Erklärung nicht komplett ausschließen.

»Mir kommt Robert in der Rolle als Pflegevater überfordert vor«, bekannte er. »Wahrscheinlich hab ich nicht nachgehakt, weil ich fürchte, dass sich die Drostens gerade mächtig zoffen.«

Jennifer nickte. »Melanie ist enttäuscht von ihm.«

»Ist das deine weibliche Intuition?«

»Wir haben vor ein paar Wochen miteinander telefoniert.«

»Davon hast du bislang nichts erzählt.«

»Manchmal behalten wir Frauen aus klugen Gründen Informationen zurück. Melanie hatte gehofft, er würde nach Danas Einzug bei ihnen weniger arbeiten und mehr Zeit mit dem Mädchen verbringen.«

»Wie soll er das machen? Wir ermitteln in bundesweiten Mordfällen. Die Mörder nehmen keine Rücksicht auf unsere Freizeitgestaltung.«

»Ist klar, dass du ihn in Schutz nimmst.«

»Ich schütze ihn nicht, sondern stelle die Dinge dar, wie sie sind.«

»Wahrscheinlich aus Eigeninteresse, damit du in ein paar Wochen nicht mit mir dieselbe Diskussion führst.«

Er grinste.

»Angeblich hat er Melanie vor Monaten zugesagt, weniger zu arbeiten. Keine Ahnung, ob das stimmt. Aber selbst wenn die Enttäuschung gestern Abend aus ihr rausgeplatzt ist, hätte er dir eine Entwarnung schicken müssen. Ihr seid befreundet. Ruf ihn an und erkundige dich nach Dana.«

Sommer griff zu seinem Handy. In einem Chatprogramm überprüfte er den Status von Drostens Telefon.

»Er ist noch immer offline.«

»Dann machst du jetzt Folgendes. Du stehst auf, holst mir vom Bäcker ein Croissant, brühst Kaffee auf und bringst mir das Ganze ans Bett. Danach rufst du ihn auf dem Festnetz an.«

»Ich hab da einen anderen Vorschlag, was wir zuallererst machen können, solange Jeremias schläft.«

Er rutschte nah an seine Frau heran, die theatralisch seufzte.

»Ein Kaffee wäre mir jetzt echt lieber.«

Doch die Art, wie sie ihm durch die Haare fuhr und ihn dabei ansah, strafte ihre Worte Lügen.

***

Obwohl Robert die ganze Nacht über nie mehr als eine Dreiviertelstunde am Stück geschlafen hatte, hielt er es noch bis acht Uhr im Bett aus. Melanie war es ähnlich ergangen.

»Soll ich uns Frühstück machen?«, fragte er.

»Ja. Aber ich hab keinen großen Hunger.«

»Ich auch nicht. Trotzdem müssen wir uns stärken.«

Er trat zunächst an den Kleiderschrank, dem er einen selten benutzten Bademantel entnahm und ihn hastig überzog. Wortlos öffnete er Melanies Hälfte des Schranks und nahm ihren Morgenmantel vom Bügel. Er legte ihn auf seine Seite des Bettes. Dann verließ er das Schlafzimmer. Die Stille war unheimlich. Kein Hund, der sehnsüchtig seine erste Gassirunde erwartete, auch kein Kind, das bereits wach war.

Drosten schlurfte in die Küche und bereitete die Kaffeemaschine vor. Er stellte Wurst, Käse, Marmelade und Butter auf den Küchentisch. Ihm ging die Frage durch den Kopf, ob sie genug Lebensmittel gebunkert hatten, um neun Tage durchzuhalten. Zum Glück hatte Melanie erst vorgestern einen Großeinkauf unternommen.

Seine Frau gesellte sich zu ihm in die Küche.

»Hat er sich schon gemeldet?«, fragte sie leise.

Er schüttelte den Kopf. Ob der Entführer ihnen den Eindruck vermitteln wollte, dass er sie nicht beobachtete? Oder wollte er sie durch sein Schweigen bloß auf die Folter spannen?

»Setz dich«, bat er sie. »Ich back uns Brötchen auf.«

Melanie nahm zwar Platz, doch sie presste die Lippen zusammen. »Für mich nicht. Ich glaub, ich kriege keinen Bissen runter. Kaffee reicht.«

Drosten spürte, dass es ihm ähnlich erging. Warum sollte er dann die später möglicherweise kostbaren Lebensmittel verschwenden? Er räumte alles zurück in den Kühlschrank. Unterdessen liefen die letzten

Tropfen des Wassers durch den Kaffeefilter, untermalt von einem brodelnden Geräusch.

Das Klingeln des Festnetztelefons erklang so überraschend, dass Robert erschrocken zusammenzuckte.

»Wer ist das?«, fragte die Stimme nach ein paar Sekunden.

»Ich kann nicht hellsehen«, zischte Drosten.

Er erhob sich und eilte zur Basisstation. In dem Telefondisplay stand der Name *Sommer*.

»Das ist entweder mein Kollege Lukas Sommer oder seine Frau Jennifer.«

»Was wollen die?«

»Lukas hat gestern mitbekommen, dass mich Melanie wegen Dana angerufen hat. Wahrscheinlich will er sich erkundigen, ob es ihr gut geht. Außerdem muss ich ihm sowieso noch mitteilen, was Karlsen gesagt hat.«

Es klingelte penetrant weiter.

»Er wird bestimmt misstrauisch, falls ich mich nicht melde.«

»Sprich mit ihm, aber schalte die Freisprecheinrichtung an.«

Drosten drückte zunächst den grünen Hörer, mit dem er das Gespräch entgegennahm, und aktivierte danach die Freisprechfunktion.

»Hallo«, meldete er sich.

»Robert, wieso dauert das so lange?«, fragte Sommer.

»Hab das Telefon nicht sofort gehört. Melanie backt einen Kuchen und hatte den Mixer laufen.«

Sommer seufzte. »Ist mit Dana alles in Ordnung?«

»War das ein Zirkus gestern. Melanie hat sie erst kurz vor meiner Ankunft an der Schule gefunden.«

»Wohlbehalten?«

»Natürlich. Sie hatte Ärger mit Klassenkameraden und ist deswegen weggerannt. Jetzt liegt sie im Bett.«

»Super!«

»Ich hätte dich übrigens heute auch angerufen«, erklärte Drosten.

»Weshalb?«

»Gestern Abend hab ich noch mit Karlsen gesprochen. Wegen der Sache mit den zu erwartenden Presseanfragen. Ich hab ihn überzeugt, uns beide eine Woche freizugeben. Dann ist die Buchmesse vorbei und der Spuk beendet.«

»Ich kann mir freinehmen?«

»Deine Entscheidung. Karlsen legt dir keine Steine in den Weg. Wir nutzen übrigens Danas Herbstferien dazu, zu dritt in Urlaub zu fahren. Rocky ist bei der Hundesitterin. Sie hat ihn gestern abgeholt und bringt ihn Montag in einer Woche zurück.«

»Ihr Glücklichen! Wahrscheinlich hat Jeremias nichts dagegen, wenn ich mir an dir ein Beispiel nehme und in den Ferien Zeit für ihn habe. Dann sehen wir uns also erst in gut einer Woche?«

»So ist es.«

»Ich wünsche euch erholsame Tage. Grüß Melanie und Dana von mir.«

Sommer beendete das Gespräch. Aus dem Lautsprecher drang der Besetztton. Drosten steckte das Festnetztelefon in die Ladeschale und wartete darauf, dass der Entführer den Verlauf des Telefonats kommentierte. Um sich seine Angespanntheit nicht anmerken zu lassen, ging er zurück in die Küche, in der Melanie noch immer am Küchentisch saß.

»Das war Lukas«, informierte er sie überflüssigerweise. »Er wollte wissen, ob mit Dana alles in Ordnung ist.«

»Hab ich mitbekommen.«

»Hast du jetzt vielleicht Hunger?«

»Nein.«

Unvermittelt brach Melanie in Tränen aus. Spielte sie das bloß vor, weil sie seinen Plan durchschaut hatte und nun den Entführer ablenken wollte? Der schwieg nach wie vor. Hatte Drosten es geschafft, ihn zu überlisten?

Er griff über den Tisch und streichelte Melanies Hand.

»Wie geht es Dana?«, fragte sie schluchzend.

»Sie hat gut geschlafen«, antwortete der Mann. »Verhaltet euch wie bisher, und ihr passiert nichts.«

Um sich sein Triumphgefühl nicht anmerken zu lassen, presste Drosten die Lippen zusammen. Offenbar hatte er nicht das Misstrauen des Entführers geweckt.

War das ein Zirkus gestern.

Sommer musste den Hinweis einfach verstehen. Immerhin hatte sein persönlicher Albtraum kurz vor einer Zirkusvorstellung begonnen.

Denk nach, Lukas, flehte Drosten seinen Kollegen innerlich an. *Denk nach! Entschlüssle meinen Hinweis!*

8

»Grüß Melanie und Dana von mir.«

Ohne auf Drostens Abschiedsworte zu warten, beendete Lukas Sommer das Telefonat.

»Scheiße!«, fluchte er.

Er hatte das Telefonat in der Küche geführt, da sein Sohn Jeremias noch im Bett lag und er ihn nicht wecken wollte. Jennifer saß ihm gegenüber, ein halbes Croissant vor sich auf dem Teller. Sie musterte ihn überrascht. Anfangs hatte sie dem Gespräch gelauscht, sich dann jedoch der vom Bäcker mitgebrachten Zeitung gewidmet.

»Was ist los? So wie ich es verstanden habe, ist Dana wohlbehalten zu Hause, stimmt's?«

»Ich fürchte nicht.«

Seine Frau runzelte die Stirn. »Ich hab natürlich nur gehört, was du gesagt ...«

»Ja«, unterbrach er sie. »Robert hat behauptet, sie wäre zu Hause, aber ich glaube, er hat mich angelogen.«

»Wieso sollte er das tun?«

»Weil ihn jemand dazu zwingt.«

»Woher kommt dein mieses Gefühl?«, hakte sie nach.

»Zunächst einmal hat es ungewöhnlich lang gedauert, bis er ans Telefon gegangen ist. Dann schaltet er sofort und ohne Erklärung die Freisprechfunktion ein.«

»Um jemanden mithören zu lassen?«

Sommer nickte. »Aber das, was mich am meisten stört, ist seine Wortwahl. Auf meine Frage, ob mit Dana alles in Ordnung ist, antwortet er: ›War das ein Zirkus gestern‹.«

»Und?«

»Er weiß genau, was ich mit einem Zirkus verbinde.«

»Oh.« Nun wirkte auch Jennifer besorgt.

»Außerdem hat er sich spontan eine Woche freigenommen und mit Karlsen ausgemacht, dass ich ebenfalls zu Hause bleiben kann.«

»Das finde ich übrigens wegen der Ferien gut.«

»Sie wollen in Familienurlaub fahren, haben aber Rocky von der Hundesitterin abholen lassen. Das ergibt keinen Sinn. Wäre es nicht logisch, den Hund mitzunehmen? Oder ihn zumindest selbst wegzubringen?«

»Worüber denkst du nach?«, fragte Jennifer.

»Wie diese Hundesitterin heißt. Ich glaube, er hat ihren Namen schon mal erwähnt. Wahrscheinlich ist sie die Person, die Robert und Melanie zuletzt gesehen hat. Mich würde interessieren, wie die Drostens auf sie gewirkt haben.«

»Frag mich!«

Sommer schaute seine Frau überrascht an.

»Ich kenne zumindest ihren Vornamen«, fuhr Jennifer fort. »Theresa. Wie meine Großmutter.« Sie lächelte triumphierend. »Melanie hat ihren Namen bei unserem Grillabend vor ein paar Wochen erwähnt.«

»Du bist großartig! Den Rest finde ich hoffentlich alleine raus.«

Er beschloss, am Computer nach der Hundesitterin zu googeln. Als er die Küchentür öffnete, kam ihm Jeremias entgegen.

»Guten Morgen, Großer«, begrüßte er ihn und gab ihm einen Kuss auf den Haarschopf. »Mama kümmert sich um dein Frühstück.«

Ohne weitere Erklärung lief er an dem verdutzten Teenager vorbei ins Wohnzimmer.

***

Robert Drosten betrat das Schlafzimmer und wandte sich dem weißen Kleiderschrank zu. Er öffnete eine der Schubladen, in denen sie Handtücher aufbewahrten. Drosten nahm ein Duschhandtuch heraus und warf es aufs Bett. Danach griff er zu einer Badehose, die in derselben Schublade steckte.

Er zog seine lange Hose aus, ständig darauf gefasst, dass sich der Entführer meldete, doch bislang blieb der Mann stumm. Robert band sich das Handtuch um die Hüften. Dann setzte er sich auf die Bettkante und tauschte – für die Kamera nicht einsehbar – Unterhose gegen Badehose. Noch immer sagte der Erpresser nichts.

Nur mit T-Shirt und Schwimmhose bekleidet, gesellte sich Drosten zu seiner Frau in die Küche. Melanie stand an der Spüle, wo sie die Kaffeetassen per Hand ausspülte. Sie hatte der Kamera den Rücken zugedreht.

Drosten trat neben sie und machte sich dabei so breit wie möglich.

»Ich geh jetzt gleich duschen«, erklärte er in normaler Lautstärke.

Verstohlen griff er zu der Zettelbox links neben der Spüle. Rasch zog er einen Zettel und den daneben liegenden Bleistift zu sich.

»Mach das!«, sagte Melanie. Sie hatte mitbekommen, was er tat, schwieg jedoch klugerweise.

»Ich nehm das Gästebad. Wegen des Vorhangs an der Dusche.«

Drosten steckte Zettel und Stift in die Badehose. In diesem Moment erklang die Stimme des Entführers.

***

Sommer gab die Suchbegriffe ›Hundesitter‹, ›Theresa‹ und ›Wiesbaden‹ ein.

Direkt das erste Suchergebnis schien ein Treffer zu sein. Eine Frau namens Theresa Fill bot auf ihrer eigenen Homepage einen umfassenden Tierbetreuungsservice an. Sei es nur für einen einzelnen ausgiebigen Spaziergang, ein paar Stunden oder eine mehrtägige Abwesenheit.

»Jenny!«, rief er. »Kommst du mal?«

Es dauerte einige Sekunden, bis er ihre Schritte hörte. Ungeduldig blickte er über die Schulter.

»Was ist denn?«, fragte Jennifer.

»Könnte das hier die Hundesitterin der Drostens sein?« Er deutete zum PC.

Seine Frau trat näher und betrachtete die Homepage. »Der Vorname stimmt. Ich kann mich nicht erinnern, ob ihr Nachname fiel.«

»Shit!«

»Ruf sie einfach an.«

»Bleibt mir wohl nichts anderes übrig. Wo ist denn jetzt schon wieder das Festnetztelefon?«

»In der Küche, wo du es zuletzt benutzt hast.«

***

»Was genau wird das?«, fragte der Entführer.

Drosten schaute an sich herab. Weder der Bleistift noch der Zettel zeichneten sich verräterisch unter der Hose ab. Selbstbewusst drehte er sich zur Kamera um.

»Ich spreche mit meiner Frau über den alltäglichen Akt des Duschens. Solange Sie uns beobachten, benutze ich nicht die Dusche im Hauptbad. Unter keinen Umständen.«

»Wieso nicht?«, fragte der Entführer scheinheilig.

»Weil Sie dort wegen der Glaswand alles sehen können. Ich hab keine Lust, mich irgendwann nackt im Internet betrachten zu dürfen.«

»Wie süß! Schämst du dich deiner Nacktheit? Ich empfehle dir einen FKK-Urlaub. Das befreit von inneren, selbst auferlegten Zwängen.«

»Meine Frau wird ebenfalls im Gästezimmer duschen. Da kann man nämlich einen blickdichten Vorhang vorziehen.«

Der Mann stöhnte theatralisch. »Meinetwegen«, sagte er. »Auf den Anblick eurer schlaffen, nackten Ärsche verzichte ich gerne. Aber ihr betretet den Raum nicht gleichzeitig. Und schon gar nicht duscht ihr gemeinsam, falls du darauf spekulierst. Ihr werdet niemals zeitgleich im selben Bad sein, um den Wasserhahn aufzudrehen und euch heimlich zu unterhalten. Der Trick ist zu alt.«

»Das hatten wir gar nicht vor!«, entgegnete Drosten patzig.

Er gab seiner Frau einen Kuss und kehrte noch einmal ins Schlafzimmer zurück, holte eine saubere Unterhose und betrat dann das Gästebad.

In dem beengten Raum stand eine Badewanne. An einer Stange, die eine Handbreit unter der Decke hing, war der Duschvorhang befestigt. Drosten legte die Unterwäsche und ein Handtuch auf den Wannenrand und zog den Vorhang beiseite. Er stieg in die Wanne, steckte den Duschschlauch in die Halterung und drehte den Wasserhahn auf. Das Wasser schoss mit mittlerer Leistung aus dem Schlauch. Er trat ein Stück nach links, zog den Zettel aus der Badehose und nutzte die Fliesen als Unterlage.

Lukas, wir brauchen deine Hilfe!

***

»Hallo«, erwiderte Sommer die telefonische Begrüßung der sympathisch klingenden Frau. »Ich bin Hauptkommissar Lukas Sommer, der Partner von Robert Drosten. Sind Sie die Hundesitterin der Drostens?«

»Äh ja«, antwortete Theresa Fill. »Wieso wollen Sie das wissen?«

»Befindet sich derzeit Rocky in Ihrer Obhut?«

»Darf ich Ihnen das überhaupt sagen?«

»Ehrlich gesagt kenne ich die Antwort schon. Gestern Abend haben die Drostens Ihnen Rocky überlassen.«

»Warum fragen Sie dann?«

»Ich fürchte, die Drostens stecken in Schwierigkeiten.«

»Ist Ihnen auf dem Weg zum Urlaub etwas passiert?«

»Sie haben Rocky kurzfristig abgeholt, oder? Ganz ohne Vorankündigung?«

»Entschuldigen Sie, Hauptkommissar Sommer, aber irgendwie ist mir bei diesem Gespräch unwohl. Ich kenn Sie überhaupt nicht. Und ich rede nur ungern über meine Kunden.«

»Lobenswert. Leider kann ich keine Rücksicht auf Ihre Gefühle nehmen. Wie schon gesagt, ich fürchte, meine Freunde Robert und Melanie stecken in großen Schwierigkeiten. Eventuell ist sogar Dana entführt.«

»Was?«

»Wie sind Ihnen die Drostens bei der Hundeübergabe vorgekommen? Haben Sie angespannt gewirkt?«

Theresa Fill zögerte mit ihrer Antwort. Sommer verstand ihr Misstrauen, doch er würde sie nicht in Ruhe lassen, ehe er Auskunft erhielt.

»Ja«, gestand sie leise. »Das war seltsam. Robert hat gehetzt gewirkt. Ich hab gefragt, ob alles in Ordnung ist, was er bejaht hat. Im selben Atemzug behauptete Melanie, sie hätten sich gestritten und beschlossen, dass die Familie eine gemeinsame Auszeit braucht.«

»Haben Sie Dana gesehen?«

»Nein. Fand ich komisch. Dana hat einen Narren an mir gefressen und kommt immer zur Begrüßung an die Tür.«

»Ist Ihnen sonst noch etwas aufgefallen?«

Diesmal zögerte Theresa nicht. »Im Flur hing eine Kamera. Hab ich zum ersten Mal bemerkt.«

»Im Flur?«, vergewisserte sich Sommer. »Nicht an der Haustür?«

»Nein, die war im Haus.«

Bei Sommers letztem Besuch hatten die Drostens keine Kamera im Hausflur hängen.

»Sie sollen Rocky bis einschließlich nächsten Montag beaufsichtigen, stimmt's?«

»Korrekt. Woher wissen Sie das?«

»Hat mir Robert vorhin am Telefon erzählt.«

»Sie haben heute mit ihm telefoniert? Ist er zu Hause?«

»Gerade war er es noch.«

»Seltsam. Mir hat er gesagt, sie würden in Urlaub fahren.«

»Hier stimmt einiges nicht«, sagte Sommer. »Haben Sie einen Haustürschlüssel?«

»Von den Drostens? Nein!«

»Fällt Ihnen ein glaubhafter Grund ein, aus dem Sie noch einmal zu ihnen fahren müssten?« Robert hatte die Hundesitterin gewiss nicht grundlos erwähnt.

»Na ja«, begann Theresa zögerlich. »Rocky bekommt jeden Nachmittag eine Spezialfuttermischung. Die ist extra für ältere Hunde gedacht, Rocky ist ja schon elf. In ganz Wiesbaden gibt es diese Mischung aber nur in einem einzigen Zoogeschäft. Ich sorge immer selbst dafür, genug Nachschub im Haus zu haben. Einiger meiner Hunde bekommen nämlich dieselbe Sorte. Ist quasi in meinem Stundenlohn inbegriffen. Wenn es mir heute ausgegangen wäre, hätte ich ein Problem.«

»Wieso das?«, fragte Sommer. »Können Sie heute keinen Nachschub kaufen?«

»Das Geschäft schließt samstags immer um dreizehn Uhr.«

»Fällt es Ihnen also erst später auf ...«

»... hätte ich ein Problem. Dann würde ich reihum bei meinen Kunden anrufen, wer mir etwas ausleihen könnte. Ist mir sogar schon einmal passiert.«

»Wie gut lügen Sie?«, fragte Sommer.

9

Der zweiseitig beschriebene Zettel, der kaum Spritzwasser abbekommen hatte, steckte mit dem Bleistift in Drostens Unterhose. Mittlerweile war es dreizehn Uhr. Bis auf eine Scheibe trockenes Brot und ein bisschen Käse hatte er noch nichts gegessen, weshalb ihm inzwischen der Magen knurrte. Er öffnete den Vorratsschrank in der Küche. Dana liebte die Spaghettisoße einer bestimmten Marke. Melanie vermutete, das lag daran, dass die Soße immer im Heim aufgetischt worden war, wenn es mal hatte schnell gehen müssen.

»Wir müssen etwas essen«, rief er in das stille Haus hinein.

Melanie saß seit einer halben Stunde im Wohnzimmer und starrte aus dem Fenster. »Ich weiß. Später.«

»Soll ich ein Glas Bolognese öffnen?«

»Okay«, erwiderte sie wenig begeistert.

Er holte die Soße aus dem Schrank und stellte sie neben den Herd.

»Trinkst du Wein mit mir?«

»Um diese Uhrzeit?«, wunderte sie sich.

»Wir werden heute wohl kaum noch Auto fahren.«

Drosten trat an den Kühlschrank und inspizierte dessen Inhalt. Er hatte sich richtig erinnert. Die letzte gekühlte Flasche hatten sie gestern Abend geleert. Also musste er den Kühlschrank mit Vorräten aus beiden Abstellkammern auffüllen.

»Ich hole Wein aus der Kammer«, informierte er den Entführer.

Bevor der ihm eine Anweisung geben konnte, trat Drosten an den nicht kameraüberwachten Abstellraum. Erneut versuchte er, sich möglichst breitzumachen. Dann griff er in den Hosenbund, fischte den Zettel heraus und packte ihn rasch in den kleinen 3-Liter-Sack mit Rockys Spezialfutter. Nahtlos nahm er eine der am Boden stehenden Weinflaschen in die Hand, verließ den Raum und warf die Tür hinter sich zu.

Sie saßen noch am Küchentisch, als das Festnetztelefon klingelte.

»Wer ist das?«, fragte der Entführer.

»Kann ich hellsehen?«, erwiderte Drosten. Er stand auf und ging zu dem im Wohnzimmer liegenden Telefon. »Das ist die Hundesitterin.«

»Was will die?«

»Vielleicht ist etwas mit Rocky! Ich muss da rangehen.«

»Ich will mithören«, befahl der Mann.

Drosten nahm das Gespräch an und aktivierte

sogleich die Mithörfunktion. »Drosten.«

»Gott sei Dank! Ihr seid noch da«, erklang Theresas Stimme.

»Wir fahren erst heute Nacht los«, behauptete Drosten. »Dann kann Dana im Auto schlafen.«

»Ist bestimmt weniger stressig.«

»Mit Rocky alles in Ordnung?«, fragte er.

»Sein Spezialfutter ist leer. Und das Zoogeschäft hat schon geschlossen. Habt ihr noch Vorräte?«

»Klar. Kommst du vorbei und holst es? Wir schaffen es nämlich zeitlich nicht zu dir.«

»Ich bin in einer Dreiviertelstunde bei euch«, versprach Theresa.

Drosten beendete das Gespräch.

»Was soll das?«, zischte der Entführer. »Wollt ihr mich verarschen? Du kannst nicht ohne meine Erlaubnis jemanden herbestellen.«

»Rocky braucht das Futter«, erklärte Drosten.

»Wieso kauft die Sitterin es nicht selbst?«

»Weil es in Wiesbaden nur ein einziges Geschäft gibt, das die Marke vertreibt. Das macht samstags um dreizehn Uhr zu.«

»Wie heißen das Zeug und das Geschäft?«

»Ich hole das Futter aus der Abstellkammer«, schlug Drosten vor.

Da der Entführer nicht widersprach, ging er erneut in die nicht überwachte Kammer, holte den Futterbeutel heraus, hielt ihn vor die Kamera zu und nannte den Namen des Geschäfts. Falls der Entführer verlangte, dass Drosten die Packung vor dem Kameraauge öffnete, wären sie am Ende.

***

Ungeduldig wartete Sommer am Treffpunkt. Theresa hatte ihm das Telefonat mit Drosten zusammengefasst, und er hatte ihr einen Treffpunkt in Wiesbaden vorgeschlagen und war gleich dorthin aufgebrochen. Falls seine Befürchtungen zutrafen, würden Hintermänner das Haus der Hundesitterin beobachten oder ihr sogar folgen. Deshalb hatte er eine Stelle ausgewählt, an der er rasch erkennen würde, ob jemand sie beschattete.

Er schaute auf seine Armbanduhr. Theresa müsste mittlerweile bei den Drostens eingetroffen sein.

***

Die Informationen schienen zu stimmen. Er hatte die Öffnungszeiten des Fachgeschäfts im Internet überprüft. Tatsächlich schloss es jeden Samstag um dreizehn Uhr. Die führende Fachhandelskette für Tiernahrung bot die Futtersorte nicht im Internet an – somit wahrscheinlich auch nicht in der örtlichen Filiale. Trotzdem missfiel ihm die unerwartete Abweichung vom Tagesplan. Hätte er es Drosten verbieten müssen, die Hundesitterin zu sich zu bestellen? Solange die bloß das Futter abholte, konnte nichts passieren.

In diesem Moment hörte er durch die Lautsprecher die Haustürklingel der Drostens. Die beiden saßen in der Küche und nippten an ihrem Wein. Ein gutes

Zeichen. Dass sie bereits am ersten vollen Tag ihrer Gefangenschaft zum Alkohol griffen, passte in sein Konzept.

»Darf ich öffnen?«, fragte Drosten.

»Du bleibst sitzen!«, sagte der Entführer. »Melanie gibt der Hundesitterin das Futter.« Falls Drosten bei der Übergabe einen Trick geplant hatte, wäre der nun vereitelt.

Der Hauptkommissar nickte seiner Frau zu, die sich langsam vom Stuhl erhob.

»Die Hundesitterin darf nicht ins Haus«, stellte er klar.

Melanie öffnete die Tür.

»Hi, Theresa.«

»Hallo, Melanie. Geht's euch besser?«

»Ich bin froh, wenn wir nachher aufbrechen. Das vertreibt hoffentlich die dicke Luft.«

»Sorry wegen des Futters. Ich hab gestern nicht mehr meine Vorräte gecheckt.«

»Kein Problem. Wir haben noch genug. Hast du Rocky bei dir gelassen?«

»Ja, sonst hätte er geglaubt, er käme wieder heim.«

Melanie drehte sich um, nahm den Futterbeutel auf und reichte ihn der Hundesitterin.

»Vielen Dank. Wir sehen uns dann in gut einer Woche. Schönen Urlaub. Grüß Dana und Robert.«

»Richte ich aus.«

Melanie schloss die Haustür. Im nächsten Moment lehnte sie sich von innen dagegen und brach in Tränen aus. Der Entführer kommentierte das nicht, sondern beobachtete still, wie Robert in den Flur eilte und seine Frau in den Arm nahm.

»Alles wird gut«, versprach er ihr nicht zum ersten Mal.

»Du bist so naiv«, flüsterte der Mann bei ausgeschaltetem Mikrofon. »Für euch wird überhaupt nichts mehr gut.« Ihm gefiel, wie schnell sich das Rad drehte. Schon jetzt konsumierten sie Alkohol am Mittag. Erlitten unkontrollierte Tränenausbrüche. Sobald er mit seinen gezielten Provokationen begänne, würde die vermeintlich heile Ehewelt der Drostens endgültig implodieren.

Doch vorläufig ließ er sie in Ruhe. Der vernichtende Blick, den Robert in eine der Kameras warf, amüsierte ihn köstlich. Der Hass in seinen Augen würde später auf die Betrachter völlig anders wirken. Wie der Blick eines Mannes, der kurz davorstand, seine Familie auszulöschen.

***

Lukas Sommer sah von seinem Beobachtungsposten einen silbernen Kombi, der sich in normaler Geschwindigkeit näherte. Kein Fahrzeug folgte ihm, weder ein Pkw noch ein Motorrad. Aufmerksam inspizierte er die Straße, bis der Kombi rechts abbog und keine zehn Schritte von ihm entfernt parkte. Theresa Fill löste den Gurt und stieg aus. Ihr Lächeln verriet, dass die Sache reibungslos über die Bühne gegangen war.

»Hat es geklappt?«, fragte er trotzdem.

Er hatte ihr die Anweisung erteilt, ihm von unterwegs weder eine Nachricht zu schicken noch den Futterbeutel zu öffnen. Für den Fall, dass sie beobachtet wurde.

»Ich hab das Futter«, bestätigte Theresa.

»Hat Robert es Ihnen gegeben?«

»Nein, den hab ich nicht mal zu Gesicht bekommen.«

Sommer schnaubte. Das erschien ihm ungewöhnlich. »Wie ist es abgelaufen?«

Theresa berichtete von dem kurzen Wortwechsel mit Melanie, die ihr kühl vorgekommen war. Sie hatte seltsam gewirkt.

»Wo ist die Packung?«

»Im Kofferraum.«

Sommer warf einen letzten Blick auf die abschüssige Straße. Noch immer kein Verfolger zu sehen. Beruhigt und nervös zugleich trat er an den Kombi. Er öffnete die Kofferraumklappe. Der 3-Kilo-Beutel war bereits angebrochen, jemand hatte den Rand mehrfach umgefaltet. Er öffnete ihn. Zum Glück handelte es sich um eine Trockenfuttermischung, die nur einen schwachen Eigengeruch aufwies.

Sofort fiel ihm der Zettel im Beutel auf.

Sommer ballte die Faust. Für einen Moment spürte er einen absurden Anflug von Stolz auf ihre inzwischen tief verwurzelte Freundschaft. Sie hatten es geschafft, heimlich miteinander zu kommunizieren.

»Haben Sie etwas gefunden?«, fragte Theresa.

Sommer nickte. »Ich möchte Sie bitten, jetzt nach

Hause zu fahren. Je weniger Sie wissen, desto unbefangener können Sie reagieren, falls wir erneut Ihre Vermittlerdienste brauchen.«

Sie schien widersprechen zu wollen, besann sich jedoch eines Besseren. »Sie haben recht. Nicht, dass Rocky mir meine Besorgnis anmerkt.«

Sommer warf den Kofferraum zu. »Ich melde mich bei Ihnen. Im Idealfall mit einer Entwarnung.«

Theresa verabschiedete sich von ihm, stieg in den Wagen und fuhr davon. Er beobachtete sie, bis sie von seiner Position aus nicht mehr zu sehen war. Erst dann widmete er sich der Nachricht. Sie war mit Bleistift geschrieben, und der Zettel hatte Wasserspritzer abbekommen. Trotzdem konnte Sommer alles entziffern.

Lukas, wir brauchen deine Hilfe!

Dana ist entführt. Der Entführer hat uns gezwungen, in allen Räumen Kameras und Mikros aufzuhängen. Angeblich will er in neun Tagen einen Deal über die Bühne bringen und uns danach Dana zurückgeben. Ich glaube ihm nicht. Wahrscheinlich tötet er uns. Ich vermute, die Tat hängt mit Danas Vergangenheit zusammen. Ein tödlicher Autounfall ihrer Eltern. Recherchiere im Heim »Der goldene Boden«. Mir kam die damals zuständige Beamtin Schlüter vom Jugendamt seltsam vor. Die Kameras wurden von der Transportfirma Funk geliefert. Wir zählen auf dich!

»Scheiße«, flüsterte Sommer.

Das übertraf seine schlimmsten Befürchtungen. Er

hätte sich gern mehr Informationen gewünscht, aber Robert hatte den verfügbaren Platz restlos ausgenutzt.

Der beidseitig beschriebene Zettel lieferte ihm drei Ermittlungsansätze. Das Heim, die Beamtin Schlüter und die Transportfirma. Doch bevor er einen zu impulsiven Schritt unternahm, würde er nach Hause fahren, um im Internet nach Informationen zu suchen.

Er steckte den Zettel in die Jackentasche und zog den Reißverschluss der schwarzen Lederjacke hoch. Dann trat er an sein Motorrad. Nachdenklich setzte er den Helm auf.

***

»Du wirkst besorgt«, stellte Jennifer fest, die ihn an der Wohnungstür begrüßte.

»Wo ist Jeremias?«, fragte Lukas.

»In seinem Zimmer.«

»Gehen wir in die Küche.«

Dort schloss er die Tür, damit ihr Sohn nicht Zeuge des Gesprächs wurde. Er zeigte seiner Frau den Zettel.

»Wie schrecklich!«, flüsterte sie. »Was hast du jetzt vor?«

»Am Wochenende kann ich nicht viel ausrichten. Ich werde Informationen zusammensuchen. Unsere Pläne, dass ich die Ferien mit ...«

»Vergiss es!«, unterbrach sie ihn. »Du musst den Drostens helfen. Versteht sich von selbst.«

In diesem Moment hörten sie Jeremias' Schritte in der Diele. »Mama? Papa? Wo seid ihr?«

»In der Küche«, antwortete Sommer. Er öffnete seinem Sohn die Tür.

»Ich hab gerade eine Nachricht von Melvin bekommen. Er glaubt, dass jemand im Fernsehen über dich gesprochen hat. Stimmt das?«

10

Sommer schaute sich am PC die aufgezeichnete Sendung in der Mediathek des Fernsehsenders an. Das war es also, wovor Karlsen Sorgen hatte.

Grundlos, wie Sommer feststellte. Die kritischen Äußerungen über die Polizeiarbeit waren eher allgemein gehalten. Wenn die beiden Autoren in den nächsten Tagen nicht schärfere Geschütze auffuhren, würde die Buchveröffentlichung wenig Aufsehen erregen.

Eine Aussage jedoch machte Sommer in Anbetracht der aktuellen Entwicklung stutzig.

»Robert D. soll gemeinsam mit seiner Familie in Ruhe weiterleben. Ich schätze, manchmal erinnert er sich an sein Vergehen. Mich würde interessieren, ob er deshalb ein schlechtes Gewissen hat.«

Das hatte Nick Harzmann auf die Frage des Moderators geantwortet, ob er sich an den beiden Polizisten rächen wollte. Er hatte ausdrücklich nicht Sommer erwähnt, sondern nur Robert und dessen Familie.

Zufall? Oder steckte eine tiefere Bedeutung dahinter?

Sommer spielte die Stelle erneut ab und achtete auf Harzmanns Gesichtsausdruck. Er wirkte überheblich.

Robert hatte ihm durch den Zettel drei Ermittlungsansätze geliefert. Vielleicht gab es noch einen vierten Ansatz, der seinem Freund unbekannt war, weil er die Talkshow nicht gesehen hatte.

In dem Beschreibungstext der Mediathek prüfte Sommer die Metadaten. Erstmalig war die Sendung am Freitagabend ausgestrahlt worden, also ungefähr zum Zeitpunkt von Danas Verschwinden, höchstens ein paar Stunden später. Doch die Kurzbeschreibung der Sendung wies darauf hin, dass der Talk am Donnerstagnachmittag im Kölner Studio aufgezeichnet worden war.

Somit gab das Interview weder Nick Harzmann noch Andreas Mai ein Alibi.

Sommer rief Google auf und tippte den Suchbegriff ›Johannes Haupt Fanartikel‹ ein. Ganz oben in der Ergebnisliste tauchte ein gesponsorter Link auf. Er klickte ihn an. Es baute sich eine Seite auf, die verschiedene Artikel anbot. Kaffeetassen, T-Shirts, Kugelschreiber und anderen Kram. Alles war mit Haupts Konterfei versehen. Im Hintergrund der Homepage sah Sommer das Anwesen, in dem er eine Zeitlang unter den Anhängern des ehemaligen Polizisten gelebt hatte. Außerdem entdeckte er Verweise zu Zeitungsartikeln und Fernsehreportagen. Das demnächst erscheinende Buch wurde ebenfalls beworben. Selbst der Link zu dem Interview war bereits eingepflegt.

Im Impressum fand Sommer den Namen Andreas Mai und eine Kölner Anschrift. Er schaltete den Drucker ein, um einen Screenshot des Impressums auszudrucken. Danach gab er die Adresse in Google Maps ein. Er konnte sogar eine Straßenansicht des Hauses aufrufen: ein zweigeschossiges Gebäude, das renovierungsbedürftig wirkte. Bestimmt bot es Platz genug, um ein Kind darin zu verstecken.

***

Sonntagmorgen besprach Sommer mit Jennifer seine Pläne.

»Ich fahre mit der Maschine nach Köln und schau mich bei Mai um. Heute sollte ich nicht länger als zwei Stunden brauchen und bin wahrscheinlich abends zurück. Morgen früh suche ich das Heim auf. Mal gucken, was die mir zu sagen haben.«

»Holst du dir in Köln Unterstützung, oder forschst du auf eigene Faust?«

Dank Robert kannte Sommer mittlerweile die Kölner Hauptkommissarin Katharina Rosenberg. Er hatte sogar erwogen, sie einzuschalten, um sich den Weg zu ersparen. Doch es erschien ihm zu riskant, eine weitere Person einzuweihen – für den Fall, dass die Haupt-Jünger in Danas Entführung involviert waren.

»Erst mal allein. Aber ich kenne dort eine zuverlässige Hauptkommissarin, die schon öfter mit Robert kooperiert hat. Sollte ich Hilfe brauchen, wende ich mich an sie.«

»Wüsste ich nicht um deinen Dickkopf, würde ich versuchen, dich davon abzubringen.«

»Mir wird nichts ...«

»Denk dran, diesmal steht nicht bloß dein eigenes Leben auf dem Spiel. Die Drostens zählen auf dich.«

»Ich melde mich, wenn ich in Köln angekommen bin. Einverstanden?«

»Und danach im Zwei-Stunden-Rhythmus. Außerdem hätte ich gern den Namen der Polizistin. Ist sie eigentlich attraktiv?«

***

Auf dem Weg nach Köln schossen Sommer verschiedene Gedanken durch den Kopf. Manchmal war er überzeugt, dass Harzmann und Mai hinter der Entführung steckten. Dann erinnerte er sich an ihre gemeinsame Zeit im Unterschlupf der Haupt-Anhänger. Er traute keinem der beiden Männer zu, einen solchen Plan auszuhecken. Also richtete er seinen gedanklichen Fokus auf das Heim und die Beamtin. Bei der privaten Transportfirma hatte er niemanden erreicht. Er hielt es ohnehin für unwahrscheinlich, dass er über die Firma relevante Fortschritte erzielte. Bestimmt hatte der Entführer Mittelsmänner benutzt, um die Lieferung in Auftrag zu geben.

***

Der Eindruck, den die Straßenansicht bei Google Maps vermittelt hatte, war noch immer aktuell. Von der Hausfassade blätterte die Farbe ab, zudem erkannte Sommer aus gut zweihundert Metern Entfernung mindestens drei Dachschindeln, die ausgetauscht werden sollten. Das Gebäude stand auf einem freien Grundstück, die Nachbarhäuser links und rechts standen jeweils etwa fünfzig Schritte entfernt. Hecken trennten die Grundstücke voneinander ab.

Sommer parkte sein Motorrad am Straßenrand. Ohne den Helm abzunehmen, ging er aufs Haus zu. Auf den Klingelschildern standen zwei Namen: *Andreas Mai* sowie die *Fangruppe Johannes Haupt*.

Wie sollte er vorgehen? Das Gebäude auskundschaften oder die direkte Konfrontation suchen?

Hinter den Fenstern hingen blickdichte Vorhänge. Falls er um das Haus herumschlich, könnte man ihn bemerken.

Er drückte die Klingel, auf der Mais Name stand. Es dauerte nur Sekunden, bis der ihm öffnete, einen Geldschein in der Hand. Verwirrt blickte er den Besucher an. »Haben Sie die Pizza vergessen?«, fragte er leicht amüsiert.

Sommer nahm den Helm ab. »Hallo, Andreas.«

»Scheiße!«

Mai trat zurück und versuchte, die Tür zuzuwerfen, doch Sommer stellte gedankenschnell den Fuß auf die Schwelle. Er warf sich gegen die Tür.

Mai taumelte nach hinten. »Das ist Hausfriedensbruch!«

»Verklag mich doch! Ich will nur mit dir reden.«

»Worüber?«

Sommer entschied sich für eine Verschleierungstaktik. »Über die ganzen Lügengeschichten, die ihr verbreitet.«

»Lügen? Es ist die Wahrheit. Alles, was in dem Buch steht, ist genau so passiert. Das weißt du.«

Sommer setzte den Helm auf einer Dielenkommode ab. »Blödsinn! Wir haben Haupt und seine Anhänger im Rahmen einer normalen polizeilichen Ermittlungsaktion überwacht. Das war ein angemessenes Vorgehen. Er hat die Schießerei eröffnet. Wir wollten ihn damals schützen.«

»Bla, bla, bla«, sagte Mai höhnisch. »Red es dir nur schön. Ihr wolltet ihn wegen des Freispruchs liquidieren. Das hat euch nicht gepasst!«

Erneut klingelte es an der Haustür. Diesmal reagierte Mai nicht.

»Warum öffnest du nicht?«, fragte Sommer. »Ich schätze, der Pizzafahrer wartet.«

»Arschloch«, brummte Mai und zwängte sich an Sommer vorbei.

Tatsächlich stand diesmal der Mitarbeiter einer Pizzeria vor der Tür. Mai reichte ihm wortkarg das Geld.

»Willst du in der Küche essen? Oder lieber vor dem PC?«, fragte Sommer.

»Verschwinde aus meinem Haus. Sonst ruf ich die Bullen!«

»Und du glaubst, die halten zu dir, wenn ich ihnen meinen Dienstausweis zeige?«

»Was willst du hier?«

»Mich umsehen und mit dir reden.«

»Umsehen?«

»Hast du etwas dagegen?«

»Werde ich dich schneller los, wenn ich es dir gestatte?«

»Versprochen.«

»Dann beeil dich.«

Genau in der Mitte des Hausflurs führte eine Treppe sowohl nach oben als auch nach unten.

»Befindet sich unten das Kellergeschoss?«

Mai rollte mit den Augen. »Was denn sonst? Ich lagere da vor allem die Fanutensilien.«

»Darf ich?«

»Meinetwegen«, stöhnte er. »Allerdings nur in meinem Beisein. Nicht, dass du meine Haupteinnahmequelle zerstörst.«

Gemeinsam stiegen sie die Stufen hinunter und landeten vor einer geschlossenen Tür.

»Kannst du einfach aufmachen«, sagte Mai.

Sommer drückte die Klinke. Die Kellertür schwang nach innen auf. Vor ihm lag ein dunkler Gang. Er betätigte den Lichtschalter, und eine nackt von der Decke baumelnde Glühbirne spendete mattes Licht.

»Das Haus ist ja ein richtiges Schmuckstück«, sagte Sommer. »Wie bist du darangekommen?«

»Gemietet natürlich. Die Miete beträgt keine achthundert Euro, und ich darf es gewerblich nutzen. Dafür akzeptiere ich ein paar Unannehmlichkeiten.«

Links von Sommer lag eine geschlossene Tür. Er öffnete sie und betrat einen Raum, in dem in verschiedenen Regalen ein heilloses Durcheinander herrschte. Er erkannte unter anderem die Kaffeetassen mit Haupts Konterfei.

Plötzlich bemerkte er aus dem Augenwinkel eine schnelle Bewegung. Bevor er sich umdrehen konnte, zersplitterte etwas auf seinem Schädel. Stöhnend taumelte Sommer vor.

»Du mieses Schwein!«, schrie Mai.

Er versetzte ihm einen Stoß. Sommer stolperte auf ein Regal zu. Dann stürzte er zu Boden. Neben ihm zerbrach eine Tasse in Scherben. Sommer wandte sich um.

Mai hielt bereits das nächste Wurfgeschoss in der Hand – wieder eine der Kaffeetassen. Bevor er sie werfen konnte, ging Sommer zum Gegenangriff über. Er zog die Beine an und trat blitzschnell zu. Mit den Motorradstiefeln gelang ihm ein folgenschwerer Treffer in die Genitalien seines Gegners. Mai krümmte sich, brüllend vor Schmerzen. Die Tasse glitt ihm aus der Hand und zersplitterte am Boden.

Sommer zog sich an einem Regal hoch, das in der Wand verschraubt war. Unterdessen sackte Mai zusammen und rang nach Luft. Sein Gesicht war schmerzverzerrt.

»Was sollte das?«, schrie Sommer.

Er tastete sich die Stelle ab, wo der Mann ihn getroffen hatte. Zwischen den Haaren spürte er warmes Blut. Doch die Wunde schien nicht schlimm zu sein.

Erst jetzt bemerkte er, dass Mai hemmungslos schluchzte.

»Ihr habt alles kaputtgemacht.« Er war kaum zu verstehen. Sein Kampfeswille war bereits wieder versiegt. »Alles.«

»Hast du hier ein Kind versteckt?«, fragte Sommer.

Fassungslos schaute Mai ihn an – mit einem Blick, in dem absolute Ahnungslosigkeit lag.

»Was für'n Kind?«

Nachdem Sommer das komplette Haus inspiziert hatte, setzte er sich mit Mai in die Küche.

»Wieso bist du hier?«, fragte der. »Von welchem Kind hast du gesprochen?«

»Unwichtig«, brummte Sommer.

»Konstruierst du etwas, um mich mundtot zu machen?«

»Ich könnte dich wegen Körperverletzung anzeigen.« Noch einmal tastete Sommer die Stelle am Kopf ab, die inzwischen nicht mehr blutete.

»Sorry. Das war eine Kurzschlussreaktion. Dumm von mir!«

»Warum hast du mich angegriffen?«

»Du hast ... Ihr habt mir alles genommen!«

»Hör mit diesem jämmerlichen Selbstmitleid auf.«

»Euretwegen bin ich entwurzelt. Bei Johannes hatte ich endlich Freunde gefunden. Eine Familie. Dann kommt ihr und macht das zunichte. Nur weil sich Drosten an Johannes rächen wollte.«

»Bullshit! Haupt hatte einen Mord begangen.«

»Das war Notwehr.«

»Glaubst du ihm das?«

Mai antwortete nicht. Er mied sogar den Augenkontakt.

»Außerdem wollten wir Haupt vor einem Mörder schützen, der in seinem Namen Morde beging«, fuhr Sommer fort. »Aber Haupt fängt stattdessen eine Schießerei an.«

»Red's dir schön, du Judas!«

»Und dir ist zumindest Nick geblieben. Ihr scheint doch zu einer verschworenen Einheit ...«

»Wir haben uns längst zerstritten!«, schrie Mai. »Seit er seine Freundin kennengelernt hat, ist er ein anderer Mensch. Er ist sprunghaft geworden. Unberechenbar. Hält sich für was Besseres. Nur weil die Alte im Fernsehen mitspielt. Bei irgendeiner dämlichen Sendung. *Köln 50667.* Als würde sie das zu einer heißen Prominenten machen.«

»Zerstritten?«, wunderte sich Sommer. »So sah es im Fernsehen nicht aus.«

»Das ist eine Show. Weder er noch ich haben Jobs. Wir brauchen die Kohle vom Verkauf der Fanutensilien. Außerdem haben wir uns beim Verlag vertraglich zu Fernsehauftritten verpflichtet. Privat reden wir momentan kein Wort miteinander. Sobald die Sachen keinen Profit mehr abwerfen, gehen wir endgültig getrennte Wege. Dann bin ich wieder allein.«

Sommer musterte den Mann, der ihm niedergeschlagen gegenübersaß. Ausgeschlossen, dass er in Danas Entführung und die andere Aktion involviert war. Andreas Mai besaß dafür nicht das nötige Format.

»Wo wohnt Nick?«, fragte Sommer.

Ohne zu zögern, nannte Mai ihm die Adresse. »Grüß ihn schön«, spottete er.

»Wehe, du warnst ihn vor.«

»Bestimmt nicht.« Andreas lächelte hinterlistig. »Den Schreck will ich ihm nicht ersparen. Im Prinzip tust du mir sogar einen Gefallen.«

11

Melanie wusste nicht, zum wievielten Mal sie inzwischen auf die Uhr schaute. Die Zeit schien stillzustehen. Wie sollte sie die Ungewissheit über Danas Wohlergehen noch eine Woche aushalten? Und die weitgehend schlaflosen Nächte, in denen sie keine Ruhe fand?

Sie warf einen verstohlenen Blick zu Robert, der am Esstisch saß und in einer Zeitschrift blätterte. Ob er sich auf die Artikel konzentrieren konnte? Ihr war das derzeit unmöglich. Wenn sie zu lesen versuchte, verschwammen die Schlagzeilen und Bilder zu einem unentzifferbaren Gewirr, weshalb sie es schnell aufgegeben hatte.

Der Sekundenzeiger bewegte sich kaum vorwärts. Wie konnte das sein? Nicht zum ersten Mal hatte Melanie das Gefühl, keine Luft zu bekommen. Sie konzentrierte sich aufs Atmen. Einatmen. Ausatmen. Einatmen.

Robert schaute zu ihr. »Alles okay, Schatz?«, fragte er leise.

Wie konnte momentan überhaupt irgendetwas okay sein? »Ja«, behauptete sie trotzdem.

Sein stechender Blick schien sie zu mustern wie ein Insekt. Sie erhob sich, schlurfte in die Küche und trat an den Kühlschrank. Doch statt ihn zu öffnen, gab sie der nagenden Ungeduld nach und fragte laut: »Wie geht es Dana?«

»Mach das nicht!«, rief Robert aus dem Wohnzimmer. »Bitte!«, fügte er überflüssigerweise hinzu.

Ihr reichte es! Sie hatte die Bevormundung ihres Mannes so satt. Immerhin hatte sie keinen Ton zu seinem Versuch gesagt, eine Nachricht aus dem Haus zu schmuggeln. Ein Versuch, mit dem er Danas Leben gefährdet hatte und der womöglich nicht einmal geglückt war.

Sie kehrte ins Wohnzimmer zurück.

»Willst du gar nicht wissen, wie es Dana geht?«, schrie sie ihn an. »Ist dir das scheißegal?« Die ganze Frustration der letzten zwei Tage brach aus ihr heraus. Sie wandte sich von ihrem Ehemann ab und näherte sich dem Mikrofon im Wohnzimmer. »Bitte! Lassen Sie mich kurz mit ihr sprechen! Nur ein paar Sekunden«, flehte sie.

»Genau das will er erreichen. Uns entzweien. Du weißt, wie wichtig mir Dana ist.«

»Woher soll ich das wissen?«, brüllte sie. »Du warst beim Herbstfest nicht da. Statt auf sie aufzupassen, während ich mit der Lehrerin rede, warst du im Büro. Trotz deiner Versprechen.«

»Melanie!«

»Ich weiß, wie ich heiße, verdammt!«

»Der Entführer hat das von langer Hand geplant und hätte sie sich sonst bei anderer Gelegenheit geschnappt.«

»Red's dir ruhig schön! Argumente, warum dich keine Schuld trifft, fallen dir bestimmt viele ein, oder?«

»Mel...«

Ihr hasserfüllter Blick brachte ihn zum Schweigen. So hatte sie ihn noch nie angesehen.

»Was bist du bereit, dafür zu bezahlen?«, erklang plötzlich die Stimme des Entführers. Zum ersten Mal seit den frühen Morgenstunden redete er wieder mit ihnen.

»Gar nichts!«, rief Robert.

Der Entführer lachte. »Melanie, das musst du deinem Mann nachsehen. Er ist Bulle. Aber Bullen verhandeln nicht mit Menschen wie mir. Das kriegen sie früh in ihrer Ausbildung beigebracht. Deswegen hab ich *dich* gefragt. Was bist du bereit, zu bezahlen, um Danas Stimme zu hören, die dir sagt, wie es ihr geht?«

»Melanie, mach das nicht!«, flehte Robert.

Doch die Meinung ihres Mannes war ihr in diesem Moment völlig egal. »Alles!«

»Gib deinem Mann eine feste Ohrfeige. Ich will es laut knallen hören.«

»Was?«, fragte sie verwirrt.

»Das hat er verdient«, stachelte die Stimme sie an. »Er war nicht da. Nur deshalb hab ich Dana in mein Auto bekommen. Er war beschäftigt.«

»Halten Sie Ihr verdammtes Maul!«, schrie Robert.

»Schau ihn dir an«, höhnte der Entführer. »Er weiß, dass er die Schuld daran trägt.«

Melanie drehte sich zu ihrem Mann um, der ein paar Schritte entfernt stand.

»Nur eine einzige schallende Ohrfeige, und du hörst Danas Stimme. Vielleicht sagt sie sogar ›Mama‹ zu dir. Robert verzeiht dir. Er weiß, wie sehr er es verdient.«

»Dann tu es halt«, flüsterte ihr Mann. Er schaute betreten zu Boden.

Melanie überwand die Distanz zwischen ihnen und blieb vor ihm stehen.

»Ein einziger Schlag«, köderte der Entführer sie.

Melanie hob die Hand im selben Moment, in dem Robert ihr in die Augen schaute.

Augen, die ihr so vertraut waren.

»Los!«, zischte der Entführer.

Robert nickte.

Ausgerechnet sein stilles Einverständnis machte es ihr unmöglich, ihn zu schlagen. Melanie schrie wie ein verwundetes Tier und drehte sich weg, um nicht in einer Kurzschlussreaktion doch zuzuschlagen. »Nein! Ich falle nicht auf Ihre Tricks rein.«

»Das ist kein Trick!«, versprach der Entführer. »Du bekommst Danas Stimme zu hören.«

Wenn er ihr das in Aussicht stellte, musste es Dana noch gutgehen. Dann lebte sie, sonst könnte er ihr nicht dieses Versprechen machen. An den Gedanken klammerte sie sich. »Nein«, wiederholte Melanie erschöpft. »Ich hab in meinem ganzen Leben noch keinen Menschen geschlagen. Damit fang ich jetzt nicht an.«

»Probier's aus. Mein Angebot steht. Sobald du ihm eine kräftige Ohrfeige verpasst, schenke ich dir als Belohnung ein kurzes Gespräch mit deiner Tochter. Heute, morgen, Freitag. Ganz egal.«

»Lassen Sie uns in Ruhe!«, schrie Melanie.

»Vorläufig ja«, erwiderte der Mann. »Aber wir hören voneinander.« Er lachte dreckig.

»Setzen wir uns vor den Fernseher«, schlug Robert vor. Zögerlich berührte er ihren Arm, traute sich jedoch nicht, sie an sich zu ziehen.

Hatte er den Hass in ihren Augen wirklich erkannt? Wahrscheinlich schon. Melanie schämte sich für ihren Ausbruch und kämpfte gegen die nächste Tränenflut an.

»Okay«, flüsterte sie heiser.

Er streichelte ihren Arm, dann wandte er sich ab, trat an die Couch und schaltete den Fernseher an. Da es sonntagnachmittags keine vernünftige Sendung gab, suchte er wahllos ein Programm aus.

Melanie zögerte. Sollte sie sich neben ihn setzen? Immerhin saßen sie auf der Couch mit den Rücken zur Kamera. Außerdem fiel ihr auf, dass Robert den Ton ziemlich laut eingestellt hatte. Bestimmt würde der Entführer das in wenigen Sekunden untersagen.

Sie setzte sich neben ihren Mann, der sofort ihre Hand ergriff.

»Danke«, flüsterte er.

»Ich hätte das nicht tun können«, behauptete sie. »Niemals.«

»Ich weiß.«

Ob sie beide wussten, dass es gelogen war?

»Wir dürfen einfach nicht die Nerven verlieren«, fuhr er fort. »Er wird in den nächsten Tagen oft versuchen, uns auseinanderzudividieren. Wenn wir eine Einheit bilden, zerschellt er daran.«

»Können wir denn nichts unternehmen?« Melanie hoffte auf einen kleinen Lichtblick. Einen winzigen Hinweis, dass er die Botschaft aus dem Haus geschmuggelt hatte.

»Nein«, behauptete er traurig. »Wir sind ihm ausgeliefert.«

Er drückte ihre Hand etwas fester als zuvor. War das die Bestätigung, die sie brauchte? Sie hoffte es. »Dana fehlt mir so sehr.«

»Mir auch.«

Sie wollte ihm das so sehr glauben. Falls Dana wohlbehalten zu ihnen zurückkehrte, würde er sein Leben ändern müssen. Den Beruf an die zweite Stelle rücken. Sonst gäbe es für sie keine Zukunft mehr.

Er legte den Arm um sie, und sie kuschelte sich an ihn.

»Schaltest du bitte den Fernseher aus? Ich ertrag das nicht.«

Robert erfüllte ihr den Wunsch.

12

Wie schon am Mittag stellte Sommer sein Motorrad einige hundert Meter von der Zieladresse entfernt ab.

Ob Mai Wort gehalten und Harzmann nicht vorgewarnt hatte? Falls die Sache mit dem Streit zwischen ihnen stimmte, hätte Mai keinen Grund, ihn zu alarmieren. Oder würde er die Gelegenheit nutzen, um Pluspunkte bei ihm zu sammeln? Im verzweifelten Versuch, die Freundschaft wiederzubeleben?

Sommer war auf beide Varianten vorbereitet.

Die Adresse lag in einem Wohnviertel, in dem sich Mehrfamilienhäuser aus den Sechzigerjahren aneinanderreihten. Jedes Haus war mindestens vierstöckig, bei manchen Gebäuden hatte man nachträglich Dachgeschosse aufgestockt.

Auf der anderen Straßenseite stand eine junge Mutter mit ihrem höchstens drei Jahre alten Kind und schaute kritisch zu Sommer herüber. Er nahm den Helm ab, um nicht bedrohlich zu wirken. Tatsächlich verlor die Frau anschließend sofort das Interesse daran, ihn zu beäugen.

Da das Haus, in dem Harzmann wohnte, die Hausnummer eins trug, musste es am Ende der Straße stehen. Gelassen schlenderte Sommer in die entsprechende Richtung. Er fragte sich, ob man in einer Gegend, in der bereits ein behelmter Motorradfahrer auffiel, heimlich ein Kind verstecken konnte. Automatisch dachte er an seine Vergangenheit. Der Entführer von Carla und Simon hatte in einem freistehenden Einfamilienhaus gelebt und damit deutlich bessere Voraussetzungen gehabt.

Doch allein aufgrund der beschaulichen Wohngegend wollte er nicht gleich Nick als Entführer ausschließen.

Er näherte sich einer Kreuzung und somit der gesuchten Hausnummer. Der Name Harzmann stand in der untersten Reihe der Klingelschilder. Also wohnte Nick im Erdgeschoss, was Sommer durchaus gelegen kam. Er umrundete das Gebäude. Hinter den Häusern befanden sich zahlreiche Parkbuchten, die fast alle belegt waren. Die Erdgeschosswohnungen der Hausnummer eins hatten bodentiefe Fenster, jedoch keinen Zugang nach draußen. Trotzdem wirkte die Außenansicht des Mehrfamilienhauses so, als sei es in den letzten Jahren stark modernisiert worden. Bis zur Nummer sieben wiesen alle Erdgeschosswohnungen die tiefen Fenster auf, ab Hausnummer neun herrschte das eher typische Sechzigerjahrebild mit den entsprechenden Fensterfronten. Vor der Neun und Elf standen

Gerüste. Ob die Häuser nacheinander modernisiert wurden?

Nick Harzmann wohnte in definitiv besseren Verhältnissen als sein Geschäftspartner Mai. Woran lag das? Hatte er Ersparnisse, oder lebte er mit jemandem zusammen, der ihm einen Teil der finanziellen Last abnahm?

Sommer schaute sich um. Anscheinend war er derzeit unbeobachtet. Da in der Erdgeschosswohnung des äußersten Gebäudes keine Vorhänge vorgezogen waren, beschloss er, einen Blick durch die Fenster zu wagen. Sollte Harzmann ihn entdecken, könnte er immer noch versuchen, ihn zu einem Gespräch zu bewegen.

Er näherte sich dem Haus. Zwischen Parkbuchten und Gebäude lagen etwa zehn Meter. Er überwand die kurze Distanz zu den Fenstern, legte vorsichtig den Kopf an die Scheibe und schirmte mit den Händen das Licht ab.

Einige Sekunden später grinste er überrascht.

Harzmann und seine Freundin schienen entweder noch sehr verliebt ineinander oder voyeuristisch veranlagt zu sein. Anders konnte er es sich nicht erklären, wieso sie auf der Wohnzimmercouch in ihr Liebesspiel vertieft waren, ohne zuvor die Vorhänge zugezogen zu haben.

Er überlegte, ob er ihnen einen Schreck einjagen sollte, indem er mit dem Helm gegen die Scheibe klopfte. Doch da er hauptsächlich deshalb nach Köln gefahren war, um zu überprüfen, ob Mai oder

Harzmann hinter Danas Verschwinden steckten, entschied er sich dagegen. Vorsichtig trat er zwei Schritte zurück.

Im selben Moment sprach ihn ein Mann an, der an einem weißen Ford stand. »Kennen Sie die beiden Turteltäubchen?«

»Sie meinen Nick und seine Freundin?«

Der Mann nickte. »Genau. Bei uns im Haus bloß noch *die Karnickel* genannt.«

»Flüchtig«, bekannte Sommer lachend. »Ich war zufällig in der Gegend und hab mich gewundert, dass niemand aufdrückt. Sie sind beschäftigt.«

»Mindestens dreimal am Tag. Es nervt. Wenn Sie ihn kennen, bitten Sie ihn im Namen der Hausgemeinschaft, seine Aktivitäten zumindest geräuschmäßig einzudämmen.«

»Mach ich!«, versprach Sommer. »Sind es nur Sexgeräusche oder noch etwas anderes, was die Nachbarn stört? Ein lautes Kind vielleicht?«

Der Fordfahrer schüttelte den Kopf. »Nein. Bloß die Sexgeräusche.«

»Ich geb ihnen zehn Minuten, dann klingle ich noch mal. Ihren Wunsch nach Ruhe richte ich gern aus.«

»Danke! Vielleicht hilft es ja, wenn ihn ein Freund darauf hinweist. Der gemeinsam unterschriebene Brief der Nachbarschaft hat ihn nämlich nicht beeindruckt.« Er tippte sich an die Stirn und stieg in den Wagen.

Sommer umrundete das Gebäude und kehrte gemächlichen Schrittes zu seinem Motorrad zurück. Hier in Köln hatte er vorläufig genug in Erfahrung gebracht. Andreas Mai hatte bei der Frage nach dem verschwundenen Kind glaubhaft ahnungslos gewirkt. Nick Harzmann schien mit seiner neuen Liebe so beschäftigt, dass er in jeder freien Minute die Nachbarn an seinem Glück teilhaben ließ. Auch das passte nicht zu einem Kindesentführer. Die Kölner Spur war ein Fehlschlag. Er konnte getrost zurück nach Frankfurt fahren, um Montagfrüh in Wiesbaden Drostens Hinweisen zu folgen.

***

Er starrte auf den Monitor, der das Bild aus dem abgedunkelten Schlafzimmer übertrug. Aufgrund des fehlenden Umgebungslichts erkannte er bloß Umrisse. Doch in Verbindung mit den raschelnden Bettdecken und leisen Seufzern zeichnete sich ein klares Bild. Die Drostens waren früh zu Bett gegangen, fanden jedoch wieder einmal keinen Schlaf.

Seine Partnerin trat hinter ihn und legte ihm die Hand auf die Schulter. Ihre Finger rutschten unter den T-Shirt-Kragen. Zärtlich streichelte sie ihn.

»Warum legen sie sich so früh hin, wenn sie eh nicht schlafen können? Das ist sinnlos!«

»War ein anstrengender Tag«, erklärte er schadenfroh. »Ich hätte niemals damit gerechnet, dass sie schon nach zwei Tagen beinahe handgreiflich wird.«

»Schade. Ich hätte zu gern erlebt, wie sie ihm eine klebt.«

»Ich auch«, bestätigte er. »Wahrscheinlich passiert das noch.«

»Ich fand's großartig, wie du sie angestachelt hast. Es schien so, als wüsstest du genau, welche Knöpfe du bei ihr drücken musst.«

»Im Prinzip weiß ich das sogar. Obwohl es diesmal nicht ganz geklappt hat.«

Er nahm ihre Hand und schob sie sanft beiseite. Dann drehte er sich zu ihr um. Sie nutzte die Gelegenheit und setzte sich auf seine Oberschenkel.

»Es geht darum, ihr einzureden, dass ich ihr Verbündeter bin, während ihr Mann der Feind ist. Ich kann Melanie geben, was sie am dringendsten will. Ein Lebenszeichen der Göre. Robert kann ihr das nicht geben. Sie soll in ihm das Hindernis sehen, das zwischen ihr und der Erfüllung ihrer Wünsche steht. Ich manipuliere sie ein bisschen in Richtung eines Stockholm-Syndroms.«

»Davon hab ich gehört«, sagte sie.

»Ich baue ein positives emotionales Verhältnis zu ihr auf. Im Idealfall kooperiert sie am Ende mit mir.«

»Bis du sie erschießt.«

»Genau. Ihr wird erst kurz zuvor klar, wie dumm sie war.«

»Und der Bulle? Kriegst du ihn gedreht?«

Eine berechtigte Frage, schoss es ihm durch den Kopf. Robert war diesbezüglich die härtere Nuss.

»Vermutlich nicht. Er ist zu gut ausgebildet. Keine Ahnung, ob der Schlafentzug und die ständigen Konfrontationen mit seiner Frau etwas bei ihm auslösen.

Aber er wird mir wohl immer die Schuld an der Misere geben.«

»Du bist halt ein ganz böser Junge«, sagte sie in einem Tonfall, der ihm außerordentlich gut gefiel. Dennoch würden gewisse Annehmlichkeiten noch warten müssen. Er wollte das Schlafzimmer der Drostens noch eine Weile beobachten. »Ich geh gleich zu Dana. Zum letzten Mal für heute.«

»Ich würd's dir gern abnehmen«, seufzte sie.

»Du bist mein Ass im Ärmel. Sie darf dich nicht sehen. Es sei denn, dein Auftauchen spielt uns plötzlich in die Karten.«

Seine Partnerin nickte. »Ich weiß. Trotzdem wäre es schön, einfach in ihr Gefängnis zu marschieren. Ihr die Hoffnung zu machen, dass ich sie retten komme. Um dann zu sehen, wie sie die Wahrheit begreift.« Sie grinste gehässig.

»Jetzt bist du das böse Mädchen«, sagte er amüsiert.

»Du weißt ja ...«

»Klar«, unterbrach er sie. Ihre Beweggründe kannte er nur zu gut. Er hasste es, über Offensichtliches zu sprechen. Eine sinnlose Zeitverschwendung, die niemanden weiterbrachte.

Plötzlich drang Melanies Stimme aus den Lautsprechern. Sofort schaute der Entführer zu den Monitoren. Seine Partnerin sprang auf.

»Ich geh noch mal zum Klo«, sagte Melanie leise.

»Mach das!«, murmelte ihr Mann.

Sie erhob sich und verließ das Schlafzimmer, ohne eine Lampe einzuschalten. Auch in der Diele verzichtete sie aufs Licht. Sie öffnete die Tür zum Hauptbad und tastete sich im Dunkeln vor. Sekunden später waren unverkennbare Geräusche zu hören.

Der Entführer legte den Zeigefinger auf die Lippen. Dann aktivierte er den Badezimmerlautsprecher. »Melanie, ich verrate dir ein Geheimnis. Sei still und hör mir zu.« Das Umgebungslicht des Badezimmers war leider zu schwach, um ein klares Bild auf dem Monitor zu erzeugen. Trotzdem erkannte er, dass sie zur Kamera schaute. »Dana geht es gut. Sie fragt ständig nach dir. Aber nie nach Robert. Wenn du brav bist, lass ich euch bald miteinander sprechen. Allerdings darfst du deinem Mann nichts von unserem kleinen Gespräch erzählen. Hast du mich verstanden?«

»Ja«, antwortete sie leise.

»Gute Nacht, Melanie. Vielleicht sollten wir diese heimlichen Konversationen öfter führen. Und jetzt zurück ins Bett, bevor Robert misstrauisch wird.«

Kurz darauf erklang die Toilettenspülung.

»Ob sie es ihm erzählt?«, fragte seine Partnerin neugierig.

»Ich bin sehr gespannt.«

Sie sahen dabei zu, wie Melanie im Dunkeln ins Schlafzimmer zurückkehrte und sich still zu ihrem Mann ins Bett legte.

»Gute Nacht, mein Schatz«, sagte Robert.

»Gute Nacht, Liebling.«

Die Partnerin des Entführers lachte auf. »Fantastisch! Sie frisst dir schon fast aus der Hand.«

»Entwickelt sich wirklich ziemlich erfreulich. Ich glaube, wenn Robert morgen unter der Dusche steht, unterhalte ich mich ausführlich mit seiner Frau.«

13

Lukas Sommer hatte das Heim am frühen Montagmorgen telefonisch kontaktiert und erfahren, dass der Heimleiter Klaus Beck im Normalfall seinen Dienst um neun Uhr antrat.

Zehn Minuten nach neun klingelte er an der Eingangspforte. Ungeduldig wartete er darauf, dass ihm jemand öffnete. Als er mit dem Gedanken spielte, den Klingelknopf ein zweites Mal zu drücken, schwang endlich die Tür nach innen auf.

Eine junge Frau trat ihm entgegen und musterte ihn kritisch. »Sie wünschen?«

Er zeigte ihr seinen Dienstausweis. »Ich muss dringend mit Herrn Beck sprechen.«

»Hat einer unserer Schützlinge etwas ausgefressen?«

»Das möchte ich gern mit Ihrem Chef besprechen.«

Die Heimmitarbeiterin seufzte. »Kommen Sie herein. Ich führe Sie in sein Büro.«

Er betrat das Gebäude.

»Ich hab erst vor zwei Monaten hier angefangen«, erklärte die Frau, die vorausging. Wollte sie damit andeuten, keine Schuld an Vorfällen zu tragen, in die ein Heimkind verwickelt war? »Um wen geht es?«

Sommer überraschte es, wie laut es im Gebäude zuging. Anscheinend war das Heim in den Ferien um diese Uhrzeit gut besetzt. Statt in der Schule hingen die meisten Kinder wohl in ihrer gewohnten Umgebung ab.

»Glauben Sie mir, je weniger Leute involviert sind, desto besser.«

»Meinetwegen«, brummte die Frau und dirigierte ihn in einen Gang, in dem zu beiden Seiten zwei Türen abgingen. Sie trat an die erste auf der rechten Seite und klopfte zaghaft an.

»Herein«, ertönte es kaum vernehmbar.

Die Mitarbeiterin öffnete die Tür. Da Sommer sie um zwanzig Zentimeter überragte, sah er über sie hinweg einen Endfünfziger an einem antiken Schreibtisch sitzen.

»Hallo, Conny«, begrüßte der Mann die Frau. Dann beäugte er den Besucher.

»Guten Morgen, Klaus. Hier ist jemand von der Polizei.«

»Von der Polizei? Kommen Sie herein!« Der Heimleiter erhob sich. »Darf ich Ihren Ausweis sehen?«

»Ich würde gern unter vier Augen mit Ihnen sprechen«, wich Sommer der Bitte aus.

»Oh, natürlich.« Der Mann wandte sich an seine

Mitarbeiterin. »Danke, Conny. Den Rest übernehme ich.«

Sie nickte missmutig, warf noch einen Blick auf Sommer und verließ wortlos den Raum.

»Entschuldigen Sie ihre Neugier. Frau Neuwald ist erst seit Kurzem bei uns und entsprechend motiviert.«

Sommer holte erneut den Ausweis hervor, den der Mann musterte.

»KEG?«, fragte er erstaunt. »Von der Behörde hab ich noch nie gehört. Obwohl ich in meiner Position zwangsläufig oft mit verschiedenen Dienststellen zu tun habe.«

»Organisatorisch gehören wir zum BKA«, erklärte Sommer. »Wir ermitteln bundesweit in Fällen von großem nationalen Interesse.« Er wählte absichtlich eine vage Formulierung, die eher auf Terrorismus als eine Kindesentführung schließen ließ.

»Wegen welchem meiner Schützlinge sind Sie hier? Ach so, nehmen Sie bitte Platz.« Etwas zerstreut deutete er auf die beiden Besucherstühle und nahm selbst hinter dem Schreibtisch Platz.

Sommer nahm die Wand hinter dem Heimleiter in Augenschein. Dort hingen verschiedene Urkunden und Zeitungsartikel, die auf ein großes soziales Engagement Becks hindeuteten. Doch das hieß nicht automatisch, dass er ihm vertrauen konnte. Selbst das Bild auf dem Schreibtisch, das ihn offenbar im Kreis seiner insgesamt fünfköpfigen Familie zeigte, bot allenfalls einen Anhaltspunkt zur Charakterbeurteilung.

»Um genau zu sein, geht es um ein ehemaliges

Heimkind«, sagte Sommer.

»Offenbar wollen Sie nicht zu schnell mit dem Namen herausrücken.«

»Es ist eine delikate Angelegenheit, die absolutes Stillschweigen verlangt.«

»Wann haben wir das betreffende Heimkind aus unserer Obhut entlassen? Können Sie wenigstens das verraten? Denn wir haben hinterher nur begrenzten Einfluss auf sie. Manche Kinder bleiben auch als Erwachsene mit uns in Kontakt, andere wollen nie wieder an die Heimzeit erinnert werden. Vor allem, wenn jemand sie radikalisiert.« Er zuckte die Achseln. »Lassen Sie mich raten. Ich fürchte, es geht um Yussuf?«

Offenbar hatte der Leiter die Andeutung geschluckt.

»Wie kommen Sie auf den?«

»Zwei meiner Mitarbeiter haben ihn kürzlich zufällig in der Frankfurter City gesehen, wo er an einem Informationsstand Salafisten-Werke angepriesen hat.«

»Wo waren Sie Freitagnachmittag?«, wechselte Sommer abrupt das Thema.

»Ich? Äh, ups, jetzt erwischen Sie mich auf dem falschen Fuß. Ich war auf einer Pädagogentagung in Berlin. Wieso?«

»Es geht nicht um Yussuf«, bekannte Sommer.

»Sondern um mich?« Der Heimleiter legte sich die Hand auf die Brust.

»Nein. Ich musste mir nur ein Bild verschaffen, ob ich Ihnen vertrauen kann. Sie nennen mir hoffentlich kein falsches Alibi. Denn die Ermittlungen sind inoffiziell und delikat.«

»Jetzt bin ich endgültig ganz Ohr.« Er griff zu einem Flyer und reichte ihn Sommer. »Das war das Programm der Tagung.« Als Nächstes holte er ein Handy hervor und zeigte Sommer einen Schnappschuss. Der Heimleiter hatte sich vor einem Plakat fotografiert, das wie der Flyer aussah. »Auch Sozis mögen Selfies.« Er lachte.

»Sie kennen ja Robert Drosten, den Mann von Melanie Drosten, die bei Ihnen Aushilfskraft war? Er ist mein Partner.«

»Wie schön. Ich bin ihm zwar bloß zweimal persönlich begegnet, schätze ihn aber sehr.«

»Ich fürchte, er und seine Familie stecken in großen Schwierigkeiten. Das, was ich Ihnen verrate, muss unter uns bleiben, weil sonst das Leben der Drostens gefährdet ist. Sie dürfen mit keinem Ihrer Mitarbeiter darüber sprechen.«

»Versprochen.«

Sommer berichtete knapp, was seit Freitagnachmittag passiert war.

»Scheiße!« Beck wirkte entsetzt. »Nicht schon wieder Dana. Wie viel Pech kann ein einzelnes Kind haben?« Er verzog den Mund. Dann schien er sich bewusst zu werden, was er soeben gesagt hatte. »Verstehen Sie mich nicht falsch«, fügte er rasch hinzu. »Ich hab Melanie Drosten als zuverlässige Aushilfskraft schätzen gelernt. Sie hat ein Händchen im Umgang mit schwierigen Kindern. Ihr Schicksal geht mir nahe.«

»Schon gut.«

»Haben Sie Hinweise darauf, wer dahintersteckt?«

»Genau deswegen bin ich hier. Dana ist vielleicht der Schlüssel zur Lösung. Ich muss alles über ihre Vergangenheit erfahren.«

»Ah. Endlich kapiere ich, was Sie wollen.« Beck legte die Fingerspitzen aneinander und starrte darauf. »Normalerweise benötigen Sie eine richterliche Genehmigung, um Einblick in unsere Akten zu nehmen.«

»Die Zeit ...«

»... haben Sie nicht. Ich versteh das schon.«

»Außerdem ermittle ich diskret. Jede richterliche Anordnung erhöht die Gefahr meiner Enttarnung.«

»Sie stürzen mich in ein Dilemma«, brummte Beck. »Ich halte Datenschutz für extrem wichtig. Und ich denke natürlich auch an meine eigene Karriere.«

Bevor Sommer etwas entgegnen konnte, stand Beck bereits auf und stieß hörbar den Atem aus. Er griff zu einem Schlüsselbund und trat an einen hohen Wandschrank.

»Sollte ich Ärger bekommen, behaupte ich, Sie hätten mich mit einer Waffe bedroht.«

Sommer lüftete seine Lederjacke, um dem Mann das Schulterholster zu zeigen.

»Danke, das reicht. Jetzt fühle ich mich genug genötigt, um Ihnen Danas Akte auszuhändigen.«

Er entriegelte das Schloss des Schranks und öffnete die Flügeltüren.

»Sie können die Akte in Ruhe studieren. Allerdings habe ich Danas Schicksal gut in Erinnerung. Fragen Sie mich, wenn Ihnen etwas unklar ist.« Er kehrte mit einem prallgefüllten Schnellhefter zum Schreibtisch zurück und reichte Sommer die Unterlagen.

»Danke.«

»Ich lass Sie einen Augenblick allein und hole mir einen Tee. Wollen Sie auch etwas?«

»Kaffee wäre nicht schlecht.«

»Milch? Zucker?«

»Schwarz.«

Sommer schlug den Hefter auf, während Beck das Büro verließ. Er überflog die ersten Seiten und erfuhr so einiges von der Lebensgeschichte des Mädchens. Der tödliche Autounfall ihrer Eltern, als sie vier Jahre alt war. Die Zeit bei ihrem Onkel, der gerade in einer schwierigen Ehephase steckte, die in einer Scheidung mündete. Die Gründe für das Eingreifen des Jugendamtes. Immer wieder tauchte der Name Schlüter auf.

Beck kehrte erst nach zehn Minuten zurück, offenbar hatte er den Tee in der Küche gründlich ziehen lassen. Er stellte Sommer die Tasse Kaffee auf den Schreibtisch.

»Danke«, brummte der und nippte daran.

Konzentriert las er weiter und merkte sich alle Fragen, die er Beck im Anschluss stellen würde.

Vor den Drostens war Dana schon einmal bei einer Pflegefamilie gelandet, im Alter von sieben Jahren. Doch auch damals hatte das Jugendamt wegen Fehlverhaltens der Pflegeeltern eingegriffen und Dana nach nur sechs Monaten ins Heim zurückgeholt. Die Unterschriften unter den betreffenden Dokumenten stammten jeweils von der Beamtin Schlüter.

»Ist es normal, dass nur eine

Jugendamtsmitarbeiterin einem Fall zugewiesen wird?«, fragte Sommer schließlich.

»Zumindest nicht ungewöhnlich«, antwortete Beck.

Das unausgesprochene ›Aber‹ entging Sommer nicht.

»Aber?«, tat er ihm den Gefallen.

»Frau Schlüter ist um Danas Wohlergehen schon auffällig besorgt. Sie ist auch für einige unserer Kinder verantwortlich, allerdings in keinem der Fälle so engagiert wie bei Dana.«

»Haben Sie sie je nach ihren Beweggründen gefragt?«, erkundigte sich Sommer.

»Nein. Wir arbeiten eng mit dem Jugendamt zusammen. Eine solche Frage würde zu nichts Gutem führen.«

»Weiß außer Frau Schlüter noch eine andere Mitarbeiterin des Jugendamts über Dana Bescheid? Eine Stellvertreterin?«

»Natürlich. Auch zu ihr hatten wir einmal längeren Kontakt. Damals war Frau Schlüter wegen einer Operation und mehrwöchigen Reha ausgefallen. Sie war bestimmt drei Monate außer Dienst. In der Zeit war Frau Berndt für Dana und andere Kinder unserer Einrichtung zuständig.«

»Hat Frau Berndt Dana genauso intensiv betreut?«

»Dazu bestand kein Grund. Übrigens ist Frau Schlüter damals direkt in der ersten Woche nach ihrer Rückkehr in den Dienst zu uns gekommen.«

»Und ihr Hauptaugenmerk lag auf Danas Wohlergehen?«, vermutete Sommer.

»So habe ich es in Erinnerung.«

Sommer stellte weitere Fragen, die ihm beim Studium der Akten durch den Kopf gegangen waren. Beck half ihm bei jedem einzelnen Punkt. Er besaß offenbare detaillierte Kenntnisse über seine Schützlinge.

»Ich brauche Kopien von bestimmten Seiten der Akte«, sagte Sommer schließlich. »Wäre das möglich?«

»Ich schlage vor, Sie fotografieren die entsprechenden Seiten mit Ihrem Smartphone ab. Wir müssen nämlich jede Kopie statistisch erfassen.«

14

Ohne sich am Empfang zu erkundigen, wo er Schlüters Büro fand, schlenderte Sommer durch die Gänge des Jugendamtes. Er studierte jeden einzelnen Namen an den Türen. Die meisten Mitarbeiter hatten Einzelbüros, nur selten standen zwei Namen auf den silberfarbenen Informationstafeln.

Sein Plan war schlicht. Er würde versuchen, ein Gespräch mit Schlüters Stellvertreterin Berndt zu führen. Sommer wollte sie – oder jemand anderen – unauffällig über die Beamtin ausfragen. Kolleginnen waren im Regelfall eine lohnenswerte Anlaufstelle, um Tratsch zu erfahren.

Als er ungefähr die Mitte des langen Ganges erreicht hatte, entdeckte er Schlüters Namen auf einem rechteckigen Schild. Genau in diesem Moment öffnete sich die Tür des entsprechenden Büros. Die heraustretende Frau hielt in der Bewegung inne und sah ihn an. »Kann ich Ihnen helfen?«

»Ich bin auf der Suche nach dem Büro von Frau Berndt«, antwortete er.

»In welcher Angelegenheit?«

Ihm lag eine patzige Antwort auf der Zunge, die er sich jedoch verkniff. »Sind Sie Frau Berndt?« Demonstrativ schaute er an ihr vorbei zu dem Namensschild. »Oder heißen Sie Schlüter?«

»Schlüter stimmt. Wie kann ich Ihnen helfen?«

»Höchstens, indem Sie mir sagen, wo ich meine Ansprechpartnerin finde.«

»Kennen wir uns?«

In diesem Moment war Sommer froh, dass er Motorradkleidung trug und die Haare in den letzten Monaten hatte wachsen lassen. Sein unrasiertes Gesicht rundete den Gesamteindruck ab. So war er schwerer zu erkennen, falls jemand vor der Entführung Drosten beobachtet und Fotos von Sommer geschossen hätte.

»Wieso wollen Sie das wissen?«

»Ich bin Frau Berndts fachliche Vorgesetzte. Normalerweise kenne ich die Leute, die meine Kollegin sprechen möchten. Sie hingegen habe ich noch nie gesehen.«

»Ich war auch noch nie hier«, antwortete er lächelnd. »Ich mache mir Sorgen wegen meiner Nachbarkinder, die vom Jugendamt betreut werden. Soweit ich weiß, ist Frau Berndt die zuständige Ansprechpartnerin. Deswegen möchte ich sie sprechen.«

In diesem Moment erklang in Sommers Rücken eine weibliche Stimme. »Frau Schlüter, entschuldigen Sie meine Verspätung.«

Er blickte über die Schulter und sah eine Frau den Gang entlanglaufen, die höchstens Anfang zwanzig war.

»Frau Weidel, was hab ich Ihnen zum Thema Pünktlichkeit geraten?«, reagierte die Beamtin genervt. »Wir hatten vor einer Viertelstunde einen Termin.«

»Entschuldigen Sie, aber Jason hat sich im Kindergarten wieder tierisch lang an mein Bein geklammert. Dadurch ist mein Zeitplan durcheinandergekommen.«

Schlüter verdrehte die Augen. »Wir haben elf Uhr vormittags. Wann haben Sie ihn weggebracht? Um acht?« An Sommer gewandt fuhr sie fort: »Sie finden die Kollegin in Zimmer vierzehn.« Schlüter zeigte in die entsprechende Richtung.

»Danke.«

Unter ihrem kritischen Blick näherte er sich dem Raum. Sekunden später hörte er, wie eine Bürotür ins Schloss fiel. Da er ein weiteres Aufeinandertreffen mit Schlüter vermeiden wollte, beschloss er, keine Zeit zu verlieren, und klopfte gleich an die Tür.

»Herein«, ertönte es.

Sommer öffnete die Tür. Hinter einem Schreibtisch saß eine Mittdreißigerin, die ihn neugierig musterte.

»Frau Berndt?«, vergewisserte er sich.

Die Frau nickte. »Haben wir einen Termin?«

»Nein. Trotzdem möchte ich gern mit Ihnen sprechen.« Er schloss unaufgefordert die Tür.

»Treten Sie ruhig ein«, sagte die Frau amüsiert. »Terminvergabe wird völlig überbewertet.«

Berndt machte einen sympathischen Eindruck.

Sommer beschloss, sich auf seine Menschenkenntnis zu verlassen. »O Gott, Sie haben ja Kolleginnen, meine Fresse«, stöhnte er.

Sie zog die Augenbrauen hoch.

»Ich bin gerade Ihrer Kollegin Schlüter begegnet. Ist das der Hausdrache Ihres Amtes?«, fuhr er fort und studierte Berndts Gesichtszüge.

Zu seiner Erleichterung verfinsterte sich deren Blick.

»So ungefähr«, murmelte sie leise.

Sommer zog einen Besucherstuhl zurück. »Darf ich?«

Berndt nickte. »Wie kann ich Ihnen helfen?«

»Ich möchte gern über Dana Fischer reden. Allerdings am liebsten an einem Ort, an dem Frau Schlüter nicht hereinplatzen kann. Denn ich glaube, sie wird genau das tun.«

Um seine Worte zu untermalen, zückte er seinen Dienstausweis, den sie interessiert musterte.

»Das könnte passieren«, bestätigte Berndt. »Drei Straßen weiter gibt es ein kleines Bistro, in dem man ungestört sprechen könnte. Da treffe ich zur Mittagszeit fast nie Kollegen, denen dauert der Weg wegen der Ampelschaltungen meist zu lang.«

»Wann machen Sie Pause?«

»Um eins.«

»Wie heißt das Bistro?«

»Kontekst.«

»Ich warte dort auf Sie.« Sommer erhob sich. »Falls sich Schlüter nach dem Besucher im Lederoutfit erkundigt: Ich habe behauptet, ich wäre wegen eines Vorgangs hier, der in Ihre Zuständigkeit fällt. Danas Name ist nie gefallen. Ich bin bloß ein besorgter Nachbar von irgendeinem x-beliebigen Kind. Den Rest können Sie sich überlegen.«

***

Sommer fand um kurz vor eins einen Platz in der hintersten Ecke des Bistros, von dem er den Eingang im Auge behalten konnte. Berndt erschien pünktlich. Er erhob sich und winkte sie herbei.

»Sie hat sich tatsächlich nach Ihnen erkundigt«, sagte Berndt. »Unfassbar!«

»Haben Sie sich herausreden können?«

»Natürlich. Ich hab ihr einfach einen Namen vor den Latz geknallt und gemeint, Sie seien ein überbesorgter Nachbar, der nicht mit ein bisschen Kinderlärm klarkäme.«

Eine Kellnerin trat an ihren Tisch, reichte ihnen die Speisekarte und nahm Getränkewünsche entgegen.

»Wieso interessiert sich die Polizei für Dana Fischer?«, fragte Berndt, sobald sie allein waren.

In den Folgeminuten erzählte Sommer ihr alles, was er in Erfahrung gebracht hatte. Lediglich die Kellnerin, die die Getränke brachte, unterbrach seinen Redefluss kurz.

»O Gott, wie schrecklich!« Berndt wirkte glaubhaft erschüttert.

»Robert Drosten hat es geschafft, eine Nachricht aus

dem Haus zu schmuggeln. Er vermutet, dass die Entführung mit Danas Vergangenheit zusammenhängt. Ich war im Heim und konnte ihre Akte einsehen. Allerdings gibt es darin nur spärliche Informationen über Danas Zeit vor dem Heimaufenthalt. Außerdem hat mein Partner in der Nachricht erwähnt, dass ihm Schlüter nicht ganz koscher vorgekommen sei.«

»Wundert mich nicht«, bekannte Berndt zögerlich.

»Auch der Heimleiter Beck hat Schlüters Engagement als auffällig bezeichnet. Egal, wer ihren Namen erwähnt, alle haben ein ungutes Gefühl.«

Die Beamtin nickte zustimmend.

»Ihnen geht es also genauso«, folgerte Sommer.

»Ich rede nur ungern schlecht über Kolleginnen. Aber Luisa ist normalerweise kein fleißiges Arbeitstier. Ganz im Gegenteil. Ihr Engagement ist ausbaufähig. Bloß bei Dana ist das völlig anders. Da ist sie fast so involviert, als sei sie mit dem Mädchen verwandt.«

»Haben Sie eine Erklärung dafür?«

»Nein. Ich hab sie sogar mal darauf angesprochen, wieso sie sich für Dana so ins Zeug legt. Sie meinte, das Mädchen würde ihr leidtun. Jedoch fallen mir spontan mindestens vier Kinder ein, für die Schlüter zuständig ist, und die ein noch schlimmeres Schicksal erdulden mussten. Denen widmet sie bei Weitem nicht die nötige Aufmerksamkeit.«

Die Kellnerin tauchte erneut auf und servierte Berndt einen Caesar Salad.

Sommer bekam das bestellte Rinderfiletsandwich, von dem er gleich einen Bissen nahm. »Ich brauche mehr Hintergrundmaterial über Danas Vergangenheit. Können Sie mir ihre Akte zur Verfügung stellen?«

»Das ist nicht so leicht.«

»Wenn Sie rechtliche Bedenken haben und eine richterliche Genehmigung ...«

»Das ist es nicht«, unterbrach sie ihn. »Aber seit der Neuordnung des Datenschutzgesetzes haben sich auch in unserem Amt die Abläufe geändert. Der reinste Wahnsinn! Nur der zuständige Beamte hat noch Zugriff auf die vollständige Akte. Die Vertreter erhalten bloß eingeschränkten Einblick. Jede meiner Aktensichtungen würde übrigens Luisa gemeldet.«

»Scheiße!«, fluchte Sommer.

»Sie sagen es.«

»Also müssten Sie an Schlüters PC, um mir die Akte zu kopieren.«

Berndt schaute ihn mit großen Augen an. »Die PCs sind passwortgeschützt.«

»Wo haben Sie Ihr Passwort notiert?«

Nun lächelte die Frau ihn an, denn sie verstand die Anspielung. »Auf einem Zettel, der unter meiner Schreibtischunterlage liegt. Wobei ich keine Ahnung hab, ob Schlüter genauso fahrlässig damit umgeht.«

»Macht das nicht jeder so?« Auch Sommer bewahrte bei der Arbeit seine Passwörter nicht sonderlich versteckt auf. »Einen Versuch wäre es zumindest wert, oder? Stellen Sie sich vor, Schlüter kooperiert mit dem Entführer.«

»Ich finde Luisa seltsam«, bekannte Berndt. »Aber traue ich ihr das zu? Eher nicht!«

»Vielleicht beweist es ihre Unschuld. Dann haben Sie ihr sogar einen Gefallen getan.« Sommer zog einen USB-Stick aus der Seitentasche seiner Lederjacke, die über der Stuhllehne hing. Er hielt ihn Berndt vors Gesicht. »Bitte!«

»Sie sind gut vorbereitet.« Zögerlich griff sie nach dem Stick. »Das geht erst, wenn Luisa Feierabend macht, etwa um sechzehn Uhr.«

»Kein Problem. Ich warte ab sechzehn dreißig hier.«

»Schade, dass Sie einen Ehering tragen. Sonst wären Sie mir anschließend etwas schuldig.«

Sommer lächelte. »Dafür bezahl ich die Rechnung. Ich würde Ihnen übrigens empfehlen, den Stick zuvor an Ihrem PC einzustecken. Falls er für Ihr Netzwerk formatiert werden muss, können Sie das an Ihrem Arbeitsplatz erledigen.«

***

Sommers nächster Weg führte ihn in einen Randbezirk Wiesbadens, wo die private Transportfirma ihre Büros hatte. Das eingeschossige Gebäude hätte dringend einen neuen Anstrich benötigt, denn der weiße Putz bröckelte bereits.

Vor der Adresse stand ein Lieferwagen, auf dessen Seiten der Name des Transportunternehmens prangte. Große, dunkelblaue Schilder an der Häuserfassade warben für den flexiblen Lieferdienst Funk.

Sommer wusste um seine heikle Ausgangslage. Es war nicht auszuschließen, dass ein Mitarbeiter oder sogar der Inhaber mit den Entführern kooperierte.

Er betrat das Gebäude. Rechts vom Eingang befand sich eine Glastür, hinter der er einen älteren Mann hinter einem Tresen sah. Der Grauhaarige musterte ihn distanziert. Sommer betrat den Raum und blieb vor dem Tresen stehen. »Guten Tag«, begrüßte er den Mann.

»Hallo!«

»Herr Funk?«

»Der bin ich. Sie wünschen?«

»Es geht um eine Lieferung von vergangenem Freitag.«

Der Mann zog die Stirn kraus. »Sie sind Herr Drosten?«

Die Reaktion sprach nicht dafür, dass der Inhaber in die Entführung involviert war. Sonst würde er ihn wohl kaum mit Drosten verwechseln oder dessen Namen nennen.

»Ja, Drosten mein Name«, behauptete Sommer.

»Gibt es etwas zu beanstanden? Ihr Lieferwunsch war schon sehr ungewöhnlich. Mein Fahrer meinte, Sie hätten seltsam reagiert. Ihm Ihren Dienstausweis gezeigt. Was sollte das? Der Arme hat sich total erschrocken. Als ehemaliger Knackie nicht verwunderlich.«

Da Herr Funk offenbar gesprächig war, änderte Sommer die Taktik und zückte den Dienstausweis.

»Ich war gerade nicht ehrlich zu Ihnen«, bekannte er. »Entschuldigen Sie mein Misstrauen. Ich bin Hauptkommissar Sommer, der Partner von Hauptkommissar Drosten. Wir glauben, die Lieferung spielt in einer

Ermittlung eine wichtige Rolle.«

»Wundern tut mich das nicht bei den merkwürdigen Begleitumständen. Stimmte etwas mit der Lieferung nicht? Mein Fahrer meinte, in einem Karton wäre technisches Equipment und ein Brief gewesen. Das klang sehr mysteriös. Vor allem in Verbindung mit der Auftragserteilung.«

»Wer war der Auftraggeber?«

»Das muss ich nicht einmal nachschlagen, um mich zu erinnern. Vor gut anderthalb Wochen erhalte ich einen Anruf von einem Robert Drosten. Er erzählt, dass er seine Frau überraschen will. Dann fragte er, ob wir zu einem ganz bestimmten Zeitpunkt, den er aber erst kurz vorher festlegen kann, drei Pakete ausliefern können. Sein Name sollte in der Lieferung nirgendwo auftauchen. Ich sagte, kein Problem, je nachdem, wie kurzfristig Sie sich melden, kostet es extra. Er akzeptiert bereitwillig jeden Aufschlag, besteht bloß darauf, per PayPal zu bezahlen. Die vereinbarte Summe landet zügig auf unserem PayPal-Konto. Am nächsten Tag komme ich um neun Uhr morgens zur Arbeit. Drei Kartons stehen vor der Tür, beigefügt ist ein Anschreiben, dass es sich dabei um die auszuliefernden Pakete handelt. Das hätte jeder während meiner Abwesenheit klauen können. Anschließend höre ich eine Woche lang nichts von ihm, bis ich einen Anruf bekomme und er um sofortige Lieferung bittet. Ich schicke meinen Fahrer los, doch der trifft niemanden bei den Drostens an. Als Drosten dann endlich auftaucht, verhält er sich völlig seltsam – behauptet mein Fahrer. Wobei er das natürlich schauspielern ...« Funk hielt inne. »Jetzt kapier ich's. Der Auftraggeber war nicht Drosten, oder?«

Sommer nickte. »Können Sie mir zeigen, von welchem PayPal-Konto Sie die Zahlung erhalten haben?«

Zehn Minuten später erhielt Sommer die Antwort. Robdro@web.de hatte die Zahlung autorisiert.

»Haben Sie das Begleitschreiben noch?«

»Abgeheftet«, erklärte Funk. »Ich such's Ihnen raus.«

15

Das Telefon klingelte und übertrug Nicks Telefonnummer.

»Was will der denn?«, brummte Andreas leise vor sich hin, obwohl er es bereits ahnte.

»Hi!«, begrüßte er ihn knapp.

»Hallihallo, Andreas!«

Nick machte sich einen Spaß daraus, ihn direkt zu Beginn des Gesprächs mit gespielter Fröhlichkeit zu ärgern. Seit er mit der Schlampe zusammen war, trug er seine aufgesetzte gute Laune wie eine bunte Fahne vor sich her. Andreas fand das erbärmlich übertrieben.

»Hast du den Fernsehauftritt am Mittwoch auf dem Schirm?«, fragte Nick.

»Hältst du mich für komplett bescheuert? Wie könnte ich den vergessen?«

»Beruhig dich, Alter. Man wird doch mal einen Witz machen dürfen. Ich hab übrigens vorhin mit Fred vom Verlagsvertrieb telefoniert.«

»Und?«

»Die Vorbestellzahlen übertreffen zwar die vorsichtige Verlagsschätzung, sind aber noch ausbaufähig. Im Verlag ist man der Meinung, wir sollten aggressiver an die Sache herangehen. In den TV-Sendungen mehr Stunk machen. Stärker gegen die Bullen wettern.«

»Wie sollen wir das anstellen?«

»Ich hab da ein paar Ideen. Wir könnten zum Beispiel behaupten, die Bullen hätten unsere Computer mit Viren und Trojanern verseucht.«

»Das stimmt nicht«, entgegnete Andreas. »Das weißt du genau.«

»Aber das kann niemand mehr nachweisen. Wir behaupten das eine, die Bullen streiten es ab. Keiner kann es beweisen.«

»Die haben damals unsere Computer beschlagnahmt«, erinnerte Andreas ihn. »Natürlich können die das widerlegen.«

Nick stöhnte. »Als würden die so einen Aufwand betreiben. Willst du keine Tantiemen verdienen?«

»Klar, ab...«

»Dann sei nicht so eine Pussy«, unterbrach Nick ihn. »Meine Güte! Wir müssen uns im Fernsehen optimal präsentieren, nicht vorher unsere Bedenken abwägen.«

»Wir sollen lügen?«

Nick lachte spöttisch. »Wusste gar nicht, dass du ein Heiliger bist.«

»Ich hab bloß kein Bock, schon wieder Besuch von einem Bullen zu kriegen.«

»Schon wieder? Was heißt das?«

»Ach, nichts.« Eigentlich hatte Andreas nicht vorgehabt, seinem Partner davon zu erzählen. Bislang hatte er angenommen, Sommer hätte ihn ebenfalls aufgesucht und gewarnt. Da Nick jedoch ahnungslos wirkte, schien der Bulle sich den Weg gespart zu haben.

»Lüg mich nicht an!«, blaffte Nick.

»Herrje, Sommer war hier.«

»Wann?«

»Gestern. Gegen Mittag.«

»Wieso erfahre ich erst jetzt davon?«

»Was geht dich das an?«

»Hat er gesagt, was er wollte? Wie hat er überhaupt deine Adresse herausgefunden?«

»Keine große Sache, du Genie. Bullen haben auf Meldedaten Zugriff. Außerdem steht die Adresse im Impressum unserer Homepage. Wundert mich, dass er nicht bei dir war.«

»Was wollte er?«

»Mich einschüchtern.«

»Wegen des Buchs?«

»Und wegen unserer Fernsehauftritte. Wir sollen keine Lügen verbreiten.«

»Scheiße! Diese verdammten Schweine! Die fangen schon wieder an, sich in unsere Belange einzumischen.«

Andreas brummte zustimmend.

»Warum hast du mir das nicht schon gestern gesagt?«

»Na, rate mal«, maulte Andreas.

»Keine Ahnung!«

»Die Zeiten, in denen wir *best friends* waren, sind wohl passé.«

»Du bist so ein Mädchen!«

»Und du so witzig. Weißt du noch, wie ich dich im Krankenhaus besucht habe?« Damit bezog sich Andreas auf die Phase kurz nach Haupts Erschießung. Nick hatte die damaligen Ereignisse teuer bezahlt. Ein Verrückter hatte ihn niedergestochen, nur um sich an Haupt zu rächen. »Ich hab dich wochenlang jeden Tag besucht«, fuhr er fort. »Es war meine Idee, Fanartikel zu verkaufen. Du wärst von allein ...«

»Schwachsinn!«, unterbrach Nick ihn. »Das war total naheliegend.«

»Wieso hat das dann sonst niemand angeleiert?«

»Soll ich dir dafür ein Leben lang dankbar sein?«

»Wir hätten zumindest befreundet bleiben können«, jammerte Andreas.

»Ist das jetzt meine Schuld?«

»Wesen Schuld denn sonst? Seit du mit deiner Alten zusammen bist ...«

»Lass meine Freundin aus dem Spiel. Hat Sommer Drosten erwähnt?«

»Nein«, antwortete Andreas wahrheitsgemäß.

»Überhaupt nicht?«

»Mit keiner Silbe.«

»Wie lang war er bei dir?«

»Nur ein paar Minuten.« Andreas beschloss, seinem Partner zu verschweigen, dass Sommer nach einem verschwundenen Kind gefragt hatte. Und auch, dass sich Sommer Nick ebenfalls hatte vorknöpfen wollen. Es war ihm ein Rätsel, warum der Bulle von dem Vorhaben abgewichen war.

»Wo treffen wir uns übermorgen? Wir müssen abends um sieben im Sender sein. Unser Zug fährt um vier.«

»Willst du hier vorbeikommen?«, fragte Andreas.

»Lieber nicht. Treffen wir uns am Bahnhof. Einverstanden?«

»Meinetwegen.«

Es war bezeichnend, dass Nick seit Wochen keinen Fuß mehr in das Haus setzte, in dem er noch bis vor zwei Monaten gewohnt hatte. Und in dem sich immerhin ihr Lager befand. Insofern bereitete es Andreas kein schlechtes Gewissen, ihm einige Details von Sommers Besuch zu verschweigen.

***

Es war erniedrigend, sich zum Duschen einen Bikini anziehen zu müssen, daher verzichtete Melanie lieber ganz aufs Waschen. Robert hatte ebenfalls lange mit sich gerungen, bevor er schließlich vor einigen Minuten den Gang ins Gästebad angetreten hatte. Wahrscheinlich eher, um sich die Zeit totzuschlagen, als aus anderen Gründen. Oder vielleicht auch, um ihr aus dem Weg zu gehen. Sie hatten den ganzen Tag über so gut wie gar nicht miteinander gesprochen. Ob es Robert aufgefallen war, dass sie sich bewusst in anderen Räumen aufhielt?

Nun saß sie allein im Wohnzimmer am Esstisch und blätterte lustlos in einer Zeitschrift. Doch ihre Gedanken galten ausschließlich Dana.

»Hallo, Melanie«, erklang plötzlich die verhasste Stimme aus dem Lautsprecher.

»Lassen Sie mich in Ruhe!«, erwiderte sie wütend.

»Dein Mann duscht, ich seh das auf meinem Monitor. Das heißt, er muss hiervon nichts erfahren. Wir können uns unterhalten.«

»Dann lassen Sie mich mit Dana sprechen.«

»Du weißt, was du dafür tun musst.«

»Lächerlich! Ich habe in meinem ganzen Leben niemanden geschlagen.«

»Robert würde das verstehen.«

Wütend blätterte sie eine Seite um und versuchte, sich auf den nächsten Artikel zu konzentrieren. Doch erneute Probleme bei der Bundeswehr interessierten sie selbst unter normalen Umständen nicht. Von ihrer aktuellen Ausnahmesituation ganz zu schweigen.

»Warum hast du ihn nie verlassen?«, fragte der Entführer.

»Reden Sie nicht so einen Mist! Ich liebe ihn!«

»Du musstest immer zurückstecken. Selbst jetzt noch, obwohl ihr Dana ein Zuhause bietet. Sein Job hat für ihn stets Vorrang. Ist es nicht so?«

Melanie verweigerte eine Antwort.

»Darf ich dir ein Geheimnis verraten?«, fragte er.

»Ich kann's kaum verhindern.«

»Robert behauptet, ihn trifft keine Schuld. Wenn ich mir Dana nicht am Freitag geschnappt hätte, wäre es mir zu einem späteren Zeitpunkt gelungen. Das stimmt nur teilweise. Zugegeben, ich hätte es auch Samstag, Sonntag und wahrscheinlich noch heute probiert. Aber danach hätte ich mich auf andere Sachen konzentrieren müssen. Also sollte er sich die Frage gefallen lassen, ob sich mir je eine so gute Gelegenheit wie Freitag geboten hätte. Was glaubst du?«

Verzweifelt schloss sie die Augen, um gegen die Tränen anzukämpfen.

»Was glaubst du?«, wiederholte er eindringlich.

»Ihnen wäre es nicht gelungen!«, flüsterte sie.

»Warum nicht?«

»Weil ich nicht abgelenkt gewesen wäre.«

»Aber du hättest Dana nicht die ganze Zeit im Haus eingesperrt. Nicht in den Ferien.«

»Wir wären gemeinsam rausgegangen. Dana, Rocky und ich.«

»Vielleicht sogar noch Robert. Zumindest am Wochenende.«

Melanie nickte unbewusst. Sie wollte dem Entführer nicht recht geben. Doch insgeheim tat sie es: Hätte Robert sein Versprechen eingehalten, wäre Dana wohlbehalten bei ihr. Die Tränen ließen sich nicht mehr aufhalten.

»Arme Melanie. Immer müssen deine Bedürfnisse zurückstehen. Du wolltest mit der ganzen Familie zum Schulfest. Robert hingegen war der Job wichtiger. Wie hält man es bloß an der Seite eines solchen Egoisten aus?«

»Lassen Sie mich in Ruhe!«, flehte Melanie.

»Darf ich denn nicht die Wahrheit sagen?«

»Die passt Ihnen nur gut in den Kram! Sie wollten Dana entführen, um uns als Geiseln zu halten. Sie sollten Robert dankbar sein.« Wütend strich sie sich die Tränen aus dem Gesicht.

»Klar«, erwiderte er amüsiert. »Für mich lief es perfekt. Trotzdem tust du mir leid. Wärst du meine Frau, würde ich dich anders behandeln. Die meisten Ehemänner würden dich anders behandeln.«

»Halten Sie den Mund! Sie wollen mich manipulieren. Glauben Sie, ich merke das nicht?«

Er lachte. »Ich versuche, dir die Augen zu öffnen. Schade, dass du mich so missverstehst. Offenbar hat Roberts Gehirnwäsche in all den Ehejahren Wirkung gezeigt. Hört man ständig, wie wichtig der Job des Mannes ist, glaubt man wahrscheinlich irgendwann daran, oder? Selbst dann, wenn plötzlich ein liebes Kind zur Familie gehört.«

»Wie geht es meinem Schatz?«

»Ich kümmere mich gut um sie.«

»Warum darf ich nicht mit ihr reden?«

»Weil du meine einfache Bedingung dafür nicht erfüllst.«

»Ich kann Robert keine Ohrfeige verpassen. Ausgeschlossen!«

»Wirklich schade. Verdient hätte er es allemal. Und jetzt muss ich unser Gespräch beenden. Eine Warnung zum Schluss. Falls du ihm von unserer netten Unterhaltung erzählst, tue ich Dana sehr weh.«

»Bitte nicht!«

»Das liegt allein in deiner Hand. Ich höre alles! Selbst wenn ihr den Fernseher laut schaltet. Bis bald!«

Verzweifelt hoffte sie trotz seiner deutlichen Worte, dass im nächsten Moment Danas Stimme aus dem Lautsprecher dringen würde. Schmerz durchzuckte sie. »Au!« Melanie schaute auf ihre Hände, die sie zu Fäusten geballt hatte. Sie presste die Finger der rechten Hand so fest in die Handballen, dass sie leicht blutete. Langsam öffnete sie die Fäuste. »Dana, es tut mir so leid«, wisperte sie.

War sie es ihrer Tochter nicht sogar schuldig, alles zu tun, um sie wenigstens kurz zu beruhigen? Wie erging es dem Mädchen in der Gefangenschaft? Wo hielt der Fremde sie versteckt? Melanie stellte sich einen kalten Kellerraum vor, in dem eine nackte Matratze lag. Schlimmstenfalls hatte er sie sogar wie einen Hund angekettet. Oder fügte ihr Unaussprechliches zu.

Würde Dana Melanies Stimme als Trost empfinden?

Sie hörte, dass ihr Mann das Gästebad verließ. Sekunden später stand er an der Türschwelle und schaute sie an. Die Versuchung, ihm von den letzten Minuten zu erzählen, war nicht so groß, wie sie befürchtet hatte.

»Tat's gut?«, fragte sie ihn.

»Ein bisschen«, antwortete er, den Blick auf die Kamera gerichtet. Als wäre damit alles gesagt. »Willst du auch duschen?«

»Heute nicht.«

»Ich föhne mir die Haare im Bad.« Er drehte sich um.

In ihrer Vorstellung lief sie ihm nach, packte ihn an der Schulter und versetzte ihm eine kräftige Ohrfeige. Doch stattdessen barg sie ihr Gesicht in den Händen. Als sie das dumpfe Dröhnen des Föhns hörte, ließ sie den Tränen freien Lauf.

16

Jemand klopfte an Berndts Tür. Die Art des Klopfens war ihr vertraut. Zwei Schläge hintereinander, einer fest, der folgende fast schüchtern.

»Herein«, rief sie.

Schlüter trat ein und wirkte gespielt überrascht.

»Claudia! Ich hatte gedacht, du wärst schon nach Hause gegangen und hättest dich nicht verabschiedet, weil ich noch einen Termin hatte.«

»Schön wär's«, antwortete sie genervt. Ihre Kollegin brachte sie schon seit Jahren auf die Palme. Berndt half dem Hauptkommissar aus gutem Grund. Schlüter loszuwerden, weil die in kriminelle Machenschaften verstrickt war, wäre mindestens wie ein Fünfer im Lotto. Mit Zusatzzahl.

Schlüter nahm vor dem Schreibtisch Platz. »Wieso bist du noch hier? Normalerweise machst du doch eine halbe Stunde vor mir Feierabend.«

Was vor allem daran lag, dass Berndt einen 35-

Stunden-Arbeitsvertrag hatte, wohingegen Schlüter die 38-er-Variante bevorzugte.

»Ich will einen Fall vom Tisch kriegen.« Berndt deutete zu der Akte, die sie eigens auf dem Schreibtisch platziert hatte. Sie hatte mit Schlüters Auftauchen gerechnet. Dann schaute sie zur Uhr. »Ich schätze, der beschäftigt mich noch eine ganze Stunde.« Sie seufzte. Obwohl sie damit deutlich zu verstehen gab, dass sie gestresst war, machte Schlüter keine Anstalten, sich zu verabschieden.

»Dieser komische Kerl heute Mittag«, sagte sie. »Kanntest du den?«

»Welcher Kerl?«, erwiderte Berndt scheinheilig.

»Von wie vielen Männern hattest du denn Besuch?«, fragte Schlüter in plakativ entnervtem Ton.

»Äh, von dreien«, behauptete Berndt. »Zwei vormittags, einer danach.«

»Ich meine Mister Lederjacke.«

»Warum interessierst du dich für ihn? Hat er dich scharf gemacht?« Sie zwinkerte ihr zu.

»Im Gegenteil. Ich fand, der Typ roch nach Ärger.«

»Nicht mehr als andere Nachbarn, die meinen, das Jugendamt vernachlässigt seine Aufsichtspflicht.«

»Bist du sicher?«

»Natürlich!« Demonstrativ griff sie zu der Akte. »Sei mir nicht böse, Luisa, aber ich möchte irgendwann Feierabend machen.«

Schlüter kniff die Lippen zusammen und erhob sich. »Überarbeite dich nicht.« Offenbar gefiel es ihr nicht, wie kurz angebunden Berndt war.

»Mal gucken. Manchmal gibt es Fälle, die rauben einem den letzten Nerv.«

»Wenn du Hilfe brauchst, weißt du ja, dass ich jederzeit für dich da bin. Zur Überprüfung landen deine Vorgänge ja eh oft auf meinem Schreibtisch.« Sie kicherte.

»Ich komm darauf zurück – falls nötig.«

»Bis morgen!«, verabschiedete sich Schlüter.

Berndt schaute ihr hinterher. Ihre Kollegin verhielt sich tatsächlich seltsam. Ob die Vermutungen des Hauptkommissars zutrafen?

Berndt wartete eine Viertelstunde, bis sie den USB-Stick aus der Schublade nahm und in den PC steckte. Wie von Sommer vermutet, musste sie ihn für das Netzwerk der Stadt Wiesbaden formatieren oder zumindest freigeben. Der Vorgang dauerte keine sechzig Sekunden. Schließlich zog sie den Stick heraus. Nun begann der heikle Teil der Mission. Bestimmt war sie nicht die letzte Beamtin des Jugendamts, die noch arbeitete. Sollte eine Kollegin sie zufällig beim Betreten von Schlüters Büro sehen, würde die davon erfahren.

Um sich Mut zu machen, klopfte sie dreimal auf den Schreibtisch.

***

Schlüter schob den Einkaufswagen durch den Gang des Supermarkts und scrollte am Handy die Einkaufsliste durch. Gedanklich steckte sie noch mitten im Amt.

Wieso hatte sie wegen des unbekannten Besuchers

ein so ungutes Bauchgefühl? Sie hätte ihn fotografieren sollen, nur leider die Gelegenheit verpasst. Immerhin rannte sie nicht ständig mit dem Smartphone in der Hand durch die Gänge des Jugendamtes. Mal abgesehen davon, dass der Mann kaum einverstanden gewesen wäre.

Sie packte ein Glas des günstigsten Apfelmuses in den Einkaufswagen und dachte über Berndts Verhalten nach. Normalerweise war die Kollegin immer zu einem Plausch bereit. Heute hingegen hatte sie kühl und kurz angebunden gewirkt.

Gab es dafür einen Grund?

***

Claudia Berndt verließ ihr Büro. Da die öffentliche Sprechstunde des Jugendamts um fünfzehn Uhr abgelaufen war, hielt sich niemand in den Gängen auf. Zielstrebig steuerte sie Schlüters Büro an. Erwartungsgemäß war es abgeschlossen. Doch jeder Mitarbeiter besaß einen Generalschlüssel, der zu allen Zimmern des Jugendamtes passte. Sie zog ihn aus der Tasche und steckte ihn ins Schloss. Bevor sie die Tür öffnete, schaute Berndt über die Schulter. Niemand zu sehen.

Rasch schlüpfte sie in Schlüters Büro. Innen atmete sie tief durch. Sollte sie kein Passwort finden und somit keinen Zugriff auf den PC erhalten, wäre das ganze Vorhaben eine Totgeburt.

Berndt trat an den Schreibtisch und hob die Lederunterlage an. Darunter lagen keine Zettel.

»Scheiße!«, fluchte sie.

***

An der Kasse hatte sich Schlüters ungutes Gefühl verstärkt. Reagierte sie paranoid, oder gab es tatsächlich einen Grund, den unbekannten Besucher zu fürchten? Eigentlich konnte das nicht sein, trotzdem beschloss sie, mit ihrem Partner darüber zu sprechen.

Hektisch packte sie die Einkäufe in die mitgebrachten Jutebeutel und schleppte sie zu ihrem Auto in die Tiefgarage des Supermarkts. Dummerweise hatte sie dort keinen Handyempfang. Schlüter startete den Motor. Sie würde draußen bei erster Gelegenheit anhalten und ihren Partner fragen, wie er die Situation einschätzte.

***

»Wo hast du dein Passwort?«, murmelte Berndt leise.

Sie hatte mittlerweile alle Schubladen geöffnet und nirgendwo einen Zettel gefunden. Statt den Spionageversuch erfolglos abzubrechen, verspürte sie den Ehrgeiz, Schlüter zu überlisten.

»Wo?«, wiederholte sie.

Auf einem Schrank stand ein roter Aktenordner, der mit dem Hinweis ›PC‹ beschriftet war. Berndt trat an das Möbelstück und schlug den Ordner auf. Sie lächelte. Der zuoberst abgeheftete Zettel war Schlüters Passworterinnerungshilfe.

Rasch setzte sie sich an den PC und startete ihn. Nun wollte sie den Spionagevorgang so schnell wie möglich abschließen. Nachdem sie Schlüters Zugangsdaten eingetippt hatte, steckte sie den Stick in einen freien USB-Schacht. Dann rief sie das Programm auf, mit dem man auf die einzelnen Fälle zugreifen konnte, und tippte Danas vollständigen Namen ein. Das System zeigte ihr einen Treffer an. Sie öffnete die digitale Akte und kopierte den Inhalt auf den Datenträger.

***

»Bist du unterwegs?«, fragte ihr Partner.

»So gut wie«, behauptete Schlüter. »Aber es gibt eventuell ein Problem.«

»Welches?«

»Drosten hat einen Kollegen, stimmt's?«

»Klar. Derjenige, mit dem er telefoniert hat. Lukas Sommer. Wieso?«

»Hast du ein Foto von ihm?«

»Warum fragst du das?«

»Heute ist ein seltsamer Typ im Jugendamt aufgetaucht. Ich hab ihn erwischt, als er vor meiner Tür stand. Der hat nach jemandem gesucht, und ich hatte den Eindruck, er wollte mir nachspionieren.«

»Er war kein Klient?«

»Natürlich nicht.«

»Ich hab keine Fotos von diesem Sommer. Leider. Er ist groß, durchtrainiert, trägt seine Haare kurz.«

Die Beschreibung war zu vage. »Hast du eine

Ahnung, ob er Motorrad fährt? Der Typ trug nämlich Motorradkleidung.«

»Weiß ich nicht. Aber du würdest nicht bloß wegen eines Fremden Panik kriegen, oder?«

»Natürlich nicht! Er wollte zu meiner Kollegin Claudia Berndt. Die ist bei Dana als Stellvertreterin eingesetzt.«

»Vertritt sie dich nicht bei etlichen Vorgängen? Mir kommt der Name bekannt vor.«

»Berndt hat sich seit heute Mittag komisch verhalten. Normalerweise quatschen wir zwischendurch ganz gern mal. Heute hat sie mich abgewimmelt.«

Ihr Mitverschwörer schwieg eine Weile. »Ich sehe keine Gefahr«, sagte er schließlich. »Die beiden haben zwar einmal telefoniert, aber Drosten hat keine geheimen Botschaften an Sommer übermittelt. Das wäre mir aufgefallen.«

»Sicher?«

»Hundertprozentig.«

»Okay. Ich muss noch was erledigen, dann komme ich zu dir.«

»Bis gleich.«

Nachdenklich beendete Schlüter das Gespräch. Sie kannte männliche Arroganz und Überheblichkeit zur Genüge. Nur weil ihr Partner behauptete, Drosten hätte keine verschlüsselte Botschaft ins Telefonat eingebaut, hieß das nicht, dass er recht hatte.

Mittlerweile war es zwanzig vor fünf. Zum Amt benötigte sie maximal zehn Minuten, eher weniger. Falls Berndt nicht mehr vor Ort wäre, könnte sie deren

Computer prüfen. Sollte ihre Kollegin irgendetwas aushecken, würde Schlüter bestimmt eine E-Mail-Nachricht oder einen anderen Beweis dafür finden.

***

Der Stick mit der Aktenkopie steckte in Berndts Hosentasche. An Schlüters Tür atmete sie tief durch. Dann trat sie hinaus.

Erleichtert stellte sie fest, dass niemand in der Nähe war. Sie verschloss das Zimmer und kehrte in ihr eigenes Büro zurück. Bevor sie dem Hauptkommissar den Stick überreichte, wollte sie prüfen, ob sich die Akte öffnen ließ. Also setzte sie sich an den PC und steckte den Datenspeicher in den freien Schacht.

***

Schlüter parkte auf ihrem Stellplatz im Parkhaus, das für städtische Mitarbeiter reserviert war. Einige ihrer Einkäufe gehörten schleunigst in den Kühlschrank. Doch sie würde wohl nicht lange in Berndts Zimmer brauchen. Und falls sie recht behielt, hätte Dana andere Probleme als ungekühlte Lebensmittel.

Schlüter verließ den Wagen und eilte zum Aufzug.

***

Der Mauszeiger schwebte bereits über dem ›Herunterfahren‹-Schriftzug, als Claudia Berndt ein Gedanke kam. Ihr wäre es gar nicht recht, wenn jemand an ihrem PC Akten kopierte. Sie wechselte zu den Einstellungen, in denen sie die Passwörter ändern konnte. Ein Prozess, den sie sonst nur durchführte, wenn das System sie dazu aufforderte. Berndt wählte ein neues Passwort aus, das sie sich hoffentlich merken könnte, denn diesmal würde sie es nicht aufschreiben.

Ein Blick auf die Uhr verriet ihr, dass sie es gerade noch rechtzeitig zum vereinbarten Treffen schaffte.

***

Schlüter warf einen Blick über die Schulter. Niemand zu sehen. Sie schloss Berndts Büro auf und huschte ins Zimmer. Da sie wusste, wo ihre Kollegin das Passwort notierte, setzte sie sich an den Schreibtisch und hob die Unterlage hoch. Dann startete sie den PC.

Das System forderte sie zur Passworteingabe auf. Schlüter tippte die Buchstabenzahlenkombination ein und drückte die Entertaste. Sofort erschien eine Warnmeldung wegen falscher Kennworteingabe. Hatte sie sich in der Hektik vertippt? Beim zweiten Versuch kontrollierte sie jede Eingabe. Doch wieder tauchte die Meldung auf.

»Scheiße«, flüsterte sie.

Das Ändern des Kennworts bestätigte nur Berndts seltsames Verhalten. Wieso hatte sie das neue Passwort nicht aufgeschrieben?

Unverrichteter Dinge fuhr sie den PC herunter. Sie würde ihrem Partner nichts davon erzählen, da er ihren Verdacht abwegig fand. Doch sie würde bis nächsten Sonntag vorsichtig sein und lieber zweimal über die Schulter sehen, um zu prüfen, ob ihr der Motorradmann heimlich folgte.

***

Der attraktive Kommissar hatte den gleichen Tisch wie zur Mittagszeit besetzt. Claudia Berndt hob bereits an der Tür grüßend die Hand.

Er schaute sie erwartungsvoll an. »Hat es geklappt?«

Sie setzte sich zu ihm. Kurz war sie versucht, ihr Treffen künstlich in die Länge zu ziehen. Ihr Gegenüber war ein Mann nach ihrem Geschmack. Dann fiel ihr Blick wieder auf seinen Ehering.

»Hat geklappt« Sie zog den Stick aus der Hosentasche. »Ich hab die Datei geprüft. Sie ließ sich an meinem Rechner problemlos öffnen. Ich hoffe, an Ihrem auch.«

»Das finde ich schnell heraus.«

Neben ihm stand eine Schultertasche, der er einen Laptop entnahm. Er fuhr den Computer hoch und bat kurz darauf um den Stick. Das Lächeln, mit dem er sie Sekunden später bedachte, ließ sie hoffen, dass ihr gemeinsamer Termin noch ein wenig länger dauern würde.

»Ob Sie es glauben oder nicht, Schlüter hat sich erneut nach Ihnen erkundigt.«

Er runzelte die Stirn.

»Wann?«, fragte er.

17

Sommer machte sich noch am Abend daran, Danas umfangreiche Akte zu studieren. Das Jugendamt verfügte über alle Informationen, die er brauchte. Als ihn gegen Mitternacht Müdigkeit übermannte, schaltete er den Laptop aus und schlüpfte zu Jennifer ins Bett, die bereits schlief. Vorsichtig robbte er sich an ihren warmen Körper heran. Doch seine Gedanken galten bis zum Einschlafen Drostens Pflegekind.

Am nächsten Morgen frühstückte er mit seiner Familie und zwang sich dazu, seine Unruhe zu unterdrücken und länger sitzen zu bleiben. Jeremias erzählte voller Vorfreude von einem Kinofilm, den er am späten Nachmittag mit einem Freund besuchen würde. Seinen Schilderungen zufolge schien er die Handlung bereits auswendig zu kennen.

»Wieso gehst du überhaupt ins Kino, wenn du weißt, was passiert?«, fragte Lukas.

Jeremias sah ihn empört an. »Ich geh in alle Marvel-Filme.«

»Aber du betest gerade den ganzen Film herunter.«

»Quatsch!«, widersprach Jeremias. »Da passieren noch tausend andere Sachen.«

Um seinen Sohn zu ärgern, hob er die Augenbrauen.

»Wirklich!«, versicherte der ihm.

»Ich mach nur Spaß!« Grinsend strich Sommer dem Jungen durchs Haar. Eine Geste, die sich der bald 15-Jährige nur widerstrebend gefallen ließ.

Eine Viertelstunde später klopfte Lukas an die Zimmertür seines Sohnes.

»Komm rein!«.

Jeremias lag auf dem Bett und blätterte in einem Comic.

»Hast du ein leeres Schulheft für mich?«, fragte Sommer.

»In meinem Schrank. Willst du wieder zur Schule?« Jeremias kicherte.

»Wer weiß das schon?«, entgegnete Sommer augenzwinkernd.

Er öffnete den Schrank, aus dem sofort ein paar Bücher herauspurzelten.

»O Papa«, stöhnte Jeremias. »Pass doch auf!«

»Sehr witzig!«

»Im Regal in der Mitte liegen meine Schulvorräte.«

Sommer nahm ein leeres Heft mit linierten Blättern heraus. »Du solltest mal aufräumen«, empfahl er ihm, bevor er das Zimmer verließ.

Zur Mittagszeit hatte Sommer die Akte komplett durchgeforstet und die relevanten Punkte ins Heft übertragen.

Dana Fischers Eltern waren zum Zeitpunkt ihres tödlichen Autounfalls Inhaber eines Ladens gewesen, in dem es Bogensportartikel zu kaufen gab. Acht Jahre lang hatten sie das Geschäft geführt, ehe sie in einem Mercedes verunglückt waren.

Sommer tippte den Namen des Ladens in Google ein. Die Suchmaschine warf ihm sofort passende Ergebnisse aus. Nach dem Tod der Inhaber hatte niemand den Laden fortgeführt. Schnell stieß er auf ein weiteres Bogensportgeschäft, das damit warb, bereits seit vierzig Jahren Bogensportbegeisterte der Region mit allen Utensilien auszustatten.

Gab es in Wiesbaden und Umgebung so viele Bogenschützen, dass zwei Ladeninhaber davon leben konnten? Verlässliche Zahlen fand er dazu nicht im Internet, doch selbst, wenn er das komplette Umland einberechnete, konnte er sich das kaum vorstellen.

Aus seiner Zeit bei der Rockergang wusste Sommer, dass solche inhabergeführten Läden oft genutzt wurden, um Geld zu waschen. Daher öffnete er sein E-Mail-Programm und schickte eine Anfrage ans BKA, bei der er die Unfallakte anforderte. Seine zweite Mail war heikler. Er hatte sehr gute Kontakte zu einem Steuerfahnder, den er um Einsicht in die Steuererklärungen der Fischers bat. Außerdem fragte er nach, ob die Familie je in Verdacht stand, in entsprechende

Machenschaften verstrickt zu sein. Er hoffte, der Steuerfahnder würde ihm zuliebe die geltenden Regeln brechen, weshalb er kurz andeutete, dass möglicherweise ein Polizistenleben von der Information abhing.

Aussagekräftige Antworten würden eventuell bis zum nächsten Tag dauern. Je nachdem, wie viel die Kollegen zu tun hatten, und ob er sie überhaupt bekam. Daher beschloss Sommer, nach dem Mittagessen aufzubrechen, um die alte Wohngegend der Fischers aufzusuchen.

***

Die Fischers hatten in einem ähnlichen Umfeld gelebt wie die Drostens. Eine Wohnstraße, in der einzelne Ein- oder Zweifamilienhäuser standen. Kein Neubaugebiet, sondern Gebäude, die vermutlich in den Achtzigern gebaut worden waren.

Lukas Sommer suchte zuerst die ehemalige Adresse der Fischers auf. Die derzeitigen Bewohner hießen Niederstüter. Er drückte den Klingelknopf, woraufhin ein schwaches Summen ertönte. Sekunden später öffnete ihm eine Frau die Tür. Sie war vermutlich Ende dreißig und trug einen Trenchcoat. Überrascht musterte sie ihn und schaute dann an ihm vorbei.

»Sie sind nicht der Taxifahrer, den ich bestellt habe?«

»Nein.« Sommer legitimierte sich mit seinem Dienstausweis.

»Sie wünschen?«

»In diesem Haus hat vor vielen Jahren eine Familie Fischer gelebt.«

»Richtig«, bestätigte die Frau. »Sind bei einem Autounfall gestorben. Schlimme Sache. Wir haben das Haus von dem Notar gekauft, der die Erben vertreten hat.«

»Kannten Sie die Fischers?«

»Nein. Zum damaligen Zeitpunkt hat mein Mann ein unwiderstehliches Jobangebot hier in Wiesbaden erhalten. Wir stammen ursprünglich aus Bayern. Für uns war es ein Glücksfall, dass wir hier so schnell einziehen konnten.«

»Wenn ich mit einem langjährigen Anwohner über die Fischers reden möchte, wen würden Sie mir empfehlen?«

Die Frau schaute an ihm vorbei. »Mein Taxi kommt«, erklärte sie. Sie trat über die Schwelle und verschloss die Tür. »Probieren Sie es bei den Cronenbergs. Die wohnen schräg gegenüber. Rentnerehepaar. Eigentlich müssten sie da sein.« Die Frau deutete zu dem entsprechenden Gebäude. »Viel Erfolg!« Sie lächelte und lief zu dem mittlerweile am Straßenrand wartenden Taxi. »Hab's eilig. Sorry.«

Tatsächlich hatte Sommer Glück. Die Cronenbergs waren anwesend und schienen sich über die unerwartete Ablenkung zu freuen. Sie baten ihn in ihr Wohnzimmer.

»Maike und Rainer«, nannte Herr Cronenberg die Vornamen der Fischers. »Schlimme Geschichte.« Er seufzte.

»Das arme Mädchen«, fügte seine Frau hinzu. »Wissen Sie, was aus ihr geworden ist?«

»Sie hat eine gute Pflegefamilie gefunden«, sagte Sommer.

Das Rentnerpaar lächelte einhellig.

»Gott sei Dank«, murmelte Frau Cronenberg. »Wie alt ist Dana inzwischen? Neun?«

»Elf.«

»Herrje, die Zeit vergeht so schnell.«

»Warum interessiert sich die Polizei für unsere ehemaligen Nachbarn?«, wunderte sich der Rentner.

»Wegen einer laufenden Ermittlung«, behauptete Sommer. Er wagte einen Schuss ins Blaue. »Es geht um Geldwäsche.«

»Das Bogensportgeschäft?«, fragte Herr Cronenberg.

Aufschlussreich, dass er sofort den Bezug herstellte. »Wie kommen Sie zu diesem Schluss?«

»Wäre naheliegend.«

»Mein Mann hat ein Leben lang für die Deutsche Bank gearbeitet«, fügte Frau Cronenberg hinzu. »Er interessiert sich für solche Finanzsachen.«

»Waren Sie mit den Fischers befreundet? Oder zumindest bekannt?«

»Befreundet.« Frau Cronenberg erhob sich, trat an ein in die Jahre gekommenes Highboard und holte ein Fotoalbum heraus. »Das müsste es sein«, murmelte sie. Sie schlug das Album auf und blätterte darin. »Hier ist es.«

Sie zeigte Sommer ein Bild. Mehrere Menschen standen vor einem Rohbau. Der Kranz auf dem Dach deutete an, dass sie wohl das Richtfest feierten.

»Das sind wir«, sagte sie. »Das die Fischers.« Sie tippte jeweils auf die Personen. »Damals haben wir bestimmt alle drei bis vier Wochen gefeiert, trotz des Altersunterschiedes. Ihr Haus war eines der letzten, das in unserer Straße gebaut wurde.«

»Sie hatten beide gute Jobs. Angestellte in renommierten Unternehmen. Der Neubau war zu einem Großteil hypothekenfinanziert«, erinnerte sich Herr Cronenberg. »Ich war ihr zuständiger Bankberater. Für die Erben dürfte nach dem Tod kaum etwas übrig geblieben sein.«

»Wie sind die Fischers zu dem Laden gekommen?«, fragte Sommer.

»Hatten sie nicht im Lotto gewonnen?« Frau Cronenberg schaute ihren Mann an.

»Lotterie. Hunderttausend. Ihnen fehlte die *Selbstverwirklichung* im Job. Da sie begeisterte Bogenschützen waren, kamen die plötzlich auf die Schnapsidee.« Er betonte das Wort ›Selbstverwirklichung‹ so abfällig, als handle es sich um eine ansteckende Krankheit. »Ich hab ihnen davon abgeraten. Durchgezogen haben sie es trotzdem. Wie zu erwarten lief der Laden in den ersten Jahren nicht. Der Lotteriegewinn war schnell aufgebraucht, irgendwann verkauften sie sogar ihre beiden Autos und gaben sich mit einem gebrauchten Kleinwagen zufrieden. Ist zwar schon lange her, aber als ihr Bankberater hab ich damals wirklich gefürchtet, sie könnten die Hypothekentilgungen nicht mehr aufbringen.« Er seufzte. »Dann wechselten sie vom einen Tag auf den anderen die Bank. Hat mich persönlich getroffen, aber natürlich steht das jedem frei. Ich dachte, sie würden das tun, um ihre Bankrotterklärung um einige Wochen hinauszuzögern. Aber von da an ging es wohl plötzlich aufwärts.« Cronenberg zuckte mit den Achseln. Offenbar konnte er sich den Umschwung bis heute nicht erklären. »Vom alten Gebrauchtwagen wechselten sie innerhalb eines halben Jahres auf zwei Neuwagen, einer davon eindeutig Oberklasse. Zudem beschäftigten sie plötzlich einen Gärtner, was in der Straße kaum jemand tat. Kaum war Dana geboren, leisteten sie sich eine Haushaltshilfe, die jeden Tag kam.«

»Als ich vorhin die Geldwäsche erwähnte, haben Sie direkt auf das Bogensportgeschäft getippt. Wieso?«

»Ich war ein paar Mal im Laden zu Besuch«, erinnerte sich Cronenberg. »Sowohl zu den wirtschaftlich schwachen Zeiten als auch nach dem Wendepunkt. Das Ladenlokal war immer leer. Anfangs hatte das die Fischers in die Verzweiflung getrieben, später schien es ihnen völlig egal zu sein. Sie leisteten sich später sogar Angestellte für die nicht vorhandene Kundschaft.«

»Als hätten sie eine andere Einnahmequelle gefunden«, schlussfolgerte Sommer.

Cronenberg nickte.

»Erinnerst du dich noch, was damals war, ein paar Wochen vor dem Unfall?«, fragte seine Frau.

»Was meinst du?«

»Dieser komische Ausländer, den wir bei unserem Spaziergang gesehen haben?«

Ihr Ehemann schüttelte den Kopf.

»Heribert, wie kannst du das vergessen haben? Wir waren spazieren und kamen an ihrem Haus vorbei, als ein Mann im schwarzen Anzug wutentbrannt hinausstürmte. Maike und Rainer schauten ihm besorgt hinterher. Er rief ihnen von seinem Auto aus zu, dass ihnen das leidtun würde. Osteuropäischer Akzent.«

»Ach ja«, erinnerte sich Cronenberg. »Jetzt klingelt's. Wir haben die beiden gefragt, ob alles in Ordnung sei.«

»Was sie bestätigten. Du hast damals gleich gesagt, dass das nicht koscher war. Wir haben sogar nach dem Unfall überlegt, ob wir das der Polizei melden sollten. Aber Rainers Bruder hat uns versichert, dass der Unfall nur eine schreckliche Tragödie gewesen sei.«

»Ermitteln Sie auch wegen des Autounfalls?«, erkundigte sich Cronenberg.

»Ich habe zumindest die Hergangsunterlagen angefordert, um nach Unstimmigkeiten zu suchen.«

»Herrjemine«, stöhnte die Frau. »Wer rechnet denn nach so vielen Jahren damit?«

Sommers Handy klingelte und übertrug die Nummer des Steuerfahnders. Er entschuldigte sich bei den Cronenbergs, stand auf und trat ein paar Schritte vom Tisch weg.

»Sommer!«

»Ich habe heute Mittag deine Mail bearbeitet«, erklärte Steve Gerling ohne Begrüßung. »Wegen der Steuerunterlagen des Geschäfts namens ...«

»Sherwood Wiesbaden«, half Sommer seinem langjährigen Freund auf die Sprünge.

»Genau. Ich hab mir die Steuererklärungen inzwischen mal angesehen. In den ersten drei Jahren lief das Geschäft äußerst schlecht. Jahr eins und zwei brachte Verlust, Jahr drei einen kleinen Gewinn. Aber ab dem vierten Geschäftsjahr brummte der Laden.«

»Ist die Firma je ins Visier der Steuerfahndung oder sonstiger Ermittlungen geraten?«

»Davon ist in den Unterlagen nichts vermerkt.«

»Wie lang bist du heute im Büro?«, fragte Sommer. »Ich würde gern vorbeikommen und das Ganze mit dir und einem Experten für Geldwäsche besprechen.«

»Mindestens bis siebzehn Uhr. Wir machen das allein. Denn eigentlich dürfte ich dir keine Auskünfte erteilen.«

18

Melanie hielt es nicht mehr in Roberts Nähe aus. Die Gefangenschaft in den eigenen vier Wänden und die Ungewissheit über Danas Schicksal zehrten an ihren geistigen und körperlichen Kräften. Wenn sie das überstehen wollte, musste sie allein sein. Robert hingegen suchte ständig ihre Nähe und wollte mit ihr reden.

Dienstagabend hatte sie sich bereits um zwanzig Uhr ins Schlafzimmer zurückgezogen. Auf Roberts Frage, warum sie so früh ins Bett ginge, antwortete sie bloß, Zeit für sich zu brauchen. Anstatt den Wink zu verstehen, öffnete er anderthalb Stunden später die Schlafzimmertür.

»Schläfst du?«, fragte er leise in den dunklen Raum hinein.

Obwohl ihr gar nicht der Sinn nach einem Streit stand, platzte es aus ihr heraus. »Wie könnte ich?«, schrie sie ihn an.

Mit der Hand tastete sie zum Lichtschalter ihrer Nachttischlampe. Es war ihr egal, dass der Entführer den Streit nicht bloß hören, sondern sogar sehen konnte. Vielleicht sammelte sie dadurch bei ihm wertvolle Pluspunkte. Robert schlüpfte in den Raum und drückte die Tür zu. »Mach bitte die Lampe aus. Dann reden wir in Ruhe.«

»Warum gehst du nicht einfach und lässt mich allein?«, keifte sie.

Die Worte trafen ihn wie Schläge. Das sah sie ihm an. Trotzdem trat er nicht den Rückzug an. Stattdessen setzte er sich auf den Rand seiner Bettseite. Er drehte ihr den Rücken zu.

»Wir dürfen uns nicht streiten, Melanie. Genau das bezweckt er. Ihm reicht es nicht, uns bis nächsten Sonntag festzuhalten. Er will uns vernichten, sodass wir keine gemeinsame Zukunft haben.«

»Woher willst du das wissen?«

»Vertrau mir einfach!«

»So wie ich darauf vertraut habe, dass du am Freitag mit uns zum Schulfest gehst?«, fragte sie zynisch.

»Es tut mir sehr leid, aber ...«

»Von deinen Entschuldigungen hab ich genug! Ich will wissen, wie es Dana geht.« Sie sprang vom Bett auf und trat zu Kamera und Mikro an die Wand. »Ich will mit Dana sprechen! Bitte!«

»Spiel ihm nicht in die Hände.«

Sie hörte, dass er aufstand, und fuhr herum. »Wehe, du kommst mir zu nahe. Seit Freitag, nein, seit Jahren mach ich immer bloß das, was du willst. Damit ist jetzt Schluss.«

Fassungslos blieb Robert am Bett stehen.

»Glaubst du, mir gefällt das? Nicht zu wissen, wie es ihr geht? Das Haus nicht verlassen zu können? Ich bin hier genauso gefangen wie du.«

»Tolle Feststellung! Lass mich einfach in Ruhe. Warum schläfst du nicht im Gästezimmer?«

»Ich hab Angst, dass er dich dann bearbeitet. Still und heimlich, um uns zu entzweien.«

Ob er in dem diffusen Licht ihr Erröten sah? »Als wäre ich so leicht zu manipulieren«, erwiderte sie patzig, trotz ihrer Schuldgefühle.

»Das hab ich nicht behauptet. Du sollst nur verstehen, warum ich dir deinen Wunsch nach Ruhe nicht erfüllen kann.«

»Ist ja nicht der erste Wunsch, den du mir nicht erfüllst.«

»Guten Abend«, erklang die Stimme des Entführers aus dem Lautsprecher. »Ich sehe, ihr amüsiert euch prächtig. Willst du mit Dana sprechen, Melanie?«

»Ja«, sagte sie leise.

»Du kennst den Preis dafür. Der hat sich nicht geändert. Schlag ihn!«

»Nein!«

»Schlag ihn!«, wiederholte der Entführer eindringlich.

»Lass das nicht zu«, bat Robert seine Frau. Sein Ton verriet seine Sorge darüber, dass sie nicht standhaft bleiben könnte.

Nach all den gemeinsam verbrachten Jahren zweifelte er an ihr. Wütend drehte sie sich zur Kamera um. »Der Kerl treibt einen Keil zwischen uns.«

»Das hast du schon vor vielen Jahren getan, Robert«, mischte sich der Erpresser ein.

»Es reicht!«, schrie Melanie, die einfach nur wollte, dass die beiden Männer Ruhe gaben.

Während der Entführer in Schweigen verfiel, ließ Robert nicht locker. »Wir haben die Hälfte der Zeit fast überstanden. Halten wir noch ein bisschen durch.«

Es reichte Melanie wirklich. Sie hatte genug von seiner Bevormundung. Genug davon, ihn die wichtigen Entscheidungen treffen zu lassen.

In einer fließenden Bewegung überbrückte sie die kurze Distanz zwischen ihnen, holte aus und schlug ihm mit der flachen Hand ins Gesicht. Der Schlag hallte in dem stillen Zimmer wie ein Pistolenschuss.

»O Gott«, flüsterte Melanie und wich zurück. Wozu hatte sie sich hinreißen lassen?

Vorwurfsvoll schaute Robert sie an, sagte jedoch keinen Ton. Aus dem Lautsprecher drang höhnischer Applaus. »Herrlich!«

»Es tut mir leid«, wisperte sie.

»Willst du Dana sofort sprechen, oder kannst du dich bis morgen früh gedulden?«, fragte die Stimme.

Wieder fuhr sie herum. »Sofort!«

»Dauert nur ein paar Minuten. Ich muss sie wecken. Bis gleich!«

Langsam drehte sie sich zu Robert um, der wie eine Salzsäule am Bett stand.

»Es tut mir leid«, wiederholte sie. »Irgendwann mach ich das wieder gut.«

Sie rannte aus dem Schlafzimmer und wartete im Wohnzimmer darauf, dass der Entführer seine Zusage einhielt. Unruhig tigerte sie herum. Ob Robert ihr folgen würde? Sie hoffte nicht, denn sie wollte den Moment allein genießen.

»Sag ›Hallo‹ zu Melanie«, erklang endlich die Stimme des Entführers.

»Was soll ich?«, fragte ein Mädchen.

»Dana!«, rief Melanie. »Ich bin's. Geht's dir gut?«

»Melanie?«, vergewisserte sich Dana.

»Tut dir der Mann weh?«

»Nein«, antwortete sie. »Aber ich will nach Hause.«

»Bald darfst du wieder zu uns.«

»Wann?«

»Sonntag. In fünf Tagen.«

»Sag ›Gute Nacht‹«, befahl der Mann.

»Nicht so schnell«, bettelte Melanie. »Geben Sie mir noch ein bisschen.«

»Mama!«, flehte ihr Mädchen. Zum ersten Mal nannte Dana sie so.

Melanie brach in Tränen aus. Tränen der Erleichterung, der Freude und Verzweiflung.

»Ich halte meine Versprechen«, behauptete der Entführer. »Es geht Dana gut. Ihr passiert nichts bei mir. Süße Träume.«

Hemmungslos schluchzte Melanie. Um nicht zusammenzubrechen, setzte sie sich auf die Couch und verbarg ihr Gesicht. Ein Heulkrampf erschütterte ihren

Körper. Sie hörte nicht einmal, wie Robert zu ihr kam. Doch sie spürte, dass er neben ihr Platz nahm und vorsichtig den Arm um sie legte. Sie presste ihr Gesicht an seine Brust.

»Sie lebt«, flüsterte Melanie zwischen zwei Schluchzern. »Dana hat ›Mama‹ gesagt. Ich glaube, sie ist okay.«

»Das ist schön«, erwiderte Robert. Er streichelte ihren Kopf.

»Es tut mir leid. Ich weiß nicht, was da über mich gekommen ist. Kannst du mir verzeihen? Ich wollte dich nicht schlagen.« Flehend sah sie zu ihm auf.

Robert lächelte beruhigend. »Mach dir keine Sorgen. Ich versteh das.«

»Verzeihst du mir?«

»Natürlich!«

***

Luisa trat hinter ihn, als er das Material sichtete. Sie knetete ihm die verspannten Schultern. »Das war perfekt.«

»O ja«, bestätigte er. »Schau dir das an.« Er deutete auf einen Monitor und drückte den Startknopf.

Sie sahen dabei zu, wie Melanie Robert anschrie. Ein Streit, der darin gipfelte, dass sie ihm eine Ohrfeige verpasste und Sekunden später aus dem Schlafzimmer rannte. Im Wohnzimmer überkam sie der Heulanfall. Alles, was dazwischen passiert war, hatte er herausgeschnitten.

»Sie wirken wirklich wie ein Paar, das mitten in der Ehehölle steckt«, stellte Luisa belustigt fest.

»Niemand wird an der Theorie des erweiterten Suizids zweifeln, wenn sie mir noch mehr solche Szenen liefern«, erklärte er. »Nicht mehr lange, dann stoßen wir sie in den Abgrund.«

19

Da das Gespräch im Büro seines Freundes bis abends gedauert hatte, brach Lukas Sommer erst am Mittwoch zum Bruder des verstorbenen Rainer Fischer auf. Der erwartete ihn bereits, da Sommer sein Erscheinen telefonisch angekündigt hatte.

Steves Informationen hatten die Theorie mit der Geldwäsche bekräftigt. Neben den sprunghaft angestiegenen Umsätzen in der Steuererklärung hatten die Experten außerdem die Zahlung eines üppigen Beraterhonorars ermittelt. Der Zahlungsempfänger war eine Briefkastenfirma in Malta. Steve hatte gemeint, dass eine solche Vergütung wohl erst bei einer Steuerprüfung aufgefallen wäre. Normale Finanzbeamte nahmen sich im Rahmen der Jahressteuererklärung nicht die Zeit, alle Buchungen detailliert zu prüfen. Die Chancen, aufgrund der Briefkastenfirma konkrete Verdächtige zu ermitteln, die hinter Danas Verschwinden stecken könnten, tendierten jedoch gegen Null.

Mittwochmorgen um zehn Uhr klingelte Sommer bei Fischers Bruder, der am Stadtrand Wiesbadens im selben Mehrfamilienhaus wohnte, in dem auch Dana eine Weile gelebt hatte.

»Hallo?«, drang nach einer Weile eine verschlafene Stimme aus der Gegensprechanlage.

»Lukas Sommer. Wir haben gestern telefoniert.«

»Kommen Sie hoch. Zweiter Stock!«

Der Türsummer erklang. Sommer betrat den Hausflur und lief im Eilschritt nach oben, wo ihn ein Mann im Pyjama erwartete.

»Guten Morgen!«, Er gähnte. »Ich hab vergessen, mir einen Wecker zu stellen. Sorry. Treten Sie ein!«

Sven Fischer führte seinen Gast in eine kleine, vollgestellte Küche. Neben dem Küchenblock dominierten ein Tisch, ein amerikanischer Kühlschrank und eine Waschmaschinen-Trockner-Kombination den Raum. Zudem lagen überall Zeitungen herum.

Sommer erinnerte sich an Schlüters Notiz in Danas Akte, laut der Dana im Heim besser aufgehoben wäre als bei ihrem alkoholkranken Onkel. Ihm erschien die Einschätzung auf den ersten Blick zutreffend.

»Geben Sie mir fünf Minuten?«

»Natürlich!«

Sven Fischer zog hektisch die gläserne Kaffeekanne aus der Kaffeemaschine und stieß dabei fast einen Becher um. »Ups«, sagte er kichernd. »Die Schicht gestern war anstrengend. Bin noch völlig fertig.«

»Welche Schicht?« In der Akte war ebenfalls vermerkt gewesen, dass Fischer zu häufigen Jobwechseln neigte.

»Bei meiner Arbeit. Was sonst?«

»Wo arbeiten Sie?«

»Telefonische Kundenbetreuung der Telekom. Ich übernehme gern die späten Schichten. Bringen dank der tariflichen Nachtzuschläge mehr Kohle.«

Er füllte Wasser und Kaffeepulver in die Maschine. Dann entschuldigte er sich bei seinem Gast und zog sich zurück, mit dem Versprechen, sofort zurückzukehren.

Sommer blieb sitzen, bis er hörte, dass Fischer eine Tür schloss. Leise stand er auf und trat an den Kühlschrank. Er enthielt keine alkoholischen Getränke.

Hatte der erste Eindruck getrogen? Sommer hätte jede Wette abgeschlossen, dass Fischer die Nacht durchgezecht hatte.

Als Danas Onkel in die Küche zurückkehrte, wirkte er wie ein anderer Mensch. Statt des Pyjamas trug er nun eine Jeanshose und einen blauen Pullover. Seine Haare waren gekämmt. Insgesamt machte er einen deutlich wacheren Eindruck.

Er holte zwei Tassen aus dem Küchenschrank. »Milch oder Zucker?«, fragte er.

»Schwarz«, antwortete Sommer.

»Ehrlich gesagt hab ich gestern Abend nicht genau verstanden, weswegen Sie mit mir sprechen wollen.

Ich war auf dem Weg zur Arbeit und deshalb ein bisschen abgelenkt.«

Fischer schenkte ihnen Kaffee ein, dann nahm er Platz.

»Ich gehöre zu einer Polizeieinheit, die alte Fälle überprüft«, behauptete Sommer. »Sogenannte Cold Cases.« Die Lüge sollte verhindern, dass Fischer einen Bezug zu Dana herstellte. »Es geht um den Autounfall Ihres Bruders.«

»Die Polizei hat damals Fremdverschulden schnell ausgeschlossen.«

»Was soll ich machen? Mein Chef hat mir die Akte auf den Schreibtisch geknallt. Und nun bin ich hier.«

»So einen Chef hab ich auch.«

»Erzählen Sie mir von Ihrem Bruder. Das hilft mir einzuschätzen, ob er vielleicht jemandem im Weg stand.«

Fischer schaute an Sommer vorbei ins Leere. »Wo fange ich da an?«

»Am besten mit der Eröffnung seines Ladens«, schlug Sommer vor.

»Sherwood. Ich hielt das für eine dumme Idee, auch den Namen. Meine Ex-Frau hingegen war anfangs ganz angetan und warf mir vor, ich hätte keine Visionen, weswegen ich nicht vorwärtskäme. Lange Zeit schien ich aber recht zu behalten«, erinnerte er sich. »Rainer und Maike hatten sichere Jobs. Angestellte in Führungspositionen. Klar, sie waren auch begeisterte Bogensportler und bewegten sich in einem entsprechenden Umfeld. Die Begeisterung dafür konnte ich nachvollziehen. Mit der Idee, einen eigenen Bogensportladen zu eröffnen, spielten sie schon lange vor der Realisierung. Und dann schlug das Schicksal zu. In Form eines Lotteriegewinns.«

»Einhunderttausend«, warf Sommer ein.

Fischer schien einen Moment überrascht, ehe er nickte. »Sie zögerten zwei Wochen, bis sie auf die Suche nach einem passenden Ladenlokal gingen. Jeder, den ich kannte, hat ihnen davon abgeraten. Aber sie blieben stur. Je mehr Leute sie davor warnten, desto manischer trieben sie die Pläne voran. In diesem Punkt waren sich meine Schwägerin und mein Bruder sehr ähnlich. Sie wollten es allen beweisen.« Er schüttelte den Kopf und trank einen Schluck Kaffee. »Der Lotteriegewinn floss größtenteils in die Einrichtung des Ladenlokals und den Einkauf der Waren. Mit dem Rest füllten sie ihre Reserven auf. Ein Polster, das sie schnell anknabberten. Es zeigte sich nämlich, dass sie das Potenzial völlig überschätzt hatten. Ihnen fehlte das Geld für Angestellte. Im Konkurrenzladen arbeiteten immer mindestens vier bis fünf Leute, die seit Jahrzehnten Erfahrung gesammelt hatten. Damit gleichzuziehen war hoffnungslos.«

Unvermittelt hörte Sommer ein lautes Magenknurren.

Fischer grinste verlegen. »Sorry.« Er stand auf, trat an den Kühlschrank und nahm eine Packung Magerquark heraus. Einer Schublade entnahm er eine Nussmischung. Während er sich sein Frühstück zubereitete, erzählte er weiter.

»Die Lage wurde so ernst, dass sie beide Fahrzeuge verkauften und stattdessen einen kleinen Gebrauchtwagen anschafften. Sie standen von morgens bis abends im Ladenlokal, kamen selbst überhaupt nicht mehr dazu, ihrem Hobby nachzugehen. Wochenends besuchten sie Turniere, um dort für sich zu werben. Man konnte ihnen dabei zusehen, wie sie gesundheitlich immer stärker abbauten. Ich glaube, sie standen kurz davor, ihren Traum zu beerdigen. Zumindest meine Schwägerin hatte angefangen, sich nach einem festen Job umzusehen.« Fischer nahm wieder Platz und aß ein paar Löffel Nussquark. »Dann wendete sich das Blatt. Sie erzielten wie aus dem Nichts Einnahmen und konnten sich neue Autos leisten. Irgendwann beschäftigten sie sogar zwei Angestellte, um nicht selbst die ganze Zeit hinter dem Tresen stehen zu müssen. Sie fingen auch wieder an zu trainieren.«

»Hatte Ihr Bruder eine Erklärung für den Aufschwung?«

»Er blieb ziemlich schwammig und meinte, sie hätten aus ihren Fehlern gelernt.« Fischer kratzte die Schüssel aus. »Wissen Sie, was mich am meisten gewundert hat?«

»Dass das Ladenlokal nie gut besucht war?«, mutmaßte Sommer.

Fischer wirkte überrascht. »Sie wissen es also. Die Geschäfte florierten, und trotzdem gab es selten etwas zu tun. Wobei Rainer behauptete, ich sei bloß immer zur falschen Zeit vor Ort gewesen. Aber er ahnte nicht, dass ich an seiner weiblichen Angestellten interessiert und deswegen mehrfach im Laden war. Bis wir schließlich eine Affäre hatten. Meine Ehe war damals schon ziemlich bekackt, und meine Frau hatte mich sogar nachweislich zweimal betrogen. Ich war fünf Monate mit Rainers Angestellten zusammen. Sie hat häufig erwähnt, wie erschreckend leer das Geschäft sei. Aber ihren Lohn erhielt sie immer pünktlich.«

»Hatte Ihr Bruder etwas gegen Ihre Beziehung mit ihr? Weil Ihnen das einen zu tiefen Einblick ...«

»Er wusste nichts davon.«

»Wieso nicht?«

»Wie schon gesagt, wir hatten eine Affäre, waren beide verheiratet.« Er zuckte die Achseln.

»Würden Sie mir trotzdem ihren Namen geben?«

»Klar, sie ist übrigens inzwischen geschieden. Ich war wohl nicht ihr einziger Seitensprung. Irgendwann hat das auch ihr Mann herausgefunden und die Scheidung eingereicht. Vera Tauchner. Wir stehen über Facebook noch in Kontakt.«

»Wohnt sie in Wiesbaden?«

Fischer nickte und kam dann auf die Schwangerschaft zu sprechen. »Als Maike schwanger wurde, änderten mein Bruder und sie ihr Leben wieder. Sie taten alles dafür, um ein gesundes Kind zur Welt zu bringen, denn bis zur Schwangerschaft hatte es deutlich länger als geplant gedauert. Stressvermeidung stand ganz oben auf der Prioritätenliste. Dana wurde geboren, und das Familienglück war perfekt. Da Maike Einzelkind war und sowohl ihre als auch unsere Eltern tot waren, übernahm ich die Rolle des Taufpaten. Leider hatte ich damals persönliche Probleme.«

»Alkohol? Oder bloß ihre zerrüttete Ehe?«

»Beides. Die Nachricht von dem tödlichen Autounfall erreichte mich an einem Morgen, an dem ich mit einem üblen Kater im Bett lag. Meine Ex-Frau Tara hatte die Nacht woanders verbracht. Plötzlich waren wir die einzigen Verwandten von Dana. Natürlich erklärte ich mich bereit, sie bei mir aufzunehmen. Obwohl Tara dagegen war. Sie hat dann rasch die Scheidung eingereicht.«

»Zu wem hatten Sie Kontakt im Jugendamt?«, fragte Sommer, obwohl er die Antwort aus der Akte kannte.

»Luisa Schlüter«, sagte Fischer verächtlich.

»Sie scheinen ja nicht viel von ihr zu halten.«

»Ich hab mir für Dana Mühe gegeben. Hab versucht, mein Leben in den Griff zu bekommen. Aber das hat Schlüter nie genügt. Sie setzte alles daran, mir Dana wegzunehmen. Angeblich aus Sorge um ihr Wohlergehen. Ich kam damals nicht ganz vom Alkohol los, hatte meinen Konsum jedoch unter Kontrolle. Die Scheidung und der Tod meines Bruders haben mir zugesetzt. Über kurz oder lang hätte ich es geschafft. Schlüter sah das anders. Nahm mir am Ende meine Nichte weg.« Er schüttelte den Kopf.

»Sie haben Einspruch erhoben?«

»Ja. Und dann passierte etwas sehr Merkwürdiges. Zwei Tage, nachdem ich meinen Antrag eingereicht hatte, war ich in einer Kneipe. Dummer Fehler, ich weiß. Ich traf einen Freund, erzählte ihm von der ganzen Scheiße. Trank ungefähr zwei Bier zu viel. Trotzdem setzte ich mich hinters Steuer. Als ich zu Hause ankam, leuchtete plötzlich Blaulicht neben mir auf. Mich hatten Bullen, 'tschuldigung, Polizisten verfolgt. Ohne dass ich es gemerkt habe. Sie behaupteten, ihnen wäre meine unsichere Fahrweise aufgefallen. Ausgeschlossen, das versichere ich Ihnen! Der Weg war nur anderthalb Kilometer weit und führte fast ausschließlich geradeaus. Mich hatte jemand beobachtet und verpfiffen.«

»Sie vermuten Schlüter dahinter?«

»Ich würde mein Leben darauf verwetten.«

»Wie hoch war Ihr Blutalkohol?«

»Ein Promille. Also Führerscheinentzug. Bei der Verhandlung über meinen Widerspruch wegen Danas Vormundschaft kam das zur Sprache. Ich hatte keine Chance, zumal ich durch den Führerscheinverlust auch meinen Job verlor. Das war eine beschissene Zeit. Ein paar Tage nach der Entscheidung stand Schlüter abends vor meiner Tür. Ich war sturzbesoffen. Sie zwängte sich trotz meines Protests an mir vorbei in die Wohnung. Sie meinte, sie gehöre nicht zu den verantwortungslosen Jugendamtsmitarbeiterinnen, von denen man in den Zeitungen las. Sie würde ihre Schützlinge niemals Alkoholikern wie mir überlassen. Ich beleidigte sie und warf sie raus. Zwei Tage später bekam ich eine E-Mail von einem fremden Absender. Schlüter hatte mich heimlich mit einer kleinen Digitalkamera gefilmt. Ich machte keinen guten Eindruck. In der Nachricht drohte mir jemand anonym, dass er den

Film gegen mich verwenden würde, falls ich jemals versuchen sollte, Dana zurückzubekommen. Da gab ich auf. Vier Jahre später war ich endgültig trocken. Weil ich meine Nichte in der ganzen Zeit nicht gesehen hatte, verzichtete ich darauf, einen neuen Antrag zu stellen.«

»Ein ungewöhnliches Verhalten der Beamtin, oder?«

»Zweifellos.« Fischer runzelte die Stirn. »Sie haben mich pausenlos reden lassen. Und ehrlich gesagt hat es gutgetan, mal darüber zu sprechen. Aber was hat das mit dem Unfall meines Bruders zu tun?«

Sommer stand auf brüchigem Eis. Er wollte den Drostens helfen, und nicht Danas einzigem Verwandten Munition für einen erneuten Vormundschaftsantrag liefern. Doch am wichtigsten war zunächst, das Leben der drei Menschen zu retten. Die Konsequenzen waren nebensächlich.

»In der Akte bin ich auf den Namen der Beamtin gestoßen. Ich fand ihr Engagement bemerkenswert.«

»Halten Sie Schlüter für verdächtig?«

Sommer versuchte, möglichst überrascht zu wirken. »Was? Nein! Um Gottes Willen. Den Eindruck wollte ich nicht erwecken. Bei Ermittlungen in kalten Fällen geht es darum, ein Gesamtbild zu gewinnen. Wenn der Unfall mutwillig herbeigeführt war, vermute ich eher einen Zusammenhang mit den unerwartet gestiegenen Geschäftseinnahmen Ihres Bruders.« Er schaute demonstrativ auf die Armbanduhr. »Deswegen würde ich gern Ihre ehemalige Affäre kontaktieren. Könnten wir ihr von Ihrem PC eine Nachricht schreiben?«

***

Vera Tauchner hatte auch nach der Scheidung ihren Namen behalten. Sie begrüßte Sommer am späten Nachmittag in ihrer Zweizimmerwohnung und setzte sich mit ihm ins Wohnzimmer.

»Mich hat die Nachricht über Svens Facebook-Account sehr gewundert«, sagte die Frau. »An Sherwood hab ich ewig nicht gedacht. Mein Gott, waren das Zeiten.«

»Gute oder schlechte?«, fragte Sommer.

»Wilde«, erwiderte sie lachend. »Da Sie mit Sven gesprochen haben, wissen Sie ja wahrscheinlich Bescheid.«

»Mir geht's um die Geschäftsentwicklung des Bogensportgeschäfts.«

»Der stressfreiste Job meines Lebens.«

»Weil es kaum Kunden gab?«

»Wenn mal zwei am Tag da waren, hatten wir volles Haus.«

»Und trotzdem konnten die Fischers Ihnen pünktlich den Lohn zahlen?«

»Ich hab jeden Monat gezittert. Aber das Geld war immer da.«

»Haben Sie eine Erklärung dafür? Wir ermitteln übrigens in Richtung Geldwäsche.«

»Wundert mich nicht.«

»Wieso nicht?«

»Rainer Fischer bekam damals alle paar Wochen Besuch von einem Osteuropäer. Würde ich zumindest aufgrund des Akzents vermuten. Der hatte immer einen Aktenkoffer dabei. Manchmal zusätzlich Rucksäcke. Er kaufte nie bei uns ein, sondern verschwand in Rainers Büro. Wenn er es verließ, sahen die Rucksäcke weniger prall gefüllt aus. Beim Koffer konnte ich das natürlich nicht beurteilen.«

»Wie lange ging das so?«

»Über Jahre.«

»Auch, nachdem die Tochter der Fischers zur Welt gekommen war?«

Tauchner nickte. »Aber ein paar Wochen vor dem Unfall passierte etwas Seltsames. Ich hörte in Rainers Büro einen lautstarken Streit. Schließlich verließ sein Besucher wütend den Laden. In den Wochen bis zur Tragödie hab ich ihn nicht mehr gesehen.«

»Und danach?«

»Auch nicht! Carlo, so hieß der zweite Angestellte, und ich haben das Geschäft abgewickelt und geschlossen. Der Mann ist nicht mehr aufgetaucht.«

»Haben Sie das je der Polizei erzählt?«

»Polizei?«, fragte sie verwundert. »Mich hat nie ein Polizist befragt.«

20

»Es freut mich, an diesem Mittwochabend zwei Gäste bei mir zu haben, die auf der Frankfurter Buchmesse ein brisantes Buch vorstellen«, sagte der Moderator. »Herzlich willkommen Nick Harzmann und Andreas Mai.«

Die Männer lächelten in die Kamera.

»Danke für die nette Begrüßung«, sagte Nick stellvertretend für beide.

»Ich fand Ihr Buch sehr interessant«, behauptete der Moderator. In Wahrheit hatte er sich vor der Sendung von den Autoren über den Inhalt informieren lassen. Andreas wunderte das nicht. Wie sollte der Moderator einer live ausgestrahlten Talkshow jedes einzelne Buch seiner Gäste auch nur überfliegen?

»Besonders gefallen hat mir die Beschreibung Ihrer Zeit in der Haupt-Familie, wie Sie die Kommune immer so beschaulich bezeichnen. Erzählen Sie uns davon!«

Abwechselnd berichteten die beiden Autoren, wie sie den ehemaligen BKA-Hauptkommissar Johannes Haupt kennengelernt und ihn unterstützt hatten.

»Darf man sich das wie eine große Wohngemeinschaft vorstellen?«, fragte der Moderator.

»Im Prinzip schon«, bestätigte Andreas. »Wir haben unter einem Dach gelebt.«

»Mit ausschweifendem Sex?«, hakte der Mann nach.

»Leider nicht«, erwiderte Nick lachend.

»Na ja, Johannes Haupt scheint kein Kostverächter gewesen zu sein«, widersprach der Moderator. »Immerhin hat eine Mitbewohnerin versucht, ihn aus Eifersucht zu töten.«

»Johannes war ein äußerst attraktiver Mann«, entgegnete Nick. »Er kam bei den Frauen gut an. Manchmal machen verliebte Frauen verrückte Sachen.«

Der Moderator schlug einen Bogen zu dem Gerichtsprozess und der U-Haft Haupts, die seinen Anhängern vorübergehend den Guru raubte.

»Ich mag das Wort Guru nicht«, warf Andreas ein. »Das klingt nach Sekte. Aber wir waren keine Sekte.«

»Sondern?«

»Wir wollten Johannes' Mission unterstützen.«

»Die sich gegen deutsche Polizeibehörden richtete.«

»Korrekt«, sagte Nick.

»Was störte ihn an der deutschen Polizeiarbeit? Im Vergleich zu anderen Nationen oder unserer eigenen Vergangenheit führen wir doch hierzulande ein eher unbeschwertes Leben. Außerdem war er lange Zeit selbst Beamter im Polizeidienst.«

»Unser Leben kann man nur unbeschwert nennen, wenn man es oberflächlich betrachtet«, behauptete Nick. »Von den Skandalen bekommt man meist nichts mit. Deswegen ist Johannes auch aus dem Beamtendienst ausgestiegen.«

»Welche Skandale?«, hakte der Moderator nach.

»Johannes hat uns damals erzählt, das BKA töte Verdächtige, deren Schuld sich nicht beweisen lasse. Hinterher behaupten die Beamten, die betreffende Person habe sich der Verhaftung gewaltsam widersetzt.«

»Wirklich?« Die Skepsis des Moderators war unüberhörbar.

»Die Art, in der Johannes umkam, ist doch ebenfalls bezeichnend«, warf Andreas ein.

»Erzählen Sie uns davon.«

»Nachdem er vom Vorwurf des Mordes freigesprochen wurde, setzte das BKA alles daran, ihn fertigzumachen. Sie haben einen Undercoveragenten in unsere Familie geschleust.«

»Dem wir vertraut haben«, fügte Nick mit trauriger Stimme hinzu.

»Dem wir uns *anvertraut* haben. Aber statt einer von uns zu sein, hat er den anderen Bullen Informationen über uns geliefert. Die haben ein Märchen konstruiert und uns vor einem Mörder gewarnt, der auf Anhänger Haupts Jagd macht.«

»Wollen Sie sagen, dass es diesen Mörder gar nicht gegeben hat?«, fragte der Moderator.

»Vielleicht hat das BKA ihn zu seinen Taten angestachelt«, brachte Nick eine andere Variante ins Spiel.

Der Moderator wirkte skeptisch.

»Zumindest hat das BKA den Mörder als Vorwand genutzt, um bewaffnet in unser Anwesen einzudringen. Johannes hat daraufhin versucht, seine Freunde zu schützen. Dafür hat er mit dem Leben bezahlt.«

Der Moderator runzelte die Stirn. »Im offiziellen Polizeibericht steht allerdings, dass Haupt das Feuer eröffnet hätte, nachdem sich die Polizisten ordnungsgemäß zu erkennen gegeben haben.«

»Die können viel behaupten. Ich hab es anders in Erinnerung«, sagte Andreas.

»Wie?«

»Die Bullen haben zuerst geschossen.«

»Es fällt mir schwer, Ihnen das zu glauben«, bekannte der Moderator. »Ihre Empörung über den Undercoveragenten kann ich nicht teilen. In meinen Ohren klingt das wie ein anerkanntes polizeiliches Vorgehen zur Verbrechensbekämpfung.«

»Und warum taucht dann genau dieser Polizist am Sonntag bei mir zu Hause in Köln auf?«, fragte Andreas. »Ist das auch normal?«

»Moment! Das verstehe ich nicht. Wer ist bei Ihnen aufgetaucht?«

»Der Polizist, den das BKA damals in die Haupt-Familie eingeschleust hat. Ich darf aus rechtlichen Gründen leider nicht seinen Namen nennen«, erklärte Andreas. »Dem Verlag drohen sonst Schadensersatzklagen der Polizeibehörden.«

»Was wollte er?«

»Keine Ahnung.«

Der Moderator lachte auf. Offenbar glaubte er die Geschichte nicht. »Er hat also bei Ihnen geklingelt und Ihnen bloß einen guten Tag gewünscht? Oder wie soll ich mir das vorstellen?«

»Er hat mich genötigt, ihn hereinzulassen. Wollte von mir wissen, wieso wir in dem Buch Lügen verbreiten.«

»Was eine Unverschämtheit ist!«, empörte sich Nick. »Alle Fakten im Buch stimmen.«

»Genau das hab ich ihm auch gesagt«, fuhr Andreas fort.

»Was ist dann passiert?«

»Er bat mich um Erlaubnis, sich umsehen zu dürfen.«

»In Ihrem Haus?«

»So war es. Ich habe zögerlich zugestimmt. Immerhin hab ich nichts zu verbergen. Er hat sich besonders für die Fanutensilien interessiert, die wir bei mir lagern.«

»Und dann?«

Um ein Haar hätte Andreas ihm von der Konfrontation mit Sommer erzählt – und von dessen seltsamer Frage nach dem Kind. Doch im letzten Moment entschied er, ihm beide Details zu verschweigen.

»Nichts weiter. Irgendwann ist er wieder abgehauen. Er wollte mich einschüchtern. Denn auch das zählt zum deutschen Polizeirepertoire: unliebsame Zeugen einschüchtern.«

***

Der Entführer verfolgte die Talkshow eher gelangweilt. Nachdem er in Erfahrung gebracht hatte, welche Buchveröffentlichung Drostens Vorgesetzten beunruhigte, hatte er im Internet recherchiert und war auf die Ausstrahlung der Sendung gestoßen.

Doch die Talkshowgäste hatten lange Zeit nichts Interessantes zu berichten. Bis sich das Interview dem Ende näherte. Mais Behauptung, der ehemalige Undercoverpolizist hätte am Sonntag ohne Vorankündigung vor seiner Tür gestanden, ließ ihn aufhorchen.

Der Entführer zweifelte nicht daran, dass es sich bei dem erwähnten Polizisten um Drostens Partner handelte. Warum war der nach Köln gefahren? Einen Tag, nachdem ihm Drosten telefonisch dazu geraten hatte, eine Woche freizunehmen?

Log Mai? Erzählte er Lügen, um das Buch zu promoten? Oder steckte mehr dahinter?

»Er bat mich um Erlaubnis, sich umsehen zu dürfen.«

»In Ihrem Haus?«

»So war es. Ich habe zögerlich zugestimmt. Immerhin hab ich nichts zu verbergen. Er hat sich besonders für die Fanutensilien interessiert, die wir bei mir lagern.«

Dieser Teil des Interviews beunruhigte den Entführer. Wieso interessierte sich Sommer für Fanutensilien? War das bloß ein Vorwand gewesen, um Zutritt zu erhalten?

Er hatte Luisas Geschichte von dem seltsamen Besucher im Jugendamt nicht ernst genommen. Sie neigte dazu, überängstlich zu reagieren. Als sie gemeinsam den Plan ausgeheckt hatten, war er fast sicher gewesen, dass Luisa irgendwann in Panik verfallen würde. Nach diesem Interview jedoch fragte er sich, ob er ihre Bedenken hätte berücksichtigen sollen.

Es gab nur einen Weg, das herauszufinden.

Der Entführer rief die Homepage von Andreas Mai und Nick Harzmann auf und sichtete das Impressum. Er würde in aller Frühe zu der darin angegebenen Adresse aufbrechen und zuvor Dana versorgen. Da er nicht wusste, wie lang es dauerte, in Köln die Wahrheit aus Mai herauszupressen, müsste er Luisa einspannen.

Er griff zum Telefon. Nach wenigen Sekunden Freizeichen meldete sie sich.

***

»Das lief ziemlich gut«, sagte Nick. »Es ist vernünftig, unseren Streit zu vergessen.« Er prostete Andreas zu. »Der bringt uns beiden nichts.«

Nach der Sendung hatten sie gemeinsam an der Hotelbar Platz genommen. Der Sender hatte ihnen pro Person fünfhundert Euro Honorar sowie die Übernachtung im Viersternehotel gezahlt.

Andreas freute sich über Nicks Worte. Vielleicht konnten sie ihre Freundschaft irgendwann wieder aufleben lassen. Erneut war er versucht, ihm von Sommers komischer Frage nach dem verschwundenen

Kind zu erzählen. Und von der körperlichen Auseinandersetzung, die er verloren hatte. Doch um den brüchigen Frieden mit Nick nicht zu gefährden, schwieg er. »Deine Entrüstung über Sommers Auftauchen hat mir gefallen«, fuhr Nick fort.

»Der Moderator hat es mir nicht abgekauft.«

»Mir egal, solange wir mehr Bücher verkaufen.« Nick trank genüsslich einen Schluck Bier. »Du fährst wirklich erst Freitag zur Buchmesse?«

»Was soll ich früher da? Die erste Veranstaltung findet Samstagmorgen statt.«

»Aber der Verlag zahlt das Hotel ab Freitag. Es ist nicht schlecht und liegt direkt gegenüber dem Messegelände. Vielleicht übernachten da auch ein paar Promis.«

»Ist mir nicht wichtig. Seit den Vorfällen schlafe ich am liebsten im eigenen Bett.«

»Und dafür nimmst du den Stress auf dich, morgen für einen Tag nach Köln zurückzureisen, um am Freitag wieder in der Bahn zu sitzen. Verrückt!«

»Ich fahre gern Bahn«, erklärte Andreas.

»Umso verrückter.« Nick zuckte die Achseln. »Außerdem haben wir heute zehn neue Bestellungen erhalten. Sechs T-Shirts, drei Kaffeetassen und ein Poster. Das bringe ich morgen alles zur Post. Sonst würde es erst Montag rausgehen.«

»Wir hatten in letzter Zeit zwar einige Unstimmigkeiten, aber deinen Einsatz in dieser Hinsicht finde ich nach wie vor bemerkenswert. Auf dich ist wirklich Verlass.« Nick klopfte ihm auf die Schulter.

Dass die Geste gönnerhaft wirkte, verdrängte Andreas.

***

»Ist das wirklich notwendig?«, fragte Luisa.

»Ich fürchte schon.«

»Aber dann sieht Dana mich.«

»Sie wird keine Gelegenheit bekommen, jemandem davon zu erzählen.«

Luisa kicherte. »Du hast recht. Und ich freue mich schon auf ihre Reaktion. Bestimmt denkt sie, ich würde sie retten. Vielleicht lass ich sie sogar ein paar Sekunden in dem Glauben.«

»Ab wann kannst du dir frei nehmen?«

»So kurzfristig? Frühestens um zwölf. Ansonsten müsste ich mich morgen früh krankmelden.«

»Nein. Wenn du um ein Uhr hier bist, reicht das. Je weniger du von deiner Routine abweichst, desto besser.«

»Wann bist du zurück?«

»Die Fahrt dauert ungefähr drei Stunden. Je nachdem, wie schnell er zwitschert, bin ich vielleicht schon am späten Nachmittag zurück.«

»Okay. Dann sehen wir uns morgen Nachmittag.«

21

Morgens um fünf schreckte Sommer aus dem Schlaf, von innerer Unruhe geplagt. Er erwachte aus einem wirren Traum und war sofort hellwach. Nach den gestrigen Gesprächen war er umso überzeugter, dass Drostens Instinkt sich als richtig erwies. Luisa Schlüters Verhalten stank zum Himmel. Da zudem Hinweise existierten, dass der Bogensportladen zur Geldwäsche genutzt worden war, fragte er sich, ob Schlüter in die Sache involviert war.

Doch wieso hatte sie sich so vehement dagegen ausgesprochen, dass Dana bei ihrem letzten verbliebenen Verwandten leben sollte?

Da die Fischers kein Testament hinterlassen hatten, war Dana ihre Alleinerbin. Sven Fischer wäre der Nachlassverwalter geworden, hätte ihm das Gericht die Vormundschaft zugesprochen. War das etwa Schlüters Beweggrund? Wollte sie Danas Onkel nicht auf den Gedanken bringen, einen Blick in die Unterlagen seines Bruders zu werfen?

Sommer musste unbedingt herausfinden, wo die Geschäftsunterlagen verblieben waren. Doch da das ein langwieriger Prozess wäre, für die er Amtshilfe benötigte, und ihm die Zeit davonlief, verschob er das nach hinten. Zunächst stand das Wohlergehen der Drostens im Vordergrund.

Vorsichtig schlug er die Decke zurück und schwang die Beine aus dem Bett.

»Wie spät?«, nuschelte Jennifer verschlafen.

»Fünf Uhr«, antwortete er. »Schlaf weiter!« Er beugte sich zu seiner Frau und küsste sie.

»Wieso stehst du so früh auf?«

»Ich muss in Wiesbaden eine Person beschatten.«

***

Der Entführer beobachtete am Monitor die schlafende Dana. Normalerweise weckte er sie deutlich später. Heute konnte er keine Rücksicht darauf nehmen. Er bereitete ihr ein Frühstück aus Choco Krispies, Milch und Nutellatoast zu. Mit dem Tablett lief er in den Keller und öffnete die Tür. Ohne Vorwarnung schaltete er das grelle Deckenlicht an.

Dana zuckte zusammen und erwachte schlagartig. Verängstigt starrte sie ihn an.

»Guten Morgen, Schlafmütze!«, begrüßte er sie. »Heute mal ein bisschen früher als sonst. Ich muss dich leider den ganzen Tag allein lassen. Teil dir das Essen also besser ein. Wir sehen uns erst heute Abend! Und jetzt ab zum Klo. Husch, husch!«

Er stellte sich vor, wie sie bei Luisas Anblick Hoffnung schöpfen würde. Bis Luisa sich als die wahrhaft Böse herausstellte. Innerlich grinste er bei der Vorstellung. Später würde er sich die Aufzeichnung davon in Ruhe ansehen.

Er führte Dana zur Toilette und gab ihr ein paar Minuten, um sich zu erleichtern und sich die Zähne zu putzen. Dann brachte er sie in ihr Gefängnis zurück.

»Bald kommst du wieder zu Melanie und Robert«, versprach er. »Dauert gar nicht mehr lang.«

Sie nickte lediglich. Ob sie ihm die Lüge abkaufte?

***

Um sieben Uhr morgens saß Andreas Mai im Frühstücksraum des Hotels. Bereits um Viertel nach acht führe sein Zug am Bahnhof ab. Nick wälzte sich garantiert noch in den Federn, denn er war ein passionierter Langschläfer.

Verstohlen betrachtete er die Hotelgäste, die ebenfalls so zeitig frühstückten. Ob einer von ihnen gestern die Talkshow gesehen hatte? Leider schaute niemand zu ihm herüber.

Andreas biss in ein mit Lachs belegtes Brötchen. Er wünschte sich so sehr Anerkennung. Nick und er trauten sich, in der Öffentlichkeit gegen die Staatsmacht zu wettern. Das musste doch irgendjemanden interessieren. Irgendwen.

***

Aus sicherer Entfernung beobachtete Lukas Sommer die Beamtin Schlüter. Sie verließ das Mehrfamilienhaus, in dem sie wohnte, und lief zu ihrem geparkten Auto. Der Hauptkommissar saß im eigenen Wagen gut zweihundert Meter hinter ihr. Sie brauchte recht lange, bis sie losfuhr. Glücklicherweise setzte sich ein Fahrzeug zwischen Sommer und seine Zielperson. So konnte er den Abstand gering halten.

An einer Ampel bog der Wagen, den er als Deckung nutzte, nach rechts ab, während Schlüter sich links einordnete. Da das Wiesbadener Jugendamt nur einen Kilometer entfernt war, brach Sommer die Verfolgung ab. Noch vor der Ampel steuerte er die Einfahrt eines Parkhauses an. Nachdem er ein Ticket gezogen und einen Parkplatz gefunden hatte, griff er zum Handy.

Guten Morgen, Frau Berndt. Sind Sie schon im Dienst? Falls ja, würde ich mich über eine Nachricht freuen, sobald Luisa Schlüter im Amt auftaucht. Danke! Lukas Sommer.

Zehn Minuten später erreichte ihn die Antwort.

Wir sind gerade zeitgleich eingetroffen. Sie hat mir gesagt, dass sie heute schon um zwölf Uhr Feierabend macht, wegen privater Angelegenheiten. Ungewöhnlich für sie. Normalerweise sitzt Schlüter ihre Stunden ab und erledigt Privates danach oder in der Mittagspause. Soll ich etwas unternehmen?

Nein, antwortete er. *Ich bin an ihr dran. Verhalten Sie sich ganz normal. Danke für die Info! Wissen Sie, wo Schlüter ihren Wagen abstellt?*

Rathausparkhaus Abschnitt C, Platz 42.

Was hatte Schlüter heute Mittag so Wichtiges vor, dass sie von ihrer üblichen Routine abwich?

***

Um halb zehn erreichte der Entführer die Kölner Adresse. Er stellte seinen Wagen weit genug entfernt ab, um nicht aufzufallen. Mit einer kleinen Tasche, die alles enthielt, um die Wahrheit aus Mai herauszupressen, lief er zielstrebig zum Haus und klingelte an der Tür. Niemand öffnete ihm.

Der Entführer wich ein paar Schritte zurück und musterte das Gebäude. Die Fenster wirkten alt. Bestimmt konnte er eins davon ohne Probleme aufhebeln.

Doch vorerst würde er warten. Es hatte keinen Zweck, übereilt zu handeln. Er zog sich zu seinem Wagen zurück, von dem aus er den Hauseingang perfekt beobachten konnte.

***

Vom Hauptbahnhof nahm Andreas ein Taxi, weil der Sender auch diese Kosten erstattete. Im Zug hatte ihn niemand gemustert oder gar angesprochen – nur der Zugbegleiter, der den Fahrschein kontrollierte. Der Taxifahrer wirkte völlig desinteressiert. Andreas nannte ihm die Adresse, und die Fahrt verlief wortkarg. Offenbar gehörte der Mann zu der eher seltenen Sorte schweigsamer Kölner.

Andreas nutzte die Zeit, um seinen E-Mail-Eingang zu checken. Zwei Bestellungen waren über Nacht hinzugekommen. Ein T-Shirt und ein Wandkalender.

Er hoffte, dass die Buchveröffentlichung zu einem Anstieg des Fanartikelverkaufs führte. Sie verdienten je nach Produkt zwischen fünf und acht Euro pro Posten. Im letzten Monat waren das knapp zweitausend Euro Einnahmen gewesen, die sie durch zwei teilten. Nichts, wovon er sich große Sprünge leisten konnte. Zudem war ein eindeutiger Negativtrend zu verzeichnen. Wenn sie den nicht stoppten, wäre er spätestens in einem halben Jahr gezwungen, zumindest einen Minijob anzunehmen, um seine Ausgaben zu decken.

Der Fahrer setzte ihn direkt vor der Haustür ab.

»Das macht zweiundzwanzig fünfzig. Brauchen Sie eine Quittung?«

»Ja. Bitte mit Vermerk, dass wir vom Bahnhof kommen.«

»Wird erledigt, Chef.«

Der Mann griff zu einem Quittungsblock, und Andreas reichte ihm einen Zwanziger und einen Fünfer.

»Stimmt so.«

***

Der Entführer schaute auf die Uhr. Viertel vor elf. Das Warten hatte sich also gelohnt. Der Mann, der gestern in der Talkshow gesessen hatte, stieg aus einem Taxi und ließ sich vom Fahrer einen Handgepäckkoffer aus dem Kofferraum geben. Er ging auf die Haustür zu und verschwand Sekunden später im Inneren.

Der Entführer wartete fünf Minuten. Die letzten weitgehend sorglosen Momente für den Mann, der im Fernsehen interessante Andeutungen gemacht hatte. Er hätte wohl besser den Mund nicht so weit aufreißen sollen. Nun müsste er die Konsequenzen tragen.

Mit gesenktem Blick stieg er aus und griff zu seiner Tasche. Er zog sich die Kapuze über den Kopf. An der Haustür angekommen, klingelte er und schob die Kapuze wieder zurück. Kurz darauf verdunkelte sich der Türspion, offenbar schaute der Bewohner nach, wer ihn besuchte.

»DPD«, rief der Entführer. »Ich hab eine Lieferung für Sie.«

Der Mann öffnete ihm. Als die Tür weit genug offenstand, schlug der Entführer ihm die geballte Faust mit voller Wucht ins Gesicht. Wie ein gefällter Baum stürzte er zu Boden.

Der Angreifer trat über die Schwelle und schloss von innen die Tür. Nun musste er sich beeilen und die Benommenheit des Großmauls ausnutzen.

22

Schnell schaute sich der Entführer um. Er schleifte den benommenen Gegner, aus dessen Nase Blut tropfte, über den Boden in die Küche, wo er ihn achtlos liegenließ. Zurück im Hausflur holte er die mitgebrachten Hand- und Fußschellen aus dem Rucksack.

Allmählich kam Mai zu sich. Als der Entführer in die Küche zurückkehrte, stützte Mai sich auf die Ellenbogen und versuchte, auf die Beine zu kommen wie ein taumelnder Boxer. Rasch trat der Fremde zu ihm und deutete mit der Faust einen weiteren Schlag an.

Mai hob schützend die Hände. »Bitte nicht! Wer sind Sie?«

»Wirst du brav sein?«

Mai nickte hektisch. »Meine Nase«, jammerte er.

»Setz dich auf den Stuhl«, befahl der Entführer. »Dann kümmere ich mich darum.«

»Die ist gebrochen.«

»Pussy! Beeil dich!«

Mühselig stemmte sich Mai hoch und nahm Platz.

»Hände hinter den Rücken!«

»Wieso?«

»Weil du nur so weitere Bestrafungen verhinderst.«

»Tun Sie mir nichts.« Widerstrebend hielt er die Hände hinter die Rückenlehne.

Der Entführer legte ihm Handschellen an und zog sie straff zu.

»Au!«, schrie Mai.

Der Eindringling schaute sich um und entdeckte neben der Spüle eine Rolle Küchenpapier. Er riss zwei Blätter ab, zerknüllte sie und presste sie Mai fest auf die blutende Nase. Der Kopf des Mannes zuckte zurück. Rücksichtslos betastete er Mais Nasenknochen. Nach einer Weile warf er die blutigen Tücher in die Spüle.

»Da ist nichts gebrochen. Noch nicht. Ich leg dir jetzt Fußfesseln an, press deine Füße zusammen.«

»Was wollen Sie von mir?«

»Nur mit dir reden.«

»Worüber?«

Der Mann schlug ihm mit der flachen Hand auf den Hinterkopf. »Füße zusammen!«

Mai folgte der Aufforderung. Der Entführer kniete sich zu Boden und fesselte ihn. Nun war sein Opfer ihm bei den bevorstehenden Torturen wehrlos ausgeliefert.

»Ich hab dich gestern im Fernsehen gesehen. Toller Auftritt!«

»Sie sind ein Bulle!«, keuchte Mai.

Sein Peiniger lachte. »Ich, ein Bulle? Guter Witz. Ich will alles über den Mann wissen, der letzten Sonntag angeblich hier war.«

»*Deswegen* tun Sie mir das an?«, kreischte Mai. »Warum fragen Sie mich nicht einfach?«

»Wie hieß er?«

»Lukas Sommer. Kennengelernt hab ich ihn unter seinem Decknamen Luke Hertz.« Er redete so schnell, dass er sich fast verhaspelte. »Er war bei Johannes Haupt undercover eingeschleust, um uns auszuspionieren. Ich hab ihm vertraut. Scheiße!« Er stöhnte. »Sie hätten mich einfach fragen können. Ich hätte Ihnen alles erzählt. Freiwillig. Ich hasse ihn und Robert Drosten. Die haben mir meine Familie genommen. Ihretwegen ist Johannes tot, und die Anhänger sind in alle Winde verstreut.«

Obwohl der Entführer damit gerechnet hatte, dass Sommers Name fallen würde, spürte er einen kalten Stich im Herzen. Drosten hatte ihn tatsächlich ausgetrickst. Nur mühsam unterdrückte er einen Wutausbruch. Er benötigte Informationen, ehe er seinem Zorn freien Lauf lassen könnte.

»Was wollte Sommer?«

»Mich davor warnen, unser Buch mit Lügen zu spicken.«

»Macht ihr das? Lügen?«

»Alles ist wahr!«, behauptete Mai. »Wir haben zwar Johannes an manchen Stellen besser dastehen lassen, aber wir haben nie gelogen!«

»Erzähl mir von dem Besuch am Sonntag. Wieso hast du ihn überhaupt reingelassen?«

»Weil ich nicht aufgepasst habe. Ich hatte Pizza bestellt und den Lieferdienst erwartet. Also mach ich die Tür auf und sehe ein Mann mit Motorradhelm und Lederkluft vor mir.«

Scheiße!, fluchte der Entführer innerlich. *Das stimmt so perfekt mit Luisas Beschreibung überein, dass es kein Zufall sein kann.* »Hat er wie ich reagiert?«

»Nicht ganz so ...« Mai unterdrückte das letzte Wort. »Er nimmt den Helm ab, und ich will sofort die Tür zuwerfen. Leider war er schneller. Er hat den Fuß in die Tür gestellt und sich dagegen geworfen. Ich hatte keine Chance.«

»Was hat er dann gemacht? Dich gefoltert?«

»Dann hätte ich ihn angezeigt!«

»Wirst du mich anzeigen?«, fragte der Entführer höhnisch.

»Nein! Niemals! Das können Sie mir glauben.«

»Erzähl weiter!«

»Sommer kommt rein und warnt mich davor, im Fernsehen Lügen zu verbreiten. Wir streiten uns darüber, ob alles genauso passiert ist, wie Nick und ich es im Buch schildern. Plötzlich fragt er, ob er sich umsehen darf. Da ich befürchte, ihn nicht anders loszuwerden, erlaube ich es ihm. Er schaut sich jeden einzelnen Raum im Haus an. Verspottet mich wegen der Fanutensilien im Keller. Dann fragt er nach der Adresse meines Co-Autors. Ich gebe sie ihm, aber er ist nie bei ihm aufgetaucht. Sagt Nick.«

»Wohnt dieser Nick auch wie du allein in einem solchen Haus?«

»Nein. In einem Mehrfamilienhaus. Momentan ist er wegen der Buchmesse unterwegs nach Frankfurt.«

»Und das war's? Danach ist der Bulle einfach abgehauen?«

Mai nickte.

Ohne Vorwarnung stieß der Entführer dem Gefangenen eine Hand vor die Brust und die andere gegen die Stirn. Mai stürzte mitsamt dem Stuhl zu Boden. Hart schlug er mit dem Hinterkopf auf die Fliesen. Er schrie vor Schmerz auf. »Was soll das?«

»Du verschweigst mir etwas!«

»Nein!«

»Das finden wir ziemlich schnell heraus.« Seelenruhig entnahm er dem Rucksack ein Handtuch. »Waterboarding ist eine fiese Sache. Der Mensch, der das ertragen muss, glaubt zu ertrinken. Aber die Methode hinterlässt keine Spuren. Wenn du das nächste Mal im Fernsehen sitzt, wird dir niemand glauben, dass du gefoltert wurdest.«

»Bitte nicht!«

Unbeeindruckt legte der Entführer dem wehrlosen Mann das Handtuch übers Gesicht.

»Mal gucken, wie lange es dauert, bis du mir alles gestehst. Ich vermute, es geht schnell.«

Er öffnete die Türen des Küchenschranks und fand rasch einen Bierkrug, der einen Liter Flüssigkeit fasste. Der Entführer füllte ihn mit Wasser.

»Eine Sache hab ich vergessen!«, kreischte Mai, als er das Geräusch des fließenden Leitungswassers hörte. »Ich erzähl's Ihnen!«

»Bestimmt hast du noch viel mehr vergessen.«

Breitbeinig stellte er sich über sein Opfer und schüttete langsam das Wasser aus.

***

Das Rathausparkhaus hatte nur eine Ausfahrt. Sommer wartete in einiger Entfernung mit freiem Blick zur Schranke. Er hatte Berndt gebeten, ihm Bescheid zu geben, sobald Schlüter sich verabschiedete.

Kurz vor zwölf empfing sein Handy eine Nachricht von Berndt.

Sie ist gerade aufgebrochen. Länger als zwei oder drei Minuten dürfte sie nicht brauchen, bis sie aus dem Parkhaus fährt.

Gespannt wartete er. Als Schlüters weißer Golf vor der Schranke stand, startete er den Motor. Für den kürzesten Weg nach Hause hätte sie vom Parkhaus links abbiegen müssen. Stattdessen fuhr sie nach rechts. Überrascht nahm er die Verfolgung auf, stets darum bemüht, ihr ausreichend Vorsprung einzuräumen. Sie durfte ihn unter keinen Umständen bemerken.

***

Mai weinte vor Angst und Erschöpfung. Mittlerweile hatte er die bislang verschwiegenen Details verraten. Nach dem vierten Liter Wasser war er endgültig zusammengebrochen.

»Ich hab ihn angegriffen, ihm einen Stoß versetzt. Aber er war zu stark und rang mich nieder. Dann wollte er wissen, ob ich irgendwo ein Kind versteckt halte.«

Die Worte hallten dem Entführer in den Ohren wider. Es gab keinen Zweifel mehr. Drosten hatte seinem Partner bereits letztes Wochenende eine Botschaft zukommen lassen. Seitdem ermittelte Sommer. Höchstwahrscheinlich auch im Jugendamt.

Er musste Luisa warnen.

»Ich geh jetzt in den Flur und telefoniere«, erklärte er. »Danach befreie ich dich von den Fesseln. Bis dahin musst du noch am Boden liegen bleiben.«

»Okay«, krächzte Mai.

Ohne den Todgeweihten zu betrachten, zog er sein Handy aus der Hosentasche und suchte Luisas Nummer heraus. Dabei verließ er langsam die Küche.

»Hi«, begrüßte sie ihn nach wenigen Sekunden Freizeichen.

»Luisa, wir haben ein Problem.«

»Sommer?«

»Ja. Wo bist du?«

»Unterwegs zum Versteck.«

»Folgt dir jemand?«

»Ich sehe niemanden im Rückspiegel«, sagte sie nach einer Weile. »Im Wagen direkt hinter mir sitzt eine Frau mit drei Kindern an Bord. Das wird wohl keine Polizistin sein.«

»Du darfst unter keinen Umständen zum Versteck fahren. Falls sie dich beobachten.«

»Was soll ich machen? Nach Hause?«

»Am besten erledigst du vorher etwas Unauffälliges. Kommst du an einem Supermarkt vorbei?«

»An mehreren.«

»Dann geh einkaufen.«

»Was hast du von dem Mistkerl erfahren?«

»Sommer war hier und hat sich erkundigt, ob er ein Kind versteckt hält.«

»Verdammte Kacke!«, fluchte sie. »Was machen wir jetzt?«

»Ich kümmere mich zuallererst hierum«, flüsterte er. »Der Kerl könnte mich identifizieren. Das kann ich nicht zulassen.«

»Und danach?«

»Ich schätze, wir bringen es schon heute zu Ende. Genug Material hab ich gesammelt, um die Theorie des erweiterten Suizids glaubhaft wirken zu lassen. Und bis Montag vermisst niemand die Drostens. Ja! Ich beende es heute Nacht!«

»Okay. Ich fahr nach Haus und warte auf weitere Nachrichten.«

»Achte die ganze Zeit auf Verfolger.« Mit dieser Warnung unterbrach er die Verbindung und kehrte in die Küche zurück.

»Ich hab gehört, was Sie vorhaben«, keuchte Mai. »Sie können mich nicht töten. Man erwartet mich

Freitagnachmittag in Frankfurt. Wenn ich da nicht auftauche, wird man nach mir suchen.«

»Vielen Dank für die Warnung. Ich lasse mir etwas einfallen. Zum Beispiel könnte ich von deinem Handy Nachrichten verschicken und das Gerät einem ausländischen Lkw-Fahrer unterjubeln, irgendwo an einer Raststätte. Dann glauben die Leute, die dein Telefon orten, dass du dich ins Ausland abgesetzt hast.«

»Hilfe!«, kreischte Mai. »Hilfe!«

Der Entführer überbrückte die Distanz und trat dem Gefesselten mit der Spitze des schweren Stiefels gegen die Schläfe. Mai stöhnte. Erbarmungslos trat sein Peiniger immer wieder zu. Gegen den Kopf, in die Rippen und den Bauch. Er tobte sich an dem hilflosen Mann aus, der dafür zahlte, dass es Drosten gelungen war, ihn zu überlisten. Schließlich hielt er schwer atmend inne.

Mai war tot, daran gab es keinen Zweifel. Nun müsste er ihn in ein Zimmer bringen, wo man ihn nicht gleich entdeckte.

In aller Eile sah sich der Entführer im Haus um. Der Heizungsraum im Keller schien ihm der geeignetste Ort zu sein. Er trug den Leichnam hinunter und legte ihn hinter dem großen Ölkessel ab. Zwar kein perfektes Versteck, doch musste man zumindest genauer hinsehen, um den Toten zu entdecken.

Er nahm Mais Handy an sich und stellte fest, dass es sich nur per Fingerabdruck entsperren ließ. Fluchend lief er noch einmal in den Keller und drückte den Zeigefinger des Toten auf den Fingerabdrucksensor. Als er

Zugriff erhielt, änderte er in den Grundeinstellungen die Entsperrmethode. Fortan reichte es aus, über das Display zu wischen, um Zugriff zu erhalten.

Er durchsuchte das Smartphone nach einem Bahnticket und wurde fündig. Mai hatte nicht gelogen. Morgen Nachmittag hätte er in einem Zug nach Frankfurt gesessen. Der ICE fuhr um fünfzehn Uhr am Kölner Hauptbahnhof los und wäre knappe anderthalb Stunden später in der Buchmessestadt. Also reichte es, wenn er morgen gegen sechzehn Uhr eine Nachricht an Harzmann schickte, dass ihm das alles zu viel werde. Der Co-Autor wäre wahrscheinlich zu beschäftigt, um ein Verbrechen dahinter zu vermuten.

Er schaute auf die Uhr. Sollte er Luisa erneut anrufen, um sich zu vergewissern, dass sie unbehelligt zu Hause angekommen war? Oder war es noch zu früh? Nach kurzem Zögern wählte er ihre Nummer.

23

»Was macht die?«, wunderte sich Sommer.

Er verfolgte Schlüter seit mehreren Kilometern. Sie waren ein paar Mal abgebogen, doch er hatte es stets geschafft, mindestens ein weiteres Auto zwischen die Beamtin und sich zu bringen.

Nun jedoch blinkte sie plötzlich und fuhr auf den breiten Busfahrstreifen einer Haltestelle.

Was hatte das zu bedeuten?

Als er an ihr vorbeifuhr, war sie zum Glück durch ein Telefonat abgelenkt. Aus dem Augenwinkel sah er, wie sie sich das Handy ans Ohr hielt.

Einige hundert Meter voraus verlief die Straße in einer Kurve. Was sollte er tun? Falls er ebenfalls anhielte, könnte ihr das auffallen.

Sommer fuhr weiter. Dann bemerkte er, dass ihm das Glück hold war. Direkt nach der Linkskurve zweigte ein kleiner Feldweg von der Hauptstraße ab. Er bog dort ein, wendete auf dem Schotterweg und wartete. Vielleicht hatte Schlüter ihre Fahrt bloß unterbrochen, weil sie keine Freisprecheinrichtung besaß.

Doch drei Minuten später ahnte er, dass sie umgekehrt war. Wütend schlug er aufs Lenkrad. Hatte sie ihn erkannt, oder steckten andere Gründe hinter ihrem Verhalten?

Er beschloss, auf volles Risiko zu gehen. Falls sie ihn bemerkte, müsste er entsprechende Konsequenzen ziehen. Sommer nutzte eine Lücke im Verkehr und fuhr zu der Bushaltestelle zurück, an der Schlüter angehalten hatte. Sie war mittlerweile fort. Da sie nicht an ihm vorbeigefahren war, hatte sie also die Fahrtrichtung geändert.

Knapp über dem erlaubten Tempolimit hielt er Ausschau nach ihrem weißen Golf.

***

Seit dem Vorfall, wie Drosten es insgeheim nannte, hatte sich die Stimmung zwischen ihm und Melanie radikal verschlechtert. Zwar vermieden sie jeden Streit, redeten jedoch so gut wie gar nicht mehr miteinander.

Der Entführer hatte binnen weniger Tage etwas geschafft, was dem Leben mit seinen alltäglichen Herausforderungen jahrzehntelang nicht gelungen war: Er hatte sie entzweit.

Robert Drosten saß in der Küche, die Stirn auf die Hände gestützt. Vor ihm stand ein Glas Cola, das er zur Hälfte ausgetrunken hatte. Er verspürte den Wunsch, sich mit Melanie zu versöhnen. Doch wie sollte ihm das gelingen, wenn der Entführer jederzeit in der Lage wäre, ihm dazwischenzufunken?

Nein, er musste darauf spekulieren, dass sie die Episode heil überstanden. Im schlimmsten Fall würde er seine Familie verteidigen. Die Dienstwaffe war im Waffenschrank eingeschlossen. Im Arbeitszimmer hatte er ihn schon mehrmals verstohlen angesehen und erwogen, das Schrankschloss zu öffnen, um in einer Notsituation schneller auf die Waffe zugreifen zu können. Doch vermutlich hätte der Entführer das mitbekommen und bestraft.

Drosten dachte an Sommer. Seit Samstag hatten sie keinen Kontakt gehabt. Der einzige Hoffnungsschimmer, an den er sich klammerte, war das Auftauchen Theresas am gleichen Tag. Doch warum passierte seitdem nichts?

Melanie betrat die Küche und riss ihn aus den Gedanken. Er lächelte ihr zu, was sie zaghaft erwiderte. Sie setzte sich zu ihm.

»Willst du etwas trinken?«

»Gern einen Schluck Cola.«

Er schob ihr sein Glas zu.

Erneut lächelte sie und nahm es in die Hand. »Was machen wir bloß?«, flüsterte sie.

»Wir überstehen das Ganze«, versprach er. »Dann sehen wir weiter.«

Sie nippte an der Cola. Zwar widersprach sie ihm nicht, doch stimmte sie ihm leider ebenso wenig zu.

***

War das ihr Auto?

Sommer näherte sich einem Supermarkt mit großem Parkplatz, an dessen Rand ein weißer Golf stand. Instinktiv fuhr er zu dem Wagen und überprüfte das Kennzeichen.

Tatsächlich. Es war Schlüters Auto. Von ihr fehlte jede Spur.

Sommer parkte zwei Reihen entfernt absichtlich zwischen zwei Autos, um eine kleine Deckung zu haben. Er rekapitulierte Schlüters Verhalten. Sie waren auf dem Weg vom Rathaus bis hierher an mindestens drei großen Supermärkten vorbeigekommen, bis Schlüter plötzlich zum Telefonieren am Straßenrand angehalten hatte. Anschließend hatte sie gewendet und eine der bereits passierten Einkaufsstätten angesteuert. Trotz der vielen freien Parkflächen nah am Eingang, hatte sie einen Platz weit außen gewählt.

Damals bei seinen verdeckten Ermittlungen hätte er sich genauso verhalten, wenn ihn jemand telefonisch vor einem Verfolger gewarnt hätte.

***

Schlüters Telefon übertrug die Rufnummer ihres Partners. Hastig schaute sie sich um. Momentan hielt sie sich im Gang mit den Süßigkeiten auf. In ihrem Einkaufswagen lagen ein paar wahllos hineingeworfene

Artikel. Niemand stand in ihrer unmittelbaren Nähe oder schob einen Wagen in ihre Richtung.

»Hallo!«, begrüßte sie ihn.

»Wo bist du?«

»In einem Supermarkt, wie du gesagt hast.«

»Folgt dir jemand?«

»Nein. Ich hab seit unserem letzten Telefonat pausenlos darauf geachtet. Da war niemand.«

»Okay. Du solltest jetzt möglichst schnell zur Kasse und nach Hause fahren. Meld dich, sobald du da angekommen bist.«

»Hast du alles ... erledigt?«

»Ja. Erzähl ich dir später.«

Sie beendeten das Telefonat. Um zu Hause ihre Nerven beruhigen zu können, legte sie zwei große Tafeln Schokolade in den Einkaufswagen.

***

Zum ersten Mal seit Tagen klingelte das Festnetztelefon. Melanie schrak bei dem ungewohnten Ton zusammen. Robert hingegen rechnete damit, dass der Entführer sich wie immer überflüssigerweise danach erkundigen würde, wer anrief.

Doch der Mann schwieg.

»Was soll ich tun?«, fragte Drosten laut.

Keine Antwort.

»Warum sagt er nichts?«, flüsterte Melanie.

»Vielleicht beobachtet er uns gerade nicht.«

»Oder er prüft uns.«

Robert stand auf und lief zur Basisstation. Sommers Handynummer weckte ungeahnte Hoffnung in ihm.

»Was soll ich tun?«, rief er erneut.

»Wer ist es?«, fragte Melanie.

Robert zählte bis fünf, ohne ihr eine Antwort zu geben. Dann nahm er das Telefon von der Ladestation und drückte den grünen Knopf.

»Hallo, Herr Hertz«, begrüßte er Sommer – mit dessen Tarnnamen für Undercovereinsätze.

»Kannst du reden?«

»Keine Ahnung. Der Entführer hat in den letzten Minuten nichts gesagt.«

»Okay, riskieren wir es.«

»Erzähl!«

»Ich folge der Beamtin. Dein Instinkt hat dich anscheinend nicht getrogen. Ich fürchte, Danas Eltern waren mit ihrem Geschäft in Geldwäschedelikte verstrickt.«

»Scheiße!«

Melanie trat zu ihm und schaute ihn mit großen Augen an. Robert schüttelte den Kopf. Ihre Neugier musste hintenanstehen.

»Die Beamtin hat sich nach Danas Tod sehr seltsam verhalten. Das hab ich herausgefunden. Heute nimmt sie sich einen halben Tag frei, was wohl sonst nie passiert. Sie fährt vom Rathaus nicht nach Hause, sondern wählt eine komplett andere Route. Bis sie am Straßenrand anhält und einen Anruf empfängt. Dann wendet sie und steuert den Parkplatz eines Supermarkts an, den sie vorher links liegengelassen hat. Insgesamt sind wir zuvor an mehreren Läden vorbeigekommen.«

»Was befürchtest du?«

»Dass jemand sie vor mir gewarnt hat.«

»Scheiße!«

»Ich kann das nicht allein entscheiden. Aber schon mit diesem Telefonat gehen wir ein Risiko ein. Ich will Maßnahmen gegen Schlüter ergreifen. Gibst du mir die Erlaubnis?«

»Ja«, sagte Drosten. »Tu, was du für richtig hältst.«

»Eine letzte Frage. Hat euer Entführer einen osteuropäischen Akzent?«

»Er spricht fehlerfrei deutsch, aber ja, der Akzent ist vernehmbar.«

»Okay. Bis später!«

Mit dieser in der aktuellen Lage seltsam klingenden Verabschiedung beendete Sommer das Gespräch. Drosten steckte das Telefon zurück in die Ladeschale.

»Was ist passiert?«, fragte Melanie.

»Wir müssen ihm seine Augen und Ohren nehmen«, sagte Robert anstelle einer umfassenden Antwort.

»Bist du wahnsinnig? Dann tötet er Dana.«

»Er tötet uns alle, wenn wir uns nicht wehren.«

»Das weißt du nicht!«

Drosten lief zur Abstellkammer. »Man verhandelt nicht mit Entführern und Erpressern. Das führt nie zu etwas Gutem.«

»Das weißt du nicht!«, wiederholte sie kreischend.

Er griff zu einem langstieligen Besen.

Sie packte ihn beim Arm. »Mach das nicht!«.

»Ich hab die Entscheidung getroffen. Jetzt müssen wir es durchziehen.«

Melanie hielt ihn fest. »Das ist es ja. Immer triffst du die Entscheidungen. Wir sind verheiratet! Ich bin dagegen. Das muss dir etwas bedeuten.«

Robert schaute ihr in die Augen, in denen er Hass und Verzweiflung las. »Vertrau mir bitte. Um Dana zu retten, ist das der einzige Weg.«

Er schüttelte sie ab. Zuerst zerstörte er die in der Abstellkammer angebrachte Kamera; er schlug mit dem Ende des Stiels auf sie ein, bis die Linse zerplatzte. Dann riss er mit den Borsten das Mikrofon herunter. Er sah, wie sich Melanie vor eine der anderen Kameras stellte und mit den Armen winkte.

»Ich will das nicht!«, schrie sie. »Bestrafen Sie nicht Dana für seine Vergehen!«

Als Nächstes nahm Robert sich die Kamera im Wohnzimmer vor. Dabei hörte er, wie Melanie in den Hausflur lief. Schlüssel klimperten. Was hatte sie vor? Wollte sie aus dem Haus fliehen? Doch sie öffnete die Haustür nicht. Also machte er weiter. Auch die zweite Kameralinse zerbrach. Wieder nutzte er die Borsten, um das Mikrofon herunterzureißen. Er würde die Mikrofone später einfach aus dem Fenster werfen.

»Hör auf damit!«, erklang plötzlich Melanies entschlossene Stimme.

Er drehte sich um. »Das ...«, setzte er an, doch ihr Anblick ließ ihn verstummen.

»Leg den Besen weg!«

Sie hatte die Dienstwaffe aus dem Waffenschrank geholt und zielte auf ihn.

Nun war sie der Gegner, mit dem er nicht verhandeln durfte.

»Du weißt genau, du wirst niemals auf mich schießen«, sagte er leise. »Vertrau mir bitte.« Mit ungutem Gefühl steuerte er die Küche an. Unter normalen Umständen würde sie niemals abdrücken. Doch unter normalen Umständen hätte sie erst gar nicht die Waffe aus dem Schrank geholt. Leider herrschte zwischen ihnen der Ausnahmezustand.

24

Sommer rutschte tief auf dem Sitz hinab, als er Schlüter aus dem Supermarkt treten sah. Sie schaute sich hektisch um. Sie trug eine Papiertüte. War das ein weiterer Hinweis darauf, dass der Einkauf spontan stattgefunden hatte? Oder erwarb sie regelmäßig neue Papiertragetüten, weil sie nie daran dachte, Einkaufsbeutel von zu Hause mitzunehmen?

Auf dem ganzen Weg zum Auto schaute sie in alle Richtungen. Ihre Nervosität war unübersehbar. Da sie den Blick jedoch nicht auf sein Fahrzeug fixierte, schien sie ihn nicht wahrzunehmen. Ein Profi hätte sich die Zeit genommen, jeden einzelnen Wagen zu inspizieren – Schlüter hingegen machte das bloß oberflächlich. Als ihr am Auto der Schlüssel entglitt und zu Boden fiel, sah sich Sommer bestätigt. Sie reagierte wie ein Mensch auf der Flucht.

Vor wem floh sie? Vor ihm?

Vielleicht beginge sie in diesem Zustand Fehler, von denen er profitierte.

Schlüter stieg in ihren Golf ein und fuhr davon. An der Ausfahrt bog sie rechts ab. Also wich sie von der Route ab, die sie nach dem frühzeitigen Feierabend gewählt hatte.

Wohin verschlug es sie? Sommer hatte eine Ahnung und hoffte, dass es Schlüter nicht gelang, ihn zu überlisten.

Er parkte aus und verfolgte sie. Dabei hielt er dreihundert Meter Abstand. Sie überfuhr eine gelbe Ampel, während er die Rotphase abwarten musste. Doch einen halben Kilometer später sah er sie wieder vor sich.

Nach weiteren ereignislosen zehn Minuten, in denen er sie nie ganz aus den Augen verlor, erreichte sie ihre Wohngegend.

***

»Um diese Uhrzeit?«, entfuhr es Schlüter genervt.

Sie war es gewohnt, nach Feierabend nur schwer einen Parkplatz zu finden. Doch zur Mittagszeit hatte sie nicht damit gerechnet. Leider sorgte eine große Baustelle für zusätzliche Verknappung der freien Flächen.

Langsam rollte sie die Straße entlang. Ein Blick in den Spiegel offenbarte ihr keinen Verfolger. Vielleicht war ihre momentane Nervosität übertrieben – wohler wäre ihr aber erst zumute, sobald sie die eigene Wohnungstür von innen verriegelte.

Endlich entdeckte sie einen freien Parkplatz. Als sie direkt daneben anhielt, hatte sie den Eindruck, nicht hineinzupassen. Zum Glück verfügte ihr Wagen über ein Parkkontrollsystem. Sie legte den Rückwärtsgang ein und versuchte, sich in die Lücke zu quetschen. Aufgrund der hohen Warntöne, die kurz darauf erklangen, brach sie den Einparkversuch ab. Auch der zweite Versuch misslang. Sie gab auf und fuhr die Straße entlang. Bei der nächsten Gelegenheit bog sie nach rechts ab und hatte auf Anhieb Glück. Direkt vor einer Hinterhofeinfahrt befand sich eine Lücke, in die sie ohne Probleme hineinpasste.

***

Sommer traf eine Entscheidung. Drosten hatte ihm die Erlaubnis erteilt, Maßnahmen gegen Schlüter zu ergreifen. Nun würde er zuschlagen.

Wenn Schlüter die Komplizin des Entführers war – wahrscheinlich jenes Mannes, bei dem sich potenzielle Zeugen an einen osteuropäischen Akzent erinnerten – , führten die beiden vermutlich eine Beziehung. Fragte sich bloß, wie viel dem Unbekannten Schlüters Unversehrtheit wert war. Konnte Sommer sie als Faustpfand einsetzen, um den Fremden davon abzubringen, Dana etwas anzutun?

Er parkte den Wagen in der Lücke, in die Schlüter nicht hineingepasst hatte. Da sein Pkw größer war als ihrer, lenkte er ihn teilweise auf den Bürgersteig. Dann stieg er aus und öffnete den Kofferraum. Die geöffnete

Kofferraumklappe bot ihm Sichtschutz. Er linste zu dem Haus, in dem Schlüter wohnte.

Nach kurzer Wartezeit entdeckte er sie. Mit den Einkäufen in der Hand stöckelte sie zum Hauseingang. Ohne den Kofferraum zu schließen, ging er auf sie zu. Als er bis auf fünfzig Schritte herangekommen war, blieb sie abrupt stehen und starrte ihn an.

Sommer rannte los.

***

Völlig perplex entdeckte sie den Mann aus dem Jugendamt. Wie vom Blitz getroffen blieb Schlüter stehen. Im nächsten Moment sprintete der Kerl los.

Die Einkaufstüte fiel ihr aus der Hand. Da sie es unmöglich rechtzeitig bis zum Hauseingang schaffte, drehte sie sich um und floh.

Doch auf ihren fünf Zentimeter hohen Absätzen hatte sie keine Chance.

Sie war kaum zehn Schritte gelaufen, als er sie an der Schulter packte.

»Hilfe!«, schrie Schlüter.

***

»Sei leise, oder ich tu dir weh!«, zischte Sommer ihr ins Ohr.

»Hilfe!«, wiederholte sie trotz seiner eindringlichen Warnung.

Er legte ihr die Hand auf den Mund, doch sie biss zu und erwischte ihn sogar. Reflexartig ließ er sie los. Noch einmal versuchte sie, von ihm loszukommen, riss sich los und brachte zwei Meter Abstand zwischen sie. Sofort holte Sommer sie ein und versetzte ihr einen Stoß.

Schlüter verlor das Gleichgewicht, stürzte zu Boden und schrie schmerzerfüllt auf. Der Hauptkommissar trat zu ihr, half ihr auf und zog sie fest an sich.

»Wir gehen jetzt zu meinem Auto, und du verhältst dich kooperativ.«

»Vergewaltigung!«

Sommer nahm sie in den Polizeigriff und schleifte sie zum Wagen.

»Hilfe!«

Durch ihre Körperhaltung fiel der Hilferuf deutlich leiser aus als zuvor. Doch ausgerechnet in diesem Moment trat ein Pärchen aus einem Hauseingang. Fassungslos beobachteten die beiden das Schauspiel.

»Was machen Sie da?«, fragte der Mann.

»Lassen Sie die Frau los!«, forderte seine Begleiterin.

»Er will mich vergewaltigen«, quiekte Schlüter. »Helfen Sie mir!«

»Ich bin Polizist!«, erklärte Sommer. »Die Verdächtige leistet Widerstand gegen ihre Verhaftung.«

»Er lügt«, presste Schlüter keuchend hervor, obwohl er sie noch fester packte.

»Zeigen Sie mir Ihren Dienstausweis«, forderte die Zeugin.

»Das geht gerade nicht.« Sommer trennten zehn Schritte zum eigenen Fahrzeug.

Unglücklicherweise beschloss der Mann, den Helden zu spielen. Warum zeigten Menschen bevorzugt in den falschen Situationen Zivilcourage?

Er stellte sich Sommer in den Weg. »Lassen Sie die Frau los!«

Sommer analysierte den Gegner. Er wirkte nicht sonderlich sportlich, auch die Körperhaltung, die er eingenommen hatte, deutete nicht auf Kampfsporterfahrung hin. Hätte Sommer die Hände frei gehabt, hätte er ihn wahrscheinlich binnen einer Sekunde zu Boden gerungen.

Er ahnte, dass ihm die folgenden Minuten mindestens ein Dienstverfahren einbrocken würden. Vielleicht riskierte er sogar seine Polizeikarriere. Doch für seinen Freund Robert nahm er das in Kauf.

»Gehen Sie mir aus dem Weg, sonst tut es Ihnen leid«, warnte er den Passanten.

»Das werde ich nicht. Sie können die Frau nicht so behandeln.«

»Sie hat ein Kind entführt.«

»Hab ich nicht!«, kreischte Schlüter. »Er lügt!«

Der Blick des Mannes huschte zwischen seiner Begleitung und Sommer hin und her. »Ich glaube Ihnen nicht.« An seine Partnerin gewandt, fügte er hinzu: »Schatz, ruf die Polizei.«

»Ich hab mein Handy nicht dabei«, murmelte sie entschuldigend.

Sommer verstärkte erneut den Griff um Schlüters Hals. Sie röchelte. Unvermittelt ließ er sie los und versetzte ihr von oben einen Stoß. Schlüter schlug mit dem Gesicht auf dem Boden auf. Zugleich rannte Sommer auf den jungen Mann zu. »Tut mir leid«, flüsterte er und rammte den Zeugen mit voller Wucht auf Brusthöhe.

Die Freundin des Mannes kreischte entsetzt auf. Die Kraft des Angriffs schleuderte den mutigen Passanten nach hinten. Sein Hinterkopf schlug am Boden auf, dann blieb der Zivilist reglos liegen.

»Jens!«, schrie seine Freundin besorgt. Doch sie traute sich nicht, zu ihm zu rennen.

»Es tut mir leid«, wiederholte Sommer.

Er packte die benommene Schlüter und schleifte sie zum Auto. Dort warf er sie in den Kofferraum, schloss ihn und sprang hinters Steuer. Dann parkte er aus und raste davon.

***

Der Entführer saß hinterm Steuer und schaute auf das große Multimediadisplay, an das die Freisprecheinrichtung gekoppelt war. Die Signalstärke des Handys schlug bis zum letzten Balken aus, obwohl er sich mittlerweile auf der Autobahn befand. Bis zu seinem Unterschlupf würde er ohne Stau noch geschätzte zwei Stunden benötigen.

Luisas Rückmeldung war längst überfällig. Sie hatten zuletzt vor fünfundzwanzig Minuten telefoniert. Er hatte ihr aufgetragen, ohne Umwege nach Hause zu fahren und sich anschließend bei ihm zu melden. Warum tat sie das nicht?

Er wechselte auf die linke Spur und trat das Gaspedal durch. Gleichzeitig drückte er einen Knopf am Lenkrad.

»Wähle Nummer Luisa Schlüter.«

Das System funktionierte einwandfrei. Im Display erschien Luisas Mobilfunknummer. Das Freizeichen erklang. Eine halbe Minute später ertönte Luisas aufgezeichnete Stimme, die ihn bat, eine Nachricht zu hinterlassen.

»Scheiße!«, fluchte er in seiner Muttersprache.

***

Die Waffe steckte in Drostens Hosenbund. Er war auf Melanie zugegangen und hatte beruhigend auf sie eingeredet. Schließlich hatte sie den Lauf gesenkt und ihm die Pistole gegeben. Dann war sie zur Wohnzimmercouch geschwankt und heulend zusammengebrochen. Statt seine Frau zu trösten, hatte er die übrigen Kameras zerstört, die Mikrofone abgerissen und sie in einer großen Transportbox gesammelt. Die Box stand mittlerweile draußen auf der Terrasse.

Er hatte dem Entführer Augen und Ohren geraubt. Hoffentlich bedeutete das nicht Danas Todesurteil.

»Du hast meinen Engel umgebracht«, sagte Melanie anklagend.

Langsam näherte er sich der Couch. »Hab ich nicht. Nur so konnten wir sie retten.«

»Geh weg!«, schrie sie. »Fass mich bloß nicht an.«

Offenbar stand Melanie kurz vor dem endgültigen Zusammenbruch. So gern Robert sie auch tröstend in den Arm genommen hätte: Konnte er ihr verzeihen, dass sie ihn mit der Waffe bedroht hatte?

Das Klingeln an der Haustür riss ihn aus den Gedanken.

Melanie hob überrascht den Blick. »Wer ist das?«, fragte sie.

Drosten griff nach der Waffe und ging zur Tür. Er blickte durch den Türspion und sah zu seiner grenzenlosen Erleichterung Lukas Sommer. Robert riss die Tür auf.

»Lukas!«

Die beiden Männer umarmten sich fest.

»Ich bin so froh, dich zu sehen«, sagte Sommer. Dann löste er sich aus der Umarmung. »Ich hab einen Besucher mitgebracht.«

Irrationalerweise hoffte Drosten, dass sein Partner Dana befreit hätte. Er sah zu, wie Sommer zum Kofferraum ging, ihn öffnete und eine Frau herauszerrte.

Erst auf den zweiten Blick erkannte er die Beamtin des Jugendamts. »O Gott«, flüsterte er.

»Wir müssen sie verhören.« Sommer führte sie im Polizeigriff zum Eingang. Sie stolperte mehr vor ihm her, als dass sie ging. »Wir haben nicht viel Zeit«, fuhr Sommer fort. »Wir müssen sie an einen Stuhl fesseln. Und ich brauche eine Geflügelschere.«

»Eine Geflügelschere?«, wiederholte Drosten fassungslos.

Schlüter kreischte entsetzt auf.

Als alle im Hausflur standen, warf Drosten die Tür zu.

»Geflügelschere, Rosenschere, was auch immer. Es geht um Danas Leben. Wir haben nicht viel Zeit. Vor allem nicht für langwierige Verhöre und endlose Lügen. Das hier funktioniert nur mit roher Gewalt.«

Aus Schlüters Jackentasche drang der Klingelton eines Handys. Gleichzeitig kreischte die Beamtin erneut auf und flehte um Erbarmen.

25

»Zieh die Jacke aus«, befahl Sommer.

Das Klingeln verstummte. Unterdessen trat Melanie Drosten in die Diele.

»Was machst du hier?«, fragte sie leise.

Sommer sah an ihrem verquollenen Gesicht, dass sie in den letzten Stunden viel geweint hatte. Er befürchtete, sie könnte zu einem Bremsklotz werden. »Dana retten.«

»Wo ist Dana?«, rief Schlüter. »Was wollen Sie von mir?«

Sommer trat dicht neben sie, während Drosten sie festhielt. »Weißt du, was ich interessant finde? Wieso fragst du erst jetzt? Du läufst vorhin vor mir davon. Einfach so? Ohne zu ahnen, worum es geht?«

»Da war so ein Blick in Ihren Augen. Der reine Wahnsinn. Da wäre jeder vernünftige Mensch abgehauen.«

»Ich glaub dir nicht. Robert, zieh ihr die Jacke aus!«

Sein Freund zog der Gefangenen die Herbstjacke über die Schulter. Schlüter wehrte sich kurz, bis sie die Hoffnungslosigkeit ihres Unterfangens einsah. Sommer bemerkte, dass sie Melanies Blick suchte.

»Frau Drosten. Melanie! Stoppen Sie den Wahnsinn!«, flehte sie. »Sonst muss ich einen Bericht schreiben, und dann wird Ihnen Dana wieder weggenommen. Selbst wenn Sie für die Freiheitsberaubung nicht ins Gefängnis kommen sollten, stecken wir Dana zurück ins Heim.«

Sommer hatte sie aussprechen lassen. Die Hoffnung, sie würde sich verplappern, erfüllte sich jedoch nicht.

Melanie schaute die beiden Männer an. »Was macht ihr? Wieso quält ihr sie?«

»Sie steckt mit dem Entführer unter einer Decke. Ist seine Komplizin«, erklärte Sommer.

»Das stimmt nicht!«, fauchte Schlüter. »Sie spinnen!«

»Bist du dir sicher?«, fragte Melanie. »Ich kann mir das nicht vorstellen.«

»Genau!«, rief Schlüter.

»Gib mir ihre Jacke«, sagte Sommer zu Drosten.

Der warf sie ihm zu und packte anschließend Schlüters Arme, die er ihr auf den Rücken drehte.

»Melanie, das ist Ihre letzte Chance. Soll Dana schon wieder ihr Zuhause verlieren? Sagen Sie Ihrem Mann, er soll mich loslassen.«

»Robert, bitte«, flüsterte Melanie.

»Ich vertrau Lukas' Einschätzung.«

»Und wenn er sich irrt? Geht er dann für uns ins Gefängnis?«

»Genau!«, feuerte Schlüter Melanie an. »Sie haben es durchschaut.«

Sommer bemerkte, dass Schlüters Stimme an Festigkeit gewann. Durch Melanies Zweifel bekam sie Oberwasser, was das anstehende Verhör verkomplizierte. Er tastete die Taschen der Jacke ab. In einer steckte ein Schlüsselbund mit rund einem Dutzend Schlüsseln. In der anderen ein Handy und ein Portemonnaie. Das Display des Handys war gesperrt. Er wischte darüber. Das System forderte ihn auf, entweder den Fingerabdrucksensor zu benutzen oder den vierstelligen Entsperrcode einzugeben.

»Wie lautet der Code?«, fragte Sommer.

»Den sag ich Ihnen nicht.« Schlüter schaute ihn trotzig an.

Sommer packte ihre Hand, die sie krampfhaft zur Faust ballte. Er bog die Finger auseinander. Schlüter schrie vor Schmerz, doch er merkte sofort, dass sie bloß ein Schauspiel aufführte.

»Lukas, tu ihr nicht weh«, flehte Melanie.

»Sie simuliert.«

Er führte ihren Zeigefinger an den Sensor. Im nächsten Moment entsperrte sich das Handy. Rasch überprüfte er, wer sie gerade angerufen hatte.

»Vier verpasste Anrufe von Kosta in den letzten zwanzig Minuten. Da will jemand dringend mit dir sprechen.«

»Ich kenne keinen Kosta«, behauptete Schlüter.

»Und wieso hast du dann nur seinen Vornamen in deiner Kontaktliste gespeichert? Du hast schon besser gelogen.«

Sommer überprüfte WhatsApp, SMS und das Anrufprotokoll. Er fand weder Nachrichten noch Einträge in den Protokollen, die auf einen Kontakt zwischen den beiden hindeuteten. Aus seiner Undercoverzeit wusste er jedoch, dass das nichts zu bedeuten hatte. Er hatte damals nach jedem Telefonat mit seiner Kontaktperson den Protokolleintrag gelöscht. Ebenso war er mit verschickten und empfangenen Nachrichten vorgegangen. Obwohl er ein geheimes Handy benutzt hatte, das die meiste Zeit in einem Versteck gelegen hatte.

Plötzlich erklang der Anrufton erneut, und im nächsten Moment stand der Name *Kosta* im Display.

»Halt sie fest«, sagte er zu Robert. Dann packte er Melanie und zog sie von den beiden weg in die Küche, wo er die Tür schloss. »Du musst das Gespräch annehmen. Vielleicht verrät er dir etwas, wenn er glaubt, du seist Schlüter.«

»Das kann ich nicht«, flüsterte Melanie.

»Du musst!«, entgegnete Sommer. »Tu es für Dana!«

***

Er kam gut voran. Bislang hatte ihn kein Stau oder stockender Verkehr aufgehalten. Nur Luisas fehlende Rückmeldung beunruhigte ihn.

Traf seine schlimmste Befürchtung zu?

Erneut drückte er die Lenkradtaste und rief seine Partnerin per Sprachbefehl an.

Das Freizeichen erklang. Die Sekunden verstrichen. Als er bereits vermutete, wieder nur auf der Mailbox zu landen, meldete sie sich endlich.

»Hallo!«

»Luisa, wo warst du? Scheiße! Ich hab mir Sorgen gemacht. Bist du zu Hause?«, sprudelte es aus ihm heraus.

Am anderen Ende der Leitung herrschte Schweigen. Verwirrt schaute er zum Display. War das Netz zusammengebrochen? Doch das System zeigte ihm die bestehende Verbindung an.

Plötzlich wurde ihm klar, welchen Fehler er gemacht hatte. Durch den Lärmpegel, den der Wagen bei Tempo 190 verursachte, hatte er nicht auf den Klang der Stimme geachtet. Wie dumm von ihm.

»Melanie! Das war der schlimmste Fehler deines Lebens. In fünf Minuten bin ich bei Dana und schneide ihr die Kehle durch!«

»Nein!«, erklang Melanies verzweifelter Schrei.

Er trennte die Verbindung. Sie hatten Luisa in ihre Gewalt gebracht. Dafür müsste Dana bezahlen. Entweder würde er sie sofort töten oder als Druckmittel einsetzen, um Luisa zu befreien.

Ein deutlich langsamerer Wagen zog plötzlich vor ihm auf die linke Spur. Wütend betätigte er die Lichthupe und fuhr dicht auf. Im letzten Moment machte das Auto wieder Platz.

***

Melanie erkannte seine Stimme schon bei den ersten Worten. Das war der Entführer. Lukas schaute sie an, und sie nickte.

Dann bemerkte der Mann seinen Irrtum und drohte ihr Danas grausamen Tod an. Sie schrie, und der Hurensohn beendete das Gespräch.

»Erzähl!«, bat Sommer. »Jede Einzelheit hilft uns.«

»Es war die Stimme des Entführers. Aus den Lautsprechern. Zuerst hat er mich für sie gehalten.« Sie deutete mit dem Kopf zum Hausflur. »Aber er hat seinen Irrtum gleich bemerkt.«

»Was hat er gesagt? Wieso hast du geschrien?«

»Angeblich ist er in fünf Minuten bei Dana und schneidet ihr die Kehle durch.« Melanie unterdrückte einen Schluchzer. Sie spürte eisige Kälte in sich.

Wenn sie Dana retten wollten, gab es nur einen Weg.

»Hast du sonst noch was wahrgenommen?«

»Er saß im Auto. Den Hintergrundgeräuschen zufolge wohl auf der Autobahn.«

»Die Angabe von fünf Minuten war gelogen!«, behauptete Lukas. »So schnell wird er nicht bei ihr sein.«

Melanie klammerte sich an seine Worte. »Mach sie fertig!«, zischte sie. »Bis sie die Wahrheit gesteht.«

Sommer packte einen Küchenstuhl und trug ihn ins Wohnzimmer.

***

»Lassen Sie mich los!«, kreischte Schlüter.

Sommer hatte sie am Arm gepackt und zerrte sie trotz ihres Widerstands ins Wohnzimmer.

»Hast du Kabelbinder im Haus?«, fragte er seinen Partner.

Der nickte.

»Hol sie!« Er zwängte Schlüter auf den Stuhl. Sie versuchte, aufzustehen, kam jedoch nicht gegen ihn an.

Drosten betrat das Wohnzimmer.

»Fessle ihr die Hände hinter dem Rücken.«

Robert packte Schlüters Arme, und wieder ertönte ihr schmerzerfülltes Wehklagen.

»Du glaubst, das sind Schmerzen?«, fragte Sommer. »Das ist erst der Anfang, wenn du nicht kooperierst.«

»Hände sind gefesselt«, erklärte Drosten Sekunden später.

Sommer baute sich vor Schlüter auf, gerade außerhalb der Reichweite ihrer Füße. Trotzdem trat sie nach ihm.

»Du hast jetzt genau eine Chance, uns freiwillig zu sagen, wo Kosta Dana versteckt hält.«

»Freiwillig?«, kreischte sie.

»Wo ist Dana?«

»Ich hab keine Ahnung!«, behauptete Schlüter.

Sommer schüttelte genervt den Kopf. »Bring mir die Geflügelschere. Wir haben keine Zeit für solche Spielchen.«

»Nein«, jammerte die Beamtin.

»Ich hol sie«, sagte Melanie.

Sie verschwand in der Küche und riss eine Schublade auf. Das Klappern drang bis ins Wohnzimmer.

»Ich fange mit dem kleinen Finger deiner linken Hand an. Jedes Mal, wenn du mir keine Antwort gibst, verlierst du einen Finger.«

»O Gott!«, stöhnte Schlüter. »Das können Sie nicht tun.«

»Es ist nicht meine Entscheidung.«

Melanie kehrte mit einer silbernen Geflügelschere zurück.

»Was sind Sie für Menschen?«, wisperte Schlüter.

Sommer sah, dass Robert mit widersprüchlichen Gefühlen kämpfte. Außerhalb von Schlüters Blickfeld zwinkerte er ihm zu. »Wo ist Dana?«, fragte er erneut.

»Ich weiß es nicht!«

Sommer kniete sich hinter den Stuhl. Falls Schlüter auf den Bluff nicht hereinfiel, war das Pflegekind der Drostens verloren. Er packte ihre linke Hand, die sie erneut zur Faust ballte. Sommer bog den kleinen Finger heraus und setzte die Geflügelschere am Fingergrundgelenk an.

»Das wird sehr weh tun.«

Die Beamtin schluchzte. »Erbarmen!«

»Wo ist Dana?«, wiederholte er. Obwohl er um das Risiko wusste, Schlüter zu verletzen, verstärkte er den Druck auf die Schere.

Offenbar überkam Schlüter Panik, denn völlig unerwartet platzte sie mit einer Adresse heraus. Dann schluchzte sie erneut.

»Haben Sie einen Schlüssel?«, fragte Sommer.

»Ja.«

Er nahm die Geflügelschere von ihrem Finger und stand auf. »Ich kontrolliere an deinem PC, ob die Adresse stimmt.«

»Wie willst du das einschätzen?«, erkundigte sich Robert leise.

»Ich glaube, sie war vorhin auf dem Weg zum Versteck«, antwortete Sommer.

26

Google Maps zeigte ihm nach Eingabe des Startpunktes ›Rathaus‹ genau die Strecke an, die Schlüter gewählt hatte. Entweder war sie eine fantastische Lügnerin, weil sie trotz der Angst um ihre körperliche Unversehrtheit dazu imstande war, eine falsche Adresse zu nennen. Oder sie war zur Mittagszeit auf dem Weg dorthin gewesen und hatte ihnen unter Druck die Information geliefert, die sie benötigten.

Er kehrte ins Wohnzimmer zurück und nickte Drosten zu. Dann nahm er den Schlüsselbund in die Hand. »Mit welchem Schlüssel komme ich ins Haus?«, fragte er.

»Gelber Schlüsseldeckel«, antwortete sie leise.

»Wo ist Dana?«

»Im Keller.«

»Brauche ich dafür noch andere Schlüssel?«

»Das weiß ich nicht. Seit er Dana versteckt hält, war ich nie da unten. Sie sollte mich nicht sehen.«

Die Beamtin wirkte völlig gebrochen. Sommer glaubte nicht, dass sie log.

»Lass uns in dein Arbeitszimmer gehen«, sagte er zu Robert. »Melanie, du passt auf.«

Die beiden Männer verließen das Wohnzimmer. In Roberts Arbeitsraum schloss Sommer die Tür.

»Du hättest ihr nicht den Finger abgeschnitten«, mutmaßte Drosten. »Das sollte dein Zwinkern doch bedeuten, oder?«

»Natürlich nicht.«

»Hat sie denn die Wahrheit gesagt?«

»Der Routenplaner zeigt mir die Strecke an, die wir zum Teil schon heute Mittag zurückgelegt haben. Streetview präsentiert mir ein freistehendes Haus. Könnte passen.«

»Wie lang brauchst du dahin?«, fragte Drosten.

»Vierzig Minuten!«

»Scheiße! Ich fürchte, er ist vor dir da.«

»Das wissen wir nicht. Hast du verlässliche Kontakte zur Wiesbadener Polizei?«

»Ich kenne zwei Kommissare der Kriminalpolizei.«

»Bitte einen von ihnen um Hilfe. Vielleicht können sie Streifenwagen hinschicken. Aber sie sollen das Haus bloß im Auge behalten. Wir haben einen Zugangsschlüssel, und ich will nicht riskieren, dass sie Fallen auslösen, wenn sie das Haus gewaltsam betreten.«

»Mach ich!«, sagte Drosten.

»Außerdem brauche ich deinen Wagen.«

»Wieso?«

»Meiner könnte auf der Fahndungsliste stehen.« In aller Kürze fasste er die Ereignisse bei Schlüters Adresse zusammen.

»Bring uns Dana! Sonst war das alles umsonst!«

***

Das Navi prophezeite eine Ankunft am Unterschlupf in einer Dreiviertelstunde. Kosta starrte auf die Anzeige. Dank seiner hohen Geschwindigkeit hatte er schon einige Minuten eingespart. Doch er befürchtete, dass ihm eine Tagesbaustelle oder der zunehmende Verkehr jederzeit einen Strich durch die Rechnung machen könnten.

Er hatte beschlossen, Luisa den Wölfen zum Fraß vorzuwerfen. Ein Gefangenenaustausch würde niemals funktionieren und ihn am Ende selbst hinter Gitter bringen. Zwar liebte er Luisa, doch hatte sie genau gewusst, worauf sie sich einließ, und über ein Jahrzehnt davon profitiert.

Kosta dachte an sie. Sie hatten sich geliebt, allerdings nie eine normale Beziehung geführt. Manchmal war Kosta monatelang nicht in Deutschland. Aber immer, wenn sie Zeit miteinander verbrachten, war es leidenschaftlich. Eine Verbindung, die man wie eine Deckenlampe ein- und wieder ausschaltete – je nach Bedarf.

Es gab keinen Grund, ihretwegen seine Freiheit zu riskieren. Kosta würde zum Unterschlupf fahren und zuallererst Dana töten. Vielleicht würde er Fotos von der aufgeschnittenen Kehle des Kindes schießen, die er später Melanie schicken könnte. Danach würde er die wichtigsten Sachen zusammenpacken und abhauen. Er musste am Samstag den Deal über die Bühne bringen, bevor er im Ausland untertauchte.

Erneut schaute er auf das Navi. Mittlerweile waren es bloß noch vierzig Minuten.

***

Es dauerte ein paar Sekunden, bis sich Sommer mit dem fest installierten Navigationssystem in Drostens Auto vertraut gemacht hatte. Dann gab er die Adresse ein. Das Navi berechnete ihm die Fahrtstrecke. Zweiundvierzig Minuten. Er fuhr los. Er dachte über die vergangenen Stunden nach. Polizisten hatten schon mit deutlich geringeren Vergehen ihre Karrieren ruiniert. Ihm fiel ein Fall ein, der einige Jahre zurücklag. Ebenfalls eine Kindesentführung, ein Bankierssohn. Der stellvertretende Polizeipräsident hatte einen Kriminalhauptkommissar genötigt, dem Entführer Gewalt anzudrohen. Der Beschuldigte war zusammengebrochen und hatte das Versteck des entführten Jungen genannt, in dem man das Opfer jedoch nur tot aufgefunden hatte. Beide Polizisten waren später zu einer Geldstrafe verurteilt worden und hatten eine Verwarnung auf Bewährung erhalten. Sommer war viel weiter gegangen. Er hatte Schlüter gewaltsam verschleppt, sie in einen Kofferraum gesperrt und einen unschuldigen Beteiligten attackiert. Außerdem hatte er Schlüter allein durch das Ansetzen der Geflügelschere bereits gefoltert.

Genug Schandtaten, um ihn für immer aus dem Polizeidienst zu entfernen.

Falls er Dana lebend rettete, hätte sich der Einsatz trotzdem gelohnt. Genau wie all die Taten, die er damals begangen hatte, um Carla und ihren Bruder Simon zu retten. Offenbar gehörte es zu seinem Leben dazu, alle paar Jahre in eine Situation zu geraten, die ihn über Grenzen führte.

An einer roten Ampel musste er warten. Noch sechsunddreißig Minuten bis zum Zielort.

***

Zehn Minuten vor dem Ziel fuhr Kosta von der Autobahn ab. Nun müsste er sich penibel an die Geschwindigkeitsbegrenzung halten, denn gerade auf den nächsten Kilometern bauten die Bullen öfter Radarfallen auf. Auseinandersetzungen mit Verkehrsbullen, die ihm eine Strafe aufbrummten, konnte er nicht gebrauchen. Außerdem würden sie ihm womöglich anmerken, unter welchem Druck er stand.

Kaum hatte er den Gedanken zu Ende gedacht, bemerkte er ein Radargerät. Doch es blitzte ihn nicht, und er fuhr unbehelligt weiter.

***

Sommer erreichte die Straße, in der das Haus lag. Schon aus einigen hundert Metern Entfernung sah er insgesamt drei Streifenwagen davor. Polizisten hatten sich um das Gebäude verteilt.

Er näherte sich ihnen, fuhr das Fenster der Fahrerseite herunter und streckte seinen Dienstausweis heraus. Dann hielt er an.

Eine uniformierte Polizistin kam zu ihm. »Sie sind Lukas Sommer?«

»Ja. Wann sind Sie hier eingetroffen?« Er stieg aus und schaute sich um.

»Vor zehn Minuten. Seither konnten wir im Inneren keine Bewegung ausmachen. Die Zentrale hat uns gesagt, Sie besitzen einen Schlüssel?«

»Korrekt.«

»Und im Haus befindet sich ein entführtes Kind?«

»Ziemlich sicher. Ich schlage vor, Sie halten mit insgesamt vier Polizisten davor Wache. Der Entführer ist bewaffnet, gefährlich und wahrscheinlich auf dem Weg hierher. Zwei von Ihnen folgen mir bitte ins Haus.«

»Alles klar. Das entführte Kind ist ein Mädchen?«

»Ja.«

»Dann halte ich es für ratsam, dass ich und meine Kollegin mit Ihnen ins Gebäude gehen. Der Anblick von Frauen könnte beruhigender wirken.«

»Klingt nachvollziehbar.«

Die Beamtin rief die Kollegen zu sich und verteilte die Aufgaben. Sommer zog unterdessen den Schlüsselbund aus der Jackentasche und steckte den Schlüssel mit dem gelben Schlüsseldeckel ins Schloss. Er passte.

***

Kosta bog ab.

In der nächsten Sekunde bremste er abrupt und stieß einen Fluch in seiner Muttersprache aus.

Er war zu spät. Vor dem Haus standen Streifenwagen, außerdem betraten soeben einige Polizisten seinen Unterschlupf.

Hektisch legte er den Rückwärtsgang ein und fuhr zurück. Wenn die Streifenbullen das mitbekamen, würden sie ihn wohl verfolgen.

Da momentan kein Verkehr herrschte, konnte er ungehindert wenden. Dann raste er in die Richtung davon, aus der er gekommen war.

Verzweiflung packte ihn, als ihm bewusst wurde, dass die Beamten seinen Computer und den Laptop beschlagnahmen würden. Zwar hatte er die Dateien verschlüsselt, doch IT-Cracks würde es garantiert gelingen, die Daten zu entschlüsseln. Fragte sich bloß, wie lang sie dafür brauchten.

Er musste sich schnellstmöglich ins Ausland absetzen und untertauchen. Je mehr Geld ihm zur Verfügung stand, desto besser. Automatisch dachte er an den Deal, den er ursprünglich Samstagabend über die Bühne bringen wollte. Ob sich der Termin vorziehen ließ? Fünf Millionen Euro waren eine Summe, die problemlos einen Neustart ermöglichte. Selbst wenn er anschließend nicht bloß die Bullen am Hals hätte.

***

Sommer und die Polizistinnen betraten den Raum mit den Monitoren. Die meisten zeigten bloß ein schwarzes Bild. Auf einem hingegen sah Sommer Dana, die auf einem Bett saß und vor sich hinstarrte.

»Sie sieht gesund aus«, sagte eine der beiden Polizistinnen erleichtert.

Sommer nickte, musste jedoch an Carla und Simon denken. Manchmal konnte der erste Eindruck täuschen.

»Suchen wir sie. Außerdem sollten wir laut ihren Namen rufen. Damit sie uns hört und sich beim Aufschließen der Tür nicht erschreckt. Sie heißt Dana.«

***

Dana starrte vor sich hin. Sie hatte das Frühstück schon lange aufgegessen. Mittlerweile knurrte ihr Magen. Außerdem musste sie dringend zur Toilette und wollte nur ungern in den Eimer pinkeln, der für solche Notfälle in der Ecke stand.

»Dana!«

Verwirrt schaute sie zur Tür. Rief da jemand ihren Namen, oder bildete sie sich das bloß ein?

»Dana! Hier ist die Polizei! Wir retten dich!«

Sie sprang vom Bett auf und trat an die Tür. »Ich bin hier drin!«, brüllte sie, so laut sie konnte, und klopfte gegen das Holz.

***

Von außen steckte ein Schlüssel im Türschloss. Sommer überließ den Beamtinnen den Vortritt.

»Wir kommen jetzt rein!«, sagte eine der Frauen. »Tritt bitte von der Tür weg.«

Sie drehte den Schlüssel um und öffnete die nach innen schwingende Tür. Das Mädchen starrte sie mit großen, erleichtert wirkenden Augen an.

»Hallo, Dana!«, sagte Sommer. »Erkennst du mich? Ich bin ein Freund der Drostens. Wir haben vor ein paar Wochen zusammen gegrillt.«

»Ja.« Sie rannte ihm entgegen. Er kniete sich hin und schloss sie in die Arme. Das Mädchen schluchzte.

Während Sommer ihr beruhigend über den Kopf streichelte, betrachtete er verwirrt die Zimmereinrichtung. Eine Hälfte wirkte genau so, wie er Danas Zimmer bei den Drostens in Erinnerung hatte. Die andere Hälfte hingegen war komplett leer.

Wozu diente das Täuschungsmanöver? Er schaute über die Schulter zur Decke und sah die Kamera, die bloß den schön eingerichteten Teil des Zimmers einfing.

27

Der Wiesbadener Hauptkommissar, den Drosten herbeigerufen hatte, sorgte zunächst dafür, dass drei Streifenwagen zum Unterschlupf des Entführers rasten. Nachdem Drosten ihm telefonisch eine kurze Zusammenfassung der letzten Tage geliefert hatte, suchte er die Drostens persönlich auf.

Schlüter hatte mittlerweile einen Teil ihres Selbstbewusstseins zurückerlangt und wetterte wegen der erlittenen Qualen. Sie drohte den Drostens und dem abwesenden Sommer Klagen an.

»Stimmt das, was sie sagt?«, fragte Hauptkommissar Wiesner, nachdem er Schlüter in einen Streifenwagen gesetzt hat.

»Zum größten Teil«, bekannte Drosten. »Ich war nicht bei allem dabei.«

»Der Teil mit der Geflügelschere?«

Drosten nickte.

»Scheiße, Robert!«, fluchte Wiesner. »Du bist Polizist. Das hättest du nicht zulassen dürfen.«

»Es war der einzige Weg, Danas Aufenthaltsort schnell zu erfahren.«

»Das könnte dich die Marke kosten«, warnte Wiesner.

Drostens dachte nach. »Ich schätze, sie hat hilfreiche Informationen. Ihr Komplize ist tief in Geldwäschedelikte verstrickt. Vielleicht packt sie aus, wenn man ihr etwas anbietet. Dabei könnte man Bedingungen stellen.«

Wiesner verstand. »Einen Deal gibt es nur, falls sie über die Vorgänge schweigt.«

»Zum Beispiel.«

»Geldwäsche ist ein Fall fürs BKA. Du solltest deine Kollegen informieren. Sie sind die Einzigen, die Bedingungen für eine Kronzeugenregelung aushandeln können. Je nachdem, wie gut die Verdächtige über die Verbrechen informiert ist.«

Bevor Drosten antworten konnte, klingelte das Festnetztelefon. »Das ist Sommer!«, rief er.

Melanie eilte zu ihm, während er das Gespräch entgegennahm. »Ich hoffe, du hast gute Nachrichten«, begrüßte er den Anrufer.

»Dana ist gesund und munter.«

»Ich geb dir Melanie. Sag es ihr.« Er strahlte seine Frau an, die ihm das Telefon aus der Hand riss.

***

Nach Rücksprache mit allen Beteiligten wurde Schlüter von einem Verhörraum der Wiesbadener Kriminalpolizei dem BKA überstellt. Zusammen mit ihrem Anwalt – einem alten Freund der Familie, wie er mehrfach betonte – saß sie insgesamt drei Beamten und einem Staatsanwalt gegenüber. Weder Drosten noch Sommer gehörten aufgrund ihrer Verwicklung in den Fall zum Verhörteam. Zumal Schlüter schwerwiegende Vorwürfe gegen sie erhob.

Gleichwohl saßen die beiden im Nachbarraum, in dem sie das Verhör mithörten und über einen venezianischen Spiegel beobachteten.

Außer Angaben zu ihren Personalien hatte Schlüter keinerlei Auskünfte erteilt. Stattdessen wiederholte sie mantraartig, dass Sommer sie im Auftrag von Drosten gefoltert habe.

Drosten wäre am liebsten zu ihr gegangen und hätte sie daran erinnert, wieso sie zu den drastischen Maßnahmen gezwungen gewesen waren.

Der BKA-Hauptkommissar Dehndorf, der das Verhör leitete, hatte zuvor mit Drosten und Sommer die Strategie besprochen. Sie würden der Beamtin eine Kronzeugenregelung anbieten, falls sie Informationen besaß, die sich auf Geldwäschedelikte bezog. Hätte sie hingegen nur Kenntnisse über die Entführung, wäre das nicht ausreichend, um ihr eine deutliche Strafreduzierung in Aussicht zu stellen. Was das für die Karrieren der KEG-Beamten bedeuten würde, wusste jeder von ihnen.

Drosten ballte vor Anspannung die Fäuste in den Hosentaschen. Er hatte Danas Heimkehr abgewartet, dabei zugesehen, wie Melanie die Kleine in die Arme schloss und minutenlang nicht mehr loslassen wollte. Danach hatte er sich von seiner Familie verabschiedet – mit Melanies ausdrücklicher Genehmigung.

In den nächsten Minuten würde eine Entscheidung über die Frage seiner Suspendierung fallen.

»Frau Schlüter ...«, setzte Dehndorf erneut an.

»Hauptkommissar Sommer hat mich im Auftrag von Hauptkommissar Drosten gefoltert«, betete Schlüter ihre Vorwürfe mantraartig herunter.

»Wir wissen, dass Sie an Danas Entführung beteiligt sind. Das haben Sie sogar zugegeben.«

»Nur unter Folterandrohung«, behauptete sie.

Dehndorf lächelte spöttisch. »Deshalb hatten Sie auch einen Schlüssel zu dem Haus, in dem Dana festgehalten wurde. Oder hat der sich aus der Luft materialisiert?«

»Hauptkommissar Sommer hat mich im Auftrag von Hauptkommissar Drosten gefoltert.«

»Für die Entführung wandern Sie mindestens fünf Jahre ins Gefängnis.«

»Das ist ja lächerlich«, widersprach der Anwalt. »Sie ist lediglich Mitwisserin und hat in keiner Weise dem Mädchen die Freiheit geraubt. Ich sehe da maximal eine Bewährungsstrafe auf meine Mandantin zukommen.«

»Hinzu kommt die Freiheitsberaubung der Familie Drosten, die ebenfalls fast eine Woche lang eingesperrt war. Wir werden jeden Fall einzeln vor Gericht bringen. Sollte sich auch nur ein Fingerabdruck von Ihnen auf der Bedienkonsole der Monitore befinden, sind Sie reif. Das sind dann dreimal fünf Jahre.«

Während man Schlüters erschrockenem Blick ansah, dass sie wohl tatsächlich Fingerabdrücke hinterlassen hatte, verlor der Anwalt nichts von seiner arroganten Façon. Er musterte den Staatsanwalt. »Ich wünsche Ihnen viel Spaß vor Gericht, den Tatbestand der Freiheitsberaubung beim Ehepaar Drosten zu beweisen. Die hätten jederzeit das Haus verlassen können.«

Sommer legte Drosten beruhigend die Hand auf die Schulter. »Anwaltsgeschwätz«, brummte er.

»Zudem werden wir alles, wirklich alles daransetzen, Ihnen zu beweisen, dass Sie die Schuld am Tod von Maike und Rainer Fischer tragen. Ihr Anwalt wird Sie sicher aufklären, dass Mord nicht verjährt. Auch nicht die Mittäterschaft.«

»Aber sehr wohl das Nichtanzeigen der geplanten Straftat, falls Frau Schlüter überhaupt davon wusste.«

»Ich hasse Anwälte und ihre Spitzfindigkeiten«, sagte Drosten.

»Wir vermuten eine Verstrickung von Schlüters Komplizen Kosta Cebanu in Geldwäschegeschäfte«, fuhr Dehndorf fort. »Wahrscheinlich liegt darin sogar der Grund für die weiteren Straftaten. Und nun hören Sie uns genau zu, Frau Schlüter, denn wir machen das Angebot nur einmal. Wenn Sie uns als Kronzeugin helfen, mit relevanten Informationen alle genannten Taten aufzuklären, also die Geldwäsche, den Mord und die Freiheitsberaubung dreier Personen, klagen wir Sie bloß wegen Mittäterschaft an der Freiheitsberaubung eines Kindes an. Staatsanwalt Bochumer erklärt sich bereit, ein Strafmaß von dreieinhalb Jahren zu beantragen. Bei guter Führung wären Sie dann nach zwei bis zweieinhalb Jahren ein freier Mensch. Die Kronzeugenregelung können Sie allerdings nur in Anspruch nehmen, wenn Sie und Ihr Anwalt auf eine Anzeige gegen die Hauptkommissare Sommer und Drosten verzichten.«

Der Anwalt schüttelte lächelnd den Kopf. »Eine Krähe hackt der anderen kein Auge aus, nicht wahr?«

Dehndorf schaute lediglich auf seine Armbanduhr. »Das Angebot gilt genau eine Viertelstunde. Ab jetzt.«

»Führen Sie uns in einen Raum, in dem ich mich allein und ohne abgehört zu werden mit meiner Mandantin beraten kann. Außerdem gibt es keinen Grund für diesen Zeitdruck. Wir brauchen so lange, wie wir eben brauchen.«

***

Die folgenden Minuten zogen sich quälend in die Länge, obwohl Dehndorf die Zeit nutze, um sich noch einmal mit Sommer und Drosten kurzzuschließen. Die Viertelstundenfrist verstrich ereignislos, und Drosten befürchtete bereits, Schlüter würde das Angebot ablehnen. Doch nach dreiundzwanzig Minuten trat der Anwalt aus dem Raum und bat um Fortsetzung der Vernehmung, allerdings nicht, bevor seine Mandantin die Toilette aufgesucht habe. So wurde aus einer Viertelstunde am Ende eine halbe Stunde.

»Bekommen wir die Regelung schriftlich?«, fragte der Anwalt.

Staatsanwalt Bochumer öffnete einen Schnellhefter und holte zwei Blätter Papier heraus. »Ist bereits alles vorbereitet.«

Er schob die Dokumente dem Anwalt zu, der sie betont langsam prüfte und seiner Mandantin anschließend die komplette Regelung laut vorlas. Er schien jedes Wort zu betonen.

»Am meisten stört mich, dass die Folterknechte im Staatsdienst ungestraft davonkommen«, sagte er bedauernd.

»Das ist ein nicht-verhandelbarer Teil der Übereinkunft«, beharrte Dehndorf.

»Wo müssen wir unterschreiben?«, fragte der Anwalt.

Drosten stieß den unbewusst angehaltenen Atem aus. Auch Sommer ballte erleichtert die Fäuste.

***

»Ich habe Kosta vor fünfzehn Jahren kennengelernt«, begann Schlüter ihre Reise in die Vergangenheit. »Auf einer Hochzeit, bei der ich mit der Braut befreundet war und er mit dem Bräutigam. Wir verstanden uns auf Anhieb und landeten noch in der gleichen Nacht beschwipst im Bett.« Sie lächelte wehmütig. »Was war ich damals jung. Wir führten eine normale Beziehung, aber mir fiel natürlich auf, dass er im Gegensatz zu mir nie zur Arbeit musste. Meine Fragen, was er beruflich machte, beantwortete er bestenfalls ausweichend, meistens gar nicht. Nach ungefähr drei Monaten kündigte er mir einen längeren Auslandsaufenthalt an. Ich war wie vor den Kopf gestoßen und hielt das anfangs für einen Vorwand. Ich glaubte, dass er eigentlich mit mir Schluss machen wollte. Die nächsten acht Wochen hörte ich nichts von ihm. Dann stand er wieder vor meiner Tür, einen wunderschönen Strauß Blumen in der einen Hand, ein Schmuckkästchen in der anderen. Nahtlos machten wir dort weiter, wo wir aufgehört hatten. Er warnte mich vor, dass er auch zukünftig längere Phasen im Ausland sei und dass es mir kaum gefallen würde, wie er sein Geld verdiente. Ich wollte es trotzdem wissen. Als er sagte, er sei eine Art Finanzmakler, und mir erklärte, was genau dahintersteckte, fiel ich aus allen Wolken.«

»Finanzmakler?«, wiederholte Dehndorf.

Schlüter nickte. »Natürlich gab ich mich damit nicht zufrieden. Er gestand mir die Wahrheit. Kosta wäscht Geld für größere Haie, wie er es gern ausdrückt, und behält dafür einen zwanzigprozentigen Anteil. Um das zu realisieren, ist er stets auf der Suche nach finanziell angeschlagenen Unternehmen wie dem der Fischers.«

»Hat er Ihnen je die Namen der *größeren Haie* verraten?«

»Zumindest ein paar.«

»Nennen Sie welche!«

Ihr Blick schien in weite Ferne gerichtet, während sie nachsann. Als sie schließlich einige Namen von Personen nannte, nach denen das BKA fahndete, lächelte Dehndorf. Die Kronzeugin könnte Gold wert sein.

»Erklären Sie uns am Beispiel der Fischers, wie das Geschäft ablief.«

Schlüter gab eine logisch klingende Zusammenfassung. Das Ehepaar erhielt fünf Prozent und wusch das dreckige Geld der Organisationen, die Cebanu vertrat.

»Als Maike schwanger wurde, bekam das Paar erste Gewissensbisse. Richtig schlimm wurde es zur Kindergartenzeit Danas. Irgendwann weigerten sie sich, ihre Rolle weiterhin zu erfüllen, und drohten Kosta, ihn anzuzeigen. Hätten sie das nicht getan, würden sie heute noch leben.«

»Sie starben bei einem Verkehrsunfall«, sagte Dehndorf.

»Er hat sie von der Straße gedrängt«, erklärte Schlüter. »Seinetwegen sind sie im hohen Tempo gegen den Brückenpfeiler geprallt.«

»Dana Fischer kam zu ihren einzigen lebenden Verwandten«, kramte Dehndorf eine Information hervor, die ihm Sommer mitgeteilt hatte. »Wieso war Ihnen das ein Dorn im Auge?«

»Sven Fischer war Danas Vormund. Kosta wollte verhindern, dass er Zugriff auf alle Geschäftsunterlagen erhielt. Er befürchtete, dadurch aufzufliegen. Danas Onkel hat es uns aber auch leicht gemacht«, fügte sie hinzu. »Er war nicht in der Lage, ihr ein Zuhause zu bieten. Und seine Frau hatte kein Interesse an der

Vormundschaft. Sie hatte die kriselnde Ehe lieber beendet.«

»Dana kommt ins Heim, landet bei Pflegeeltern, muss wieder ins Heim«, fuhr Dehndorf fort. »Dann nehmen die Drostens sie auf.«

»Und Kosta reagiert panisch.«

»Wieso?«

»Zu dem Zeitpunkt fädelte er gerade eine neue Geschäftsbeziehung ein. Er hielt es für keinen Zufall, dass ausgerechnet ein Hauptkommissar des BKA damals der Pflegevater werden sollte.«

»Hauptkommissar Drosten ist doch schon lange nicht mehr beim BKA«, entgegnete Dehndorf.

»Das hat Kosta nicht beruhigt. Wir überlegten, wie wir den Antrag der Drostens torpedieren könnten. Aber ich fand keine Methode, die nicht auffällig gewirkt hätte.«

»Also haben Sie die Sache zähneknirschend akzeptiert?«, fragte Dehndorf.

»Und Kosta hing mir deshalb in den Ohren. Als er vor ein paar Wochen seinen bislang größten Deal einfädelte, meinte er, wir müssten etwas gegen die Drostens unternehmen. Ich versuchte, ihm das auszureden. Das müssen Sie mir glauben. Aber er war wie besessen. Sah überall Gespenster. Ich hab ihn in den letzten Wochen kaum wiedererkannt. Nur ihm zuliebe hab ich mich darauf eingelassen.«

»Welchen Umfang hat dieser Deal?«

»Er soll fünfzehn Millionen Euro waschen. Das wären drei Millionen für ihn. Abgewickelt wird das Ganze in drei Tranchen. Samstag bekommt er die ersten fünf Millionen überreicht.«

Dehndorf dachte nach. Drei Millionen Euro waren ein überzeugendes Argument für jedes Verbrechen dieser Welt.

»Hauptkommissar Drosten sagt, man hatte ihm und seiner Familie versprochen, ihn Sonntag freizulassen. War das tatsächlich der Plan?«

Schlüter zögerte.

»Ihnen kann strafrechtlich nur etwas passieren, wenn Sie Informationen verschweigen«, erinnerte Staatsanwalt Bochumer die Kronzeugin.

»Nein«, bekannte sie schließlich. »Das war nicht der Plan. Kosta wäre Sonntag in das Haus der Drostens eingedrungen und hätte dort Dana, Melanie und Robert erschossen. Dabei wollte er die Spuren so arrangieren, dass es nach erweitertem Suizid ausgesehen hätte.«

Dehndorf hob die Augenbraue. »Robert Drosten wäre der Schuldige gewesen?«

»Man hätte einen Abschiedsbrief am PC gefunden, von dem Kosta zuvor Filmmaterial hochgeladen hätte. Material, das während der Gefangenschaft aufgezeichnet worden ist und auf eine zerrüttete Ehe hingewiesen hätte. Es zeigt unter anderem, wie Melanie Robert eine schallende Ohrfeige gibt.« Schlüter schaute zum Spiegel und lächelte. »Außerdem mehrere Streits. Kosta hatte es so aussehen lassen, als hätte Robert Drosten die Kameras bestellt. Ich glaube, Ihre Kollegen wären tatsächlich darauf reingefallen.«

»Was bezweckte Cebanu damit?«

»Er hoffte, dadurch genug Verwirrung beim BKA zu stiften, um auch die zweite und dritte Geldübergabe reibungslos über die Bühne zu bringen. Fünfzehn Millionen Euro! Bei uns wären drei Millionen hängengeblieben, abzüglich der Provision der anderen Beteiligten. Über zwei Millionen für unsere Zukunft.«

»So hat er Sie gelockt?«

Schlüter nickte.

»Kennen Sie den Namen des Geschäftspartners?«

Die Beamtin nannte den Namen eines Ukrainers. Wieder empfand Dehndorf Triumphgefühle. Gegen den Osteuropäer ermittelte das BKA schon länger. Allerdings war der Name Cebanu im Rahmen der Ermittlungen nie gefallen.

»Eins muss ich noch loswerden«, sagte Schlüter. Herausfordernd schaute sie zum Spiegel. »Herr Drosten, haben Sie sich nicht gewundert, wieso wir die Anzahl der Kameras so perfekt planen konnten? Weil ich bei der Besichtigung Ihres Hauses Notizen gemacht habe und Kosta informieren konnte. Und dass wir Danas Gefängnis wie ihr Kinderzimmer ausstatten konnten, war auch nur möglich, weil ich ein zweites Mal bei Ihnen zu Hause war! Das alles haben Sie nicht mitbekommen. Ich hab das Zimmer fotografiert, angeblich für die Jugendamtsunterlagen. Auf dem Filmmaterial hätte man gesehen, wie Dana verängstigt im eigenen Bett liegt.«

Dehndorf wunderte sich über Schlüters Grinsen, immerhin war der Plan am Ende gescheitert. Trotzdem schien sie stolz auf ihr Mitwirken zu sein.

Plötzlich ging die Tür zum Verhörraum auf.

»Hochmut kommt vor dem Fall«, sagte Drosten. »Sie haben die kleine Abstellkammer übersehen oder vergessen. Sonst würden Sie jetzt nicht hier sitzen.«

Bevor Dehndorf ihn bitten konnte, den Raum zu verlassen, schloss Drosten bereits die Tür von außen.

28

Kosta Cebanus Zuflucht war ein kleines, billiges Zimmer in einem Zweisternehotel, das er für eine Nacht bar bezahlt hatte.

Donnerstagabend schickte er seinem Geschäftspartner eine Nachricht über einen verschlüsselten Chat.

Ian, wir müssen unsere Planungen vorverlegen. Ich schlage Freitag, zweiundzwanzig Uhr vor.

Es dauerte eine halbe Stunde, bis die knappe Antwort eintraf.

Wieso?

Cebanu hatte mit der Frage gerechnet und die Wartezeit genutzt, um die Antwort zu formulieren. Nun kopierte er sie in das Chatprogramm und wartete anschließend eine Weile, um dem Empfänger vorzugaukeln, er habe sie gerade erst geschrieben. Schließlich drückte er die Enter-Taste.

Die Eintracht spielt Samstagabend. Das Stadion ist ausverkauft. Entsprechend viele Bullen werden am Bahnhof die An- und Abreise überwachen. Außerdem ist der Samstag der stärkste Buchmessebesuchertag. Also weitere potenzielle Zeugen. Sorry, dass ich das nicht bedacht habe. Anstatt nach einem anderen Ort Ausschau zu halten, sollten wir es um vierundzwanzig Stunden vorziehen. Oder schaffst du das nicht? Dann verschieben wir es auf Sonntag. Oder noch besser Montag, wenn die Buchmesse vorbei ist.

Er hatte den Ukrainer als ungeduldigen Menschen kennengelernt. Eine Eigenschaft, auf die er nun sein Geld setzte. Natürlich könnte Cebanu im schlimmsten Fall bis Montag warten. Doch das gäbe den Bullen drei Tage mehr Zeit, ihn aufzustöbern.

Meinetwegen. Freitagabend zweiundzwanzig Uhr, lautete die wortkarge Antwort.

Cebanu lächelte zufrieden. Er würde am Frankfurter Hauptbahnhof die Sporttasche mit den fünf Millionen ausgehändigt bekommen. Doch statt sie in einer Frist von neunzig Tagen zu waschen, würde er mit dem Geld im Ausland untertauchen. Danach stünde er zwar auf Didenkos Todesliste, aber das Risiko musste er eingehen. Die Kontakte des Ukrainers reichten nicht nach Moldawien. Cebanu würde die Millionen einsetzen, um sein Aussehen und seine Identität zu verändern. Anschließend wäre noch genügend Geld für einen ruhigen Lebensabend übrig.

Er dachte an die letzten Wochen. Luisa hatte ihn vor Maßnahmen gegen Hauptkommissar Drosten gewarnt. Er hatte nicht auf sie gehört. Nun musste er versuchen, die daraus entstehenden Schäden zu minimieren. Luisa würde im Knast verrotten, doch er würde ihr keine Vorwürfe machen, falls sie vollumfänglich aussagte, um das Strafmaß zu reduzieren. Von Moldawien aus würde er den Prozess verfolgen. Sobald sie die Haftstrafe abgesessen hätte, würde er sie zu sich holen. Selbst wenn das erst in fünfzehn Jahren wäre. Zumindest das war er ihr schuldig.

***

»Inakzeptabel«, sagte Sommer und schaute Freitagmittag den Abteilungsleiter des BKA an. »Ich werde bei der geplanten Geldübergabe als Vertreter der KEG dabei sein.«

Sein Gegenüber verdrehte die Augen. »Das fällt nicht in die Zuständigkeit der KEG. Muss Polizeirat Karlsen Sie daran erinnern?«

»Versuchen Sie ruhig, ihn zu erreichen«, meinte Sommer gelassen. »Er ist in den Staaten. Zwei Wochen Urlaub. Seine Frau untersagt ihm die Handynutzung.« Er zuckte die Achseln. »Viel Glück!«

»Arroganz steht Ihnen nicht, Hauptkommissar Sommer. Denken Sie lieber daran, wie oft die KEG auf Unterstützung des BKA angewiesen ist. Sollen wir diese Kooperation prüfen? Ihnen unsere Kapazitäten verweigern?«

»Das entscheiden am Ende nicht Sie!«

»Mein Wort hat Gewicht, das verspreche ich Ihnen.«

»Cebanu hat Drosten fast eine Woche festgehalten. Er wollte ihn und seine Familie töten. Da kann es nicht Ihr Ernst sein, dass Sie mich nicht dabeihaben wollen.«

Bevor der Abteilungsleiter etwas erwidern konnte, klopfte es aufgeregt an der Bürotür.

»Herein!«

Ein junger Beamter des BKA stürzte in den Raum.

»Was gibt's?«, fragte sein Vorgesetzter.

»Wir registrieren bei den Ukrainern Betriebsamkeit. Seit gestern Abend. Unser V-Mann hat ...«

»Ruhe!«, brüllte der Abteilungsleiter. »Gehen Sie, ich melde mich gleich bei Ihnen.«

Doch es war zu spät, denn Sommer hatte genau zugehört. »Sie haben einen V-Mann bei den Ukrainern eingeschleust?«, fragte er fassungslos, sobald der junge Beamte den Raum verlassen hatte. »Und das bislang verschwiegen?«

»Das hat Jahre gedauert«, brummte sein Gegenüber. »Ich würde die Informationsquelle nur ungern verlieren.«

»Sie spielen ein abgekartetes Spiel! Was haben Sie morgen vor?«

»Beobachten, aber nicht zuschlagen. Die Ukrainer sind in viel mehr als Geldwäsche verstrickt. Waffenhandel, Menschenhandel, Zwangsprostitution. Unser verdeckter Ermittler liefert seit Monaten wertvolle Informationen. Bis wir die Ukrainer auffliegen lassen können, brauchen wir noch ein paar Monate mehr. Vielleicht sogar ein ganzes Jahr. Jemanden wie Cebanu festzunehmen, gefährdet den Erfolg der Gesamtoperation.«

»Er wollte einen Polizisten und dessen Familie töten«, empörte sich Sommer.

»Behauptet eine Kronzeugin.«

»Das lass ich mir nicht bieten! Cebanu kommt nicht ungestraft davon!«

»Sind Sie immer so theatralisch?« Der Abteilungsleiter verdrehte die Augen und griff zum Telefon, bevor Sommer etwas erwidern konnte. »Jetzt können wir sprechen«, sagte er Sekunden später. Dann aktivierte er die Mithörfunktion.

So erfuhr Sommer, dass die Ukrainer eine geplante Geldübergabe um vierundzwanzig Stunden vorzogen und deswegen hektische Betriebsamkeit in Reihen der Organisation ausbrach.

Da Schlüter von einer Geldübergabe am Samstagabend berichtet hatte, konnte es sich dabei nur um den Deal zwischen Cebanu und Didenko handeln.

»Ich mach Ihnen einen Vorschlag«, sagte Sommer schließlich. »Das BKA wird sich im Hintergrund halten. So wie Sie es ohnehin vorhatten. Heimlich Fotos schießen und was auch immer tun. Ich hänge mich anschließend an Cebanus Fersen und ziehe ihn aus dem Verkehr. Und zwar so, dass es die Ukrainer nicht sofort mitbekommen. Dann schützen Sie Ihren verdeckten Ermittler, und wir bringen den Schuldigen vor Gericht.«

»Didenko wird es nicht gefallen, wenn fünf Millionen Euro von einem Polizisten beschlagnahmt werden.«

»Aber ich kann es so aussehen lassen, dass die Ukrainer keinen Verdacht schöpfen.«

Nachdenklich trommelte der Abteilungsleiter mit den Fingerspitzen auf die Schreibtischplatte.

29

Kosta Cebanu traf bereits um halb neun abends am Frankfurter Hauptbahnhof ein. Er hatte keine Tasche dabei, die er deponieren musste. Die Ukrainer durften nicht misstrauisch werden, falls sie ebenfalls eine Vorhut geschickt hatten und ihn beobachteten.

Alles, was er später benötigte, würde er von den unterschlagenen fünf Millionen Euro neu einkaufen.

Der Bahnhof empfing an diesem Freitagabend die Buchmessebesucher mit verschiedenen Details, unter anderem mit Werbebannern und einer Art mobiler Bücherausstellung. Cebanu dachte an Andreas Mai. Ob dessen Co-Autor Harzmann schon Alarm geschlagen hatte? Cebanu hielt das für unwahrscheinlich. Seinen ursprünglichen Plan, das Handy einem Lkw-Fahrer unterzujubeln, hatte er verworfen, ebenso den Plan, Harzmann eine Nachricht zu schicken. Das wären überflüssige Maßnahmen gewesen, die seit der Entdeckung des Unterschlupfs keine Rolle mehr spielten.

Das Handy lag in einem Wiesbadener Mülleimer, auf lautlos gestellt und ohne Vibrationsalarm. Wahrscheinlich würde es in einer Mülldeponie landen.

Er schlenderte herum und sah trotz der späten Uhrzeit zahlreiche Messebesucher, die er anhand der vom Messegelände mitgebrachten Papiertüten identifizierte. Manchen sah man die Anstrengungen des langen Tages an, andere waren in Gespräche vertieft. Unauffällig hielt Cebanu Ausschau. Beobachtete ihn jemand zu interessiert? In der Innentasche seiner Jacke steckte eine Pistole. Er würde nicht zögern, sie einzusetzen. Heute Abend durfte nichts schiefgehen, davon hing seine Zukunft ab. Dafür würde er auch über einen Berg Leichen gehen.

***

Lukas Sommer rückte die Wollmütze zurecht. Er hoffte, dass seine Maskerade reichte, falls Cebanu Fotos von ihm gesehen hatte. Außer der Mütze trug er ein Trikot der Eintracht, mit dem man am Frankfurter Bahnhof immer gut gekleidet war.

Schlüter hatte ihnen Handy-Schnappschüsse von Cebanu gezeigt. Das letzte Bild war sechs Monate alt. Ein unauffälliger Mann. Etwas größer als der Durchschnitt, sportliche Figur, aber keine Auffälligkeiten wie Narben oder dergleichen. Der Geldwäscher könnte sein Aussehen ebenfalls mühelos verändern.

Unter dem schwarzen Fußballtrikot trug Sommer seine normale Kleidung sowie das Schulterhalfter.

Sobald er das Gefühl hätte, seinen Look ändern zu müssen, würde er sich einfach der Mütze und des Trikots entledigen.

Er schlenderte herum. Sommer hielt nicht bloß Ausschau nach dem flüchtigen Geldwäscher, sondern auch nach Mitgliedern der ukrainischen Bande und BKA-Mitarbeitern. Wenn es ihm gelang, sie zu identifizieren, galt das auch für die Gegenseite.

An der Bahnhofsbuchhandlung stand ein Mann an einem Postkarten-Drehständer, scheinbar vertieft in die Auswahl. Sommer fiel auf, dass ihn vorbeihuschende Passanten mehr zu interessieren schienen. Da sein Aussehen eher untypisch für ein Bandenmitglied wäre, vermutete Sommer in ihm einen Polizisten. Am liebsten hätte er ihm empfohlen, sich weniger auffällig zu verhalten. Doch das hätte seine Tarnung gefährdet. Er hoffte, die anderen BKA- Beamten vor Ort erfüllten ihre Aufgabe besser.

***

Kosta Cebanu stellte sich zehn Minuten vor der verabredeten Zeit in die Schlange des Imbissstandes. Das Personal des Stands arbeitete so effektiv, dass er kaum warten musste.

»Was darf's sein?«, fragte ihn eine junge Frau.

»Menü vier.«

»Welches Getränk? Und wollen Sie Mayo oder Ketchup?«

»Cola, Mayo, die Currywurst extrascharf. Ich setz mich da vorne hin.« Er deutete zu den Sitzplätzen.

»Acht Euro fünfzig.«

Er reichte ihr einen Zehner. »Stimmt so.«

Sie lächelte ihm zu und schien ihn kurz zu mustern. Doch kaum hatte sie sich bedankt, galt ihr Interesse der Frau, die mittlerweile hinter ihm stand. Ihr Kollege füllte die Cola in einen Becher und reichte sie ihm an, ebenso das Essen auf dem Pappteller.

Cebanu setzte sich an einen freien Zweiertisch.

Käme Didenko wegen der hohen Summe selbst, oder würde er einen Handlanger schicken?

Cebanu hatte noch nicht ganz aufgegessen, als sich die Frage von selbst beantwortete.

Ein massiger Ukrainer, der eine Sporttasche trug, schlenderte zu ihm. »Schmeckt's?«

»Ganz fantastisch. Hier esse ich immer, wenn ich auf einen Zug warte.«

Didenko stellte die Tasche auf dem Boden ab und schob sie seinem Gegenüber mit dem Fuß zu. Damit kein Taschendieb im ungünstigsten Moment zuschlug, setzte Cebanu den Fuß darauf.

»Neunzig Tage?«, vergewisserte Didenko sich. Es war nicht das erste Mal, dass er am vereinbarten Zeitraum Zweifel hegte.

»Und in einem Monat treffen wir uns wieder für die zweite Tranche«, erklärte Cebanu. »Das klappt.«

»Du weißt, wie sehr mich gebrochene Versprechen stören?«

»Geht mir nicht anders.«

»Okay.« Didenko schaute ihn an. »Lass es dir schmecken.« Er erhob sich.

***

Sommer beobachtete das kurze Treffen aus gut fünfzig Metern Entfernung. Er hatte Stellung bei einem Laden bezogen, der für überteuerte Preise frische Obstsäfte verkaufte. Mit dem kleinsten Becher in der Hand blockierte er einen der Stehtische. Immer wieder behinderten Passanten die Sicht. Doch die wichtigsten Einzelheiten registrierte er trotzdem.

Zuerst bestellte der Geldwäscher Currywurst, Pommes und ein Getränk. Er setzte sich und bekam Minuten später Gesellschaft.

Sommer hatte nie zuvor mit dem Ukrainer zu tun gehabt, erkannte ihn allerdings aufgrund der Fotos, die ihm das BKA zur Verfügung gestellt hatte. Didenko hatte eine Sporttasche dabei. Als er wieder aufstand und ging, war die schwarze Tasche wie von Geisterhand verschwunden.

Sommer schaute sich um und bemerkte mindestens zwei verdeckte Ermittler, die das Geschehen beobachteten. Er konzentrierte sich auf den Geldwäscher. Der aß in aller Ruhe auf und warf anschließend den Abfall in einen Mülleimer. Er umklammerte die Sporttasche. Zielstrebig ging er zu den Gleisen. Wenn Passanten seinen Weg kreuzten, wich er ihnen aus. Cebanu steuerte einen Bahnsteig an, auf dem kurz zuvor ein Zug eingefahren war. Dank der Anzeigentafeln erkannte Sommer, dass die Bahn in sechs Minuten in Richtung Dresden aufbräche.

Er zog die Mütze vom Kopf und das Trikot aus und warf beides mit dem Getränkebecher in den Müll. Gedanklich entschuldigte er sich bei Jeremias für die sträfliche Behandlung des Fußballtrikots seines Lieblingsvereins. Dann ging er los. Soweit Sommer es einschätzte, wirkte Cebanu überhaupt nicht nervös. Weder sah er sich um, noch wechselte er im letzten Moment die Laufrichtung.

Erst, als er in den Zug stieg, schaute er kurz nach rechts. Im selben Augenblick senkte Sommer den Kopf. Sekunden später hob er wieder den Blick. Der Geldwäscher war im Inneren des ICE verschwunden.

***

Wiktor Lunin hatte von Didenko den Auftrag bekommen, die Umgebung des Treffpunkts im Auge zu behalten. Um seine Aufmerksamkeit zu erhöhen, hatte er Kokain geschnupft und sah nun alles glasklar vor sich. Er konnte die Menschen mit seinem Blick röntgen.

Wahrscheinlich fiel ihm nur deshalb bereits zum zweiten Mal eine seltsame Gestalt ins Auge.

Lunin rieb sich die Nase. Der Kerl war ihm schon vor einer Viertelstunde an einem Postkartenständer aufgefallen, weil er die Karten überhaupt nicht betrachtete. Nun war er ein paar Meter weitergegangen und hantierte mit seinem Smartphone herum.

Fotografierte er die Geldübergabe?

Lunin schossen tausend Gedanken durch den Kopf. In den letzten Monaten schien sein Ansehen innerhalb der Organisation gesunken zu sein, aus Gründen, die er sich nicht erklären konnte. Sollte es ihm jetzt gelingen, einen verdeckten Ermittler aus dem Verkehr zu ziehen, wäre ihm Ians Dankbarkeit gewiss.

Er tastete nach der Waffe in seinem Hosenbund.

Verdammter Scheißbulle!

***

Sommer betrat den ICE, der in wenigen Minuten losfahren würde.

Wie sollte er vorgehen? Wie könnte er die Gefährdung der Passagiere minimieren? Sollte er Cebanu noch im Bahnhof außer Gefecht setzen oder warten, bis der Zug losfuhr?

Er sah den Geldwäscher vor sich, der bereits den nächsten Waggon betrat. Statt sich im Abteil der zweiten Klasse hinzusetzen, ging er weiter.

Plötzlich waren draußen Schüsse zu hören. Schreie erklangen. Instinktiv schaute Sommer hinaus – wie alle anderen Passagiere. Menschen liefen den Bahnsteig entlang und blickten verängstigt in Richtung der Schüsse.

Sommer sah wieder nach vorn. Cebanu war stehengeblieben und hatte ihn entdeckt. Nachdem der Geldwäscher den Schock verdaut hatte, rannte er los. Sommer folgte ihm. »Polizei! Aus dem Weg!«, brüllte er.

Die Menschen, die hinter den Schüssen ohnehin einen Terroranschlag vermuteten, reagierten teilweise kopflos. Im engen Gang des ICEs behinderten sie sein Vorankommen eher. Doch auch Cebanu hatte Schwierigkeiten. Rücksichtlos rempelte er Leute beiseite. Eine Frau fiel stöhnend zu Boden.

»Polizei!«, wiederholte Sommer.

Er zog seine Waffe.

Draußen waren erneut Schüsse zu hören. Die Situation war völlig unübersichtlich. Vermutlich war die verdeckte BKA-Operation gescheitert.

Eine der automatischen Türen zwischen den Zugabteilen, die zu langsam beiseiteglitt, hielt Cebanu auf. Er prallte fast dagegen und verlor die Hälfte seines Vorsprungs. Aus dem Hosenbund zog er die Waffe. Sommer blieb abrupt stehen, um ihn mit einem gezielten Schuss niederzustrecken.

Passagiere schrien oder flehten um ihr Leben.

»In Deckung!«, schrie Sommer.

Manche reagierten richtig und suchten hinter den Sitzlehnen Schutz, andere starrten wie verängstigte Kaninchen auf die Schlange.

Ehe Sommer zum Schuss kam, flüchtete Cebanu in die einzige Richtung, die ihm noch blieb. Er sprang aus dem Zug.

»Fuck!« An der Ausgangstür verharrte Sommer, um nicht blindlings ins Feuer zu geraten. Der ICE hätte längst abfahren müssen, doch wahrscheinlich hatte die Leitstelle allen Zügen die Abfahrt aufgrund der

Schüsse und der allgemein herrschenden Panik untersagt.

Sommer schaute aus dem Zug und sah den fliehenden Geldwäscher. Cebanu hatte den Vorsprung wieder vergrößert, doch die Sporttasche behinderte ihn. Sommer nahm die Verfolgung auf.

Cebanu floh nicht in Richtung der Bahnhofshalle, sondern folgte dem Bahnsteig ins Freie, in Fahrtrichtung der Züge. Nur noch wenige Schritte bis zum Ende der Plattform. Was würde er dann tun?

Sekunden später erhielt Sommer die Antwort. Der Geldwäscher sprang auf die Gleise.

Hoffentlich galt der momentane Stillstand auch für ankommende Züge, dachte Sommer und sprang hinterher. Kontinuierlich holte er auf. Aus sechzig Schritten Rückstand wurden schnell vierzig.

»Stehenbleiben! Es ist vorbei!«

Im Laufen drehte sich Cebanu halb um und schoss ungezielt. Instinktiv duckte Sommer sich, obwohl er nicht in der Schusslinie war.

Sollte er das Feuer erwidern? Dann müsste er einem Flüchtigen in den Rücken schießen. Er sprintete weiter.

An einer Gleisschwelle kam Cebanu aus dem Tritt. Er verlor das Gleichgewicht und trudelte. Um dem Sturz zu entgehen, ließ er die Tasche los. Doch es war zu spät. Er fiel hin. Er versuchte, sich umzudrehen, um auf seinen Verfolger zu zielen.

Sommer war schneller. Noch bevor der Lauf der Pistole auf ihn gerichtet war, holte er zum Tritt aus und traf Cebanus Handgelenk. Die Waffe flog davon.

»Sie sind verhaftet!«

Er packte den Geldwäscher und fesselte ihm die Hände mit einem Kabelbinder. Dann tastete er ihn nach einer zweiten Waffe ab, doch der Mann hatte keine dabei. Sommer zog ihn hinter sich her, bis zur Tasche. Er hob sie auf und öffnete den Reißverschluss ein Stück weit. Im Inneren steckten grüne Einhundert-Euro-Scheine.

30

Ein angeschossener Polizist, zwei erschossene ukrainische Bandenmitglieder und eine viel zu früh aufgeflogene kriminelle Vereinigung. So lautete die ernüchternde Bilanz des BKA-Einsatzes im Frankfurter Hauptbahnhof. Gleich im Anschluss begannen die internen Streitigkeiten zwischen den Behörden. Die am Hauptbahnhof zuständige Bundespolizei war ebenso wenig wie die Frankfurter Polizei darüber erfreut, vorab nichts von der Gefahrensituation erfahren zu haben. Das politische Nachspiel der Aktion würde wahrscheinlich Monate andauern.

Der BKA-Beamte, der zuvor schon Sommer ins Auge gesprungen war, hatte die Aufmerksamkeit eines Bandenmitglieds erregt. Der betreffende Ukrainer stand unter Drogeneinfluss und hatte ohne Vorwarnung das Feuer eröffnet. Polizisten und weitere Gangmitglieder waren dazugestoßen, und es grenzte fast an ein Wunder, dass nichts Schlimmeres passiert war. Zum Glück war kein Unbeteiligter zu Schaden gekommen, und schon am nächsten Tag herrschte am Hauptbahnhof wieder der ganz normale Wahnsinn eines Buchmessetages, der sich noch steigerte, als am Nachmittag erste angereiste Fußballfans zum Stadion begleitet werden mussten.

***

Sommer und Drosten beobachteten das Verhör des festgenommenen Geldwäschers Cebanu durch den venezianischen Spiegel. Der hatte anfangs versucht, zu mauern, bis er begriff, dass Luisa Schlüter ihn verraten hatte. In der Hoffnung, seine Strafe zumindest teilweise zu reduzieren, bot er dem Staatsanwalt ebenfalls einen Handel an. Er würde Informationen über die Hintermänner der Geldwäschetransaktionen preisgeben, falls er nicht länger als zehn Jahre hinter Gitter müsste.

Nachdem er seine Bedingungen genannt hatte, verfiel er wieder ins dumpfe Schweigen und verschränkte die Arme vor der Brust.

»Zehn Jahre für einen Doppelmord plus Entführung und millionenschwere Geldwäsche?«, fragte Drosten. »Ich hoffe, sie verzichten auf den Deal.«

Doch er wusste genau wie Sommer, dass letztlich höhere Stellen solche Entscheidungen trafen.

»Ich schätze, sie einigen sich am Ende auf zwölf bis dreizehn Jahre. Vorausgesetzt, er hat genügend Informationen anzubieten.«

Drostens Telefon klingelte. Er zog es aus der Hosentasche und blickte aufs Display. »Das ist Hauptkommissarin Rosenberg. Hattest du in den letzten Tagen Kontakt zu ihr?«

»Nein. Sonst wüsstest du davon.« Sommer hatte Robert ausführlich von seinem Besuch bei Mai in Köln berichtet.

»Hallo, Frau Hauptkommissarin«, begrüßte Drosten die Anruferin. »Wie komme ich zu der Ehre?«

»Ich fürchte, ich habe schlechte Nachrichten für Sie«, sagte Rosenberg.

»Was ist passiert?«

»Sie plagen sich doch momentan mit den beiden Autoren Harzmann und Mai herum, oder?«

»Ich schätze, das Buch wird schnell in Vergessenheit geraten.«

»Eher nicht, nach dem, was hier passiert ist«, erwiderte Rosenberg bedauernd. »Harzmann hat sich heute Morgen mit der Kölner Polizei in Verbindung gesetzt. Er hat Mai als vermisst gemeldet. Sie hätten Auftritte auf der Buchmesse gehabt, aber Mai ist weder in Frankfurt aufgetaucht noch telefonisch erreichbar. Eine Streifenwagenbesatzung hat sich bei dem Verschwundenen umgesehen und schließlich die übel zugerichtete Leiche im Heizungskeller gefunden.«

»Was?«

»Er wurde zu Tode getreten«, fuhr sie fort.

»Haben Sie einen Verdächtigen?«

»Wir stehen erst am Anfang der Ermittlungen«, bekannte sie. »Ich bin noch am Tatort.«

»Wie lang ist er tot?«

»Seit ungefähr zwei Tagen.«

Drostens Gedanken überschlugen sich und setzten ein Puzzle zusammen. Es konnte kein Zufall sein, dass Andreas Mai ausgerechnet jetzt den Tod gefunden hatte. »Vielleicht haben Sie den Fall durch Ihren Anruf bereits gelöst.«

»Wie meinen Sie das?«, fragte Rosenberg. »Sie wollen hoffentlich nicht gestehen?«

»Nein«, versicherte Drosten ihr. »Ich schalte die Freisprechfunktion ein. Hauptkommissar Sommer ist bei mir. Wir sollten Ihnen von unseren letzten Tagen berichten. Der Mann, dem ich diesen Mord durchaus zutraue, wird übrigens gerade vom BKA verhört.«

***

Zwei Wochen später schaute Melanie zum wiederholten Mal auf ihre Armbanduhr.

»Hoffentlich geht alles gut«, murmelte sie. »O Gott, bin ich nervös.«

Robert verkniff sich einen Kommentar. Sie hatten in den vergangenen vierzehn Tagen fast gar nicht über ihr schreckliches Erlebnis geredet. Drosten verbrachte viel Zeit im Büro, Melanie kümmerte sich darum, den Schaden für Danas Psyche zu begrenzen.

Irgendwann, das war ihnen beiden klar, müssten sie alles aufarbeiten, was während der Gefangenschaft passiert war. Doch sie zögerten diesen schmerzhaften

Prozess möglichst weit hinaus. Der Ausgang war ungewiss, und sie fürchteten ihn.

»Soll ich die Kuchenplatte aus dem Kühlschrank holen?«, fragte Robert.

Melanie nickte. »Ich schütte Kaffee auf.«

Bevor Drosten die Kühlschranktür öffnen konnte, klingelte es an der Haustür. Rocky bellte los und lief in den Flur.

»Ist er das?«, fragte Dana schüchtern.

Sie hatte die letzten Minuten im Wohnzimmer vor dem Fernseher gesessen und sich abgelenkt, während Rocky neben ihr gewacht hatte.

»Wahrscheinlich«, antwortete Melanie. »Sollen wir ihn an der Tür begrüßen?«

Dana nickte, kam zu ihr und streckte die Hand nach ihr aus.

»Übernimmst du das?«, fragte Robert seine Frau.

»Ja«, erwiderte sie angespannt.

Gemeinsam mit ihrer Pflegetochter betrat sie den Hausflur. Sie hatte Angst vor den folgenden Stunden, die vielleicht alles zerstörten, wovon sie träumte. Doch es war ausgeschlossen, Dana den Kontakt zu ihrem Verwandten zu untersagen. Außerdem hatte das Jugendamt in der Sache ein gehöriges Wort mitzureden.

Melanie öffnete die Haustür. Ein Mann stand davor, dessen Züge eine unübersehbare Ähnlichkeit zu Dana aufwiesen. Beide hatten die gleiche Augen-Nasen-Partie.

»Hallo, Herr Fischer«, begrüßte sie den Gast, der einen Blumenstrauß in der einen Hand hielt und ein Kuscheltier in der anderen.

»Hallo, Frau Drosten. Schön, Sie persönlich kennenzulernen.«

Sie hatten in den letzten Tagen zweimal miteinander telefoniert, um das Treffen vorzubereiten.

»Hallo, Dana«, sagte er schließlich.

»Hi.«

Melanie sah dem Besucher seine gemischten Gefühle an. Einerseits kämpfte er gegen die Freudentränen, andererseits wusste er nicht, ob er seine Nichte in den Arm schließen sollte.

»Das ist ein Geschenk für dich.« Er reichte dem Mädchen das Kuscheltier. Der graue Elefant wirkte ein bisschen angestaubt. »Du hast damals bei mir mit ihm gespielt. Aber wahrscheinlich erinnerst du dich nicht mehr.«

»Nein«, sagte sie.

»Er heißt Tröt.«

Dana kicherte und nahm das Kuscheltier entgegen. »Danke.«

»Gehen wir ins Wohnzimmer«, schlug Melanie vor.

Sie trat beiseite und winkte Danas Onkel herein. »Das ist übrigens Rocky.«

»Der tollste Hund der Welt!«, rief Dana.

»So sieht er auch aus«, bestätigte Sven Fischer.

Robert erwartete den Besuch im Wohnzimmer. »Herzlich willkommen! Schön, dass Sie es so kurzfristig einrichten konnten.«

Die beiden Männer schüttelten sich die Hand.

»Um keinen Preis der Welt hätte ich mir das entgehen lassen. Als mich Frau Berndt vom Jugendamt kontaktiert hat, war ich unglaublich erleichtert.«

»Geben Sie mir Ihre Jacke«, bat Robert.

Fischer zog sie aus und schaute sich um. »Schön haben Sie es hier.«

Melanie wollte nicht zu viel in seine Worte hineininterpretieren. Doch hoffte sie, Danas Onkel würde am Ende des Besuchs einsehen, wie gut es der Kleinen bei den Drostens erging.

»Dana-Schatz, möchtest du deinem Onkel dein Zimmer zeigen?«

»Nur, wenn du mitkommst«, antwortete das Mädchen.

»Macht das!«, sagte Robert. »Ich bereite inzwischen Kaffee und Kuchen vor.«

Nervös lächelte Melanie ihrem Mann zu, der ihr Lächeln aufmunternd erwiderte.

»Rocky, du bleibst bei mir«, sagte Robert. Der Hund folgte dem Befehl anstandslos und stellte sich an die Seite seines Herrchens.

»Der gehorcht ja aufs Wort«, staunte Sven Fischer.

»Auf mich hört er auch schon fast immer«, behauptete Dana.

»Wow! Das finde ich großartig. Als Kind hatte ich selbst einen Hund, der hat nie gehorcht.«

Melanie entglitt Danas Hand, als das Mädchen vortrat, um ihrem Onkel die Kinderzimmertür zu öffnen. Das war gewiss kein böses Omen. Vielleicht gab es ja einen Weg, das Mädchen in ihrer Familie zu behalten und den Onkel in den Alltag einzubinden. Das würde die Zukunft zeigen.

Nachwort

Liebe Leserinnen und Leser,

ich gehöre zu den glücklichen Menschen, die keine Einschlafprobleme haben. Wenn ich mich müde ins Bett lege, dauert es im Regelfall nicht länger als zehn Minuten, bis ich schlafe. Während des Schreibens von *Muttertränen* war das allerdings anders. Ich lag im Bett und dachte an die Drostens. Manchmal träumte ich von ihnen. Und morgens beim Aufwachen steckten meine Gedanken bereits wieder in der Geschichte. Die Geschichte hat mich emotional stärker aufgewühlt als die Vorgängerromane. Obwohl ich das Ende von vornherein kannte.

Vielleicht ist es Ihnen ja auch so ergangen. Wenn Ihnen der Roman gefallen hat und Sie mich unterstützen wollen, nehmen Sie sich doch bitte ein paar Minuten Zeit und hinterlassen eine Bewertung auf der Produktseite meines Buches bei Amazon.

Bei dem Showdown am Frankfurter Hauptbahnhof habe ich mir einige Freiheiten herausgenommen, was die Anordnung der dort vorhandenen Shops und Imbissbuden anbelangt. Die Ereignisse um die *Haupt-Familie* werden in den Büchern *Rudelfänger* und *Rudeljagd* beschrieben.

Neben Rezensionen freue ich mich auch über persönliches Feedback von Ihnen, sei es per Mail oder per Facebook. Ich bemühe mich stets, zeitnah darauf zu antworten. Das klappt meistens, aber leider nicht immer. Sehen Sie mir das bitte nach.

Per E-Mail kontaktieren Sie mich unter: marcushuennebeck@outlook.de

Per Facebook erreichen Sie mich wie folgt: www.facebook.com/MarcusHuennebeckFalls Sie alle Informationen zeitnah erhalten wollen, empfehle ich Ihnen, sich in meinen Newsletter einzutragen: www.huennebeck.eu/newsletter

Alle Leser, die sich neu eintragen erhalten die Kurzgeschichte *Die Namen des Todes – Die Jagd beginnt* als Dankeschön geschenkt.

Vielen Dank und herzliche Grüße

Marcus Hünnebeck

Lesetipps

Die Todestherapie

Gero Ruppert kennt sich aus mit Trauer und Verzweiflung. Der Psychologe betreut Eltern, die ihre Kinder auf schmerzliche Weise verloren haben. Als ein 17-jähriges Mädchen brutal missbraucht und ermordet wird, kontaktiert Ruppert die verwaiste Mutter und bietet ihr an, sie psychologisch zu behandeln.

Drei weitere junge Frauen sterben, und Ruppert kümmert sich um die trauernden Hinterbliebenen. Für die Soko rund um die Kommissare Drosten und Sommer steht trotz wasserdichter Alibis der Hauptverdächtige fest: Der Mörder kann nur Gero Ruppert selbst sein. Hat er einen Helfer? Spielt er ein falsches Spiel mit traumatisierten Eltern? Doch die Polizisten ahnen nicht, dass der Psychologe bedroht wird. Er muss den Anweisungen eines Erpressers folgen, um nicht seine eigene Tochter zu verlieren. Je näher die Soko den wahren Hintergründen kommt, desto stärker gefährdet sie das Leben des Mädchens – wogegen Ruppert mit allen Mitteln kämpft.

Der Wundennäher

Anonyme Anrufe, Blumen auf der Fußmatte, spätabends ein Klopfen an der Tür. Svenja hat Angst vor einem unheimlichen Verehrer und verkriecht sich. Trotzdem geschieht das Unvorstellbare, als sie eines Tages einem Nachbarn die Tür öffnet. Sie wird zur Gefangenen in ihrer eigenen Wohnung und erleidet grausame Qualen. Svenjas einzige Chance ist ihre Freundin Irina, der sie von den unheimlichen Vorkommnissen erzählt hat. Als Irina endlich versteht, warum sie ihre Freundin nicht mehr erreicht, hängt auch ihr Leben am seidenen Faden.

Robert Drosten und Lukas Sommer jagen den besonders brutalen Serienmörder, doch der scheint ihnen immer einen Schritt voraus zu sein. Es gelingt ihm sogar, die Polizei in eine tödliche Falle zu locken. Aber dann wendet sich das Blatt und der Mörder gerät unter Zugzwang. Den Polizisten bleibt nicht viel Zeit, um das Schlimmste zu verhindern.

Der Schädelbrecher

Vanessa kennt sich aus mit Gewalt. Ihre Mutter ist Kriminalkommissarin, ihr Vater war Profiler beim LKA. Die Studentin berichtet in den sozialen Medien über Schwerverbrechen und hat unzählige Fans. Als eine ehemalige Schulfreundin niedergemetzelt wird, erweckt dies großes Interesse auf Vanessas Kanälen. Kurz darauf bekommt sie einen blutverschmierten Würfel zugespielt und beschließt, auf eigene Faust zu recherchieren.

Weitere Morde geschehen. Lukas Sommer und Robert Drosten übernehmen die Ermittlungen, ahnen jedoch nicht, dass die junge Frau wichtige Hinweise zurückhält. Denn sie will endlich aus dem Schatten ihrer Eltern treten und den Schuldigen eigenmächtig überführen. Doch genau darauf hat der Mörder spekuliert.

Blut und Zorn

Marko denkt sich zunächst nichts dabei, als er eine Person aus seiner Vergangenheit zufällig wiedertrifft. Doch am nächsten Abend steht sie unerwartet vor seiner Tür. Sekunden später ist Marko tot. Niedergemetzelt in rasender Wut. Aber das ist erst der Beginn eines Strudels der Gewalt: Wochen später stirbt ein zweites Opfer auf die gleiche Weise.

Lukas Sommer und Robert Drosten finden heraus, dass die beiden Toten Jahre zuvor für dieselbe Firma gearbeitet haben. Was hat beim Täter den Wunsch nach Vergeltung ausgelöst? Ist ein ehemaliger Mitarbeiter der Mörder? Sommer und Drosten bleibt nicht viel Zeit, um die Hintergründe aufzuklären, denn der Rachedurst des Täters ist noch lange nicht gestillt.

Die TodesApp

Alexandra starrt fassungslos auf den Bildschirm ihres Laptops. Aus dem Lautsprecher erklingt eine Stimme, auf dem eingefrorenen Bildschirm erscheint ein Totenkopfsymbol. Alle Versuche, den Virus zu entfernen, scheitern. Der Hacker verlangt für die Freigabe des Computers kein Geld, sondern lediglich einen Gefallen. Zögerlich geht sie darauf ein.

Robert Drosten und Lukas Sommer stoßen auf eine bizarre Mordserie an drei jungen Frauen, die sich mit einem Unbekannten an verlassenen Orten getroffen haben. Aus ihrem Besitz fehlen jeweils Handy und Laptop. Als die Polizisten die Nachforschungen vorantreiben, nimmt der Täter das nächste Opfer ins Visier. Unterdessen finden Drosten und Sommer heraus, dass die Ermordeten das Programm einer kleinen Softwarefirma benutzt haben. Können sie den Wahnsinn stoppen, bevor weitere Morde geschehen?

Die Namen des Todes (Robert Drosten 1)

Ein Hacker spielt dem BKA brisante Informationen zu: Internetpseudonyme, Bilder und Chatnachrichten. Das Material stammt angeblich von Serienmördern, die sich über ein Forum im Darknet austauschen. Als ein im Internet angekündigter Doppelmord tatsächlich verübt werden soll, gerät das BKA unter Zeitdruck.

Hauptkommissar Robert Drosten leitet die zuständige Sonderkommission, die den Killer rechtzeitig verhaftet. Doch als der Mann seinen Anwalt ins Vertrauen zieht, schreckt er damit die Nutzer des geheimen Darknet-Forums auf. Einer von ihnen verfolgt fortan ein ganz besonderes Ziel: Drosten ein für allemal zu brechen.

Schuld vergibt man nie (Robert Drosten 2)

»Schuld vergibt man nie.« Oberkommissarin Katharina Rosenberg kann sich keinen Reim auf diese Botschaft machen, die sie am Tatort eines Mordes entdeckt. Als sich Robert Drosten vom BKA einschaltet, gelingt es ihnen, die Hintergründe aufzudecken. Der Mörder will den grausamen Tod eines Kindes rächen. Die Polizisten kommen dem Täter auf die Spur, doch jemand warnt ihn. Wer ist der unbekannte Verräter, der alles daran setzt, Drosten zu schaden? Während der Hauptkommissar den Mörder jagt, holt sein Gegenspieler zum vernichtenden Schlag aus.

Rudelfänger (Robert Drosten 3)

Nach einem Streit mit ihrem Freund macht sich die neunzehnjährige Franka mitten in der Nacht allein auf den Heimweg durch einen schlecht beleuchteten Park. Nur Minuten später wird sie von einem Mann überwältigt und betäubt. Frankas Freund eilt zu ihrer Rettung herbei – und bezahlt diesen Einsatz mit seinem Leben. Das BKA um Hauptkommissar Robert Drosten schaltet sich in die Mordermittlungen ein. Vieles deutet darauf hin, dass Franka bereits das fünfte Opfer eines brutalen Serientäters ist, der junge Frauen in seine Gewalt bringt. Was Drosten nicht weiß: Je näher er dem Täter kommt, desto stärker gefährdet er das Leben der Gefangenen. Außerdem muss der BKA-Mann noch an einer anderen Front kämpfen: Sein Ex-Partner verstrickt ihn in ein perfides Spiel und schreckt vor blutigen Opfern nicht zurück.

Rudeljagd (Robert Drosten 4)

Zwei brutale Morde. Zweimal das gleiche, mit dem Blut der Opfer geschriebene Wort: "Rudel". Erst lockt ein Mann eine junge Frau aus ihrer Wohnung und sticht sie nieder. Achtundvierzig Stunden später schlägt der Mörder auf einem Rockfestival erneut zu. Robert Drosten übernimmt die Ermittlungen. Wurden die Toten Opfer eines diabolischen Rachefeldzugs? Drosten sieht sich einem Täter gegenüber, der vor nichts zurückschreckt. Viel zu spät erkennt er, dass er zwischen die Fronten einer erbarmungslosen Auseinandersetzung geraten ist, an deren Ende auch sein Tod stehen soll.

Sommers Tod (Lukas Sommer 1)

An einem sonnigen Frühlingstag verschleppt ein Unbekannter den achtjährigen Simon und seine neun Jahre ältere Schwester Carla. Es geschieht am helllichten Tag und es gibt Zeugen, sodass Kommissar Lukas Sommer rasch eine heiße Spur findet. Beim Rettungszugriff gerät er jedoch in eine heimtückische Falle und verliert fast sein Leben. Als sich ihm eine zweite Chance bietet, setzt er alles daran, das Verbrechen zu sühnen. Aber sein Gegner ist ihm immer einen Schritt voraus.

Sommers Schuld (Lukas Sommer 2)

Eine Krankenschwester wird bei strömendem Regen in dem geliehenen Auto ihrer Kollegin hingerichtet. Schnell kommt der Verdacht auf, dass die Besitzerin des Wagens, die Ex-Frau von Oberkommissar Lukas Sommer, das eigentliche Ziel des Anschlages war. Hängt der Mord mit früheren Ermittlungen Sommers zusammen? Als der Täter wenig später erneut gnadenlos zuschlägt, gilt plötzlich Lukas Sommer als Hauptverdächtiger. Auf der Flucht muss er seine Ex-Frau und seinen Sohn vor einem Mörder schützen, der eine offene Rechnung begleichen und am Ende die komplette Familie ausradieren will.

Weitere Bücher:

Kainsmal
Die Drahtzieherin
Tödlicher Komplize
Wenn jede Minute zählt
Stumme Vergeltung
Verräterisches Profil
Die Rache des Stalkers
In jedem Fall Moll
Im Auge des Mörders
Abschaum
Rampensau
Blender
Bruderlos
Opferraum

39059050R00193

Printed in Poland
by Amazon Fulfillment
Poland Sp. z o.o., Wrocław